文春文庫

おまえの罪を自白しろ

真保裕一

文藝春秋

おまえの罪を自白しろ

主な登場人物

【宇田一族】


宇田晄司……清治郎の次男。会社経営に失敗し、現在は父の秘書を務める。

宇田清治郎……建設省官僚を経て、埼玉十五区選出の衆議院議員に。現在六期目。九條派。

宇田揚一朗……宇田家の長男。埼玉県議。日本新民党県連幹事長。

緒形麻由美……宇田家の長女。誘拐された柚葉の母。

緒形恒之……政界進出を狙って麻由美と結婚。現在は埼玉県戸畑市の市会議員。


【日本新民党】


安川泰平……内閣総理大臣。日本新民党総裁。九條派出身。

湯浅哲道……官房長官。次期首相の座を狙う。

九條哲夫……前厚労大臣。九條派会長。

木美塚壮助……党幹事長。安川総理のライバル派閥の会長。


【埼玉県警】


平尾宣樹……埼玉県警刑事部捜査一課警部補。ある事件で、宇田清治郎を取り逃がす。

高垣義弘……埼玉県警刑事部部長補佐。警視正。県警と宇田家の連絡担当を務める。

プロローグ

緑に囲まれた小さな公園。快晴。埼玉県戸畑市。駅から少し離れた新興住宅地の中。

幼子が奇声を上げて駆け回る。三歳から五歳ぐらいの男の子が二人、女の子が三人。近くのベンチでは母親たちも下卑た笑い声を上げている。

寺中勲は営業先から帰るサラリーマンを気取りつつ、公園の前をゆっくりと歩いていった。午後三時五十分。

まだ肌寒い早春の風が木々を優しく揺らす。春休みが近いため、幼稚園は午前のみの早帰りとなる。試しに自宅の前を張ってみたのは正解だった。

母親たちの真ん中に陣取り、笑顔を振りまく女。緒形麻由美、三十五歳。髪を後ろで無造作にまとめてはいたが、化粧も服装も若作りに努めている。

娘の柚葉は三歳の遊び盛りだ。自宅には充分な広さの庭があっても、三日に一度はママ友と誘い合わせて公園にくり出している。

　こうした近所づき合いも、あの女には仕事のうちなのだった。夫のため、父や兄のため、ひたすら笑顔を振りまく。ひと目で高価とわかるアクセサリーは身につけていない。娘が腕白小僧に倒されても、目を吊り上げもしない。妻の人柄までが一族の評判に直結する。

　夫は市会議員の二期目。兄は県議の三期目で、早くも党県連幹事長の座に就く。父親は地元では名を知らぬ者はいない衆議院議員――宇田清治郎。

　宇田一族にとって、有権者は大事なお客様だ。出自を鼻にかけては、票を減らす。だから、地元の公園に自転車で出かけて、娘を幼稚園の仲間と遊ばせる。家政婦をともなうなどは論外。ボディーガード代わりとなる後援会の関係者も帯同してはいない。

　ここまで無防備とは知らなかった。日本の安全神話に頼りきった警戒心のなさだ。政治家の親族ともなれば、地元の有権者に広く顔が知られている。そういう自惚れのなせる業だろう。

　それとなく親子を盗み見ながら、寺中勲は公園を離れた。

　すでに準備は整っていた。杉花粉の多い今の時期に決行すべきだった。マスクと眼鏡で顔を隠していようと、誰に怪しまれる心配もない。

自分にうなずき、決意を固めた。計画は隅々まで練り上げた。もう迷いはない。あとは、緒形柚葉をどこで誘拐するか、だ。そのタイミングさえ間違えなければ、捜査線上に自分たちが浮かび上がることは、絶対にない。その自信がある。

残る問題は、子どもの始末だ。

ひと思いに息の根を絶つのが最も安全だろう。が、いくら三歳児でも、遺体の処理には危険がつきまとう。四肢の切断には手間がかかるし、血痕が現場に残りかねない。昨今は、街中に防犯カメラがあふれる。迂闊な行動は身の危険につながる。

事件のほとぼりが冷めたあとで、海へ投げ捨てるのが最も安全に思えた。それまで、腐敗臭をどう抑えたらいいか……。

効率と安全性と成否の公算を秤にかけ、着実に計画を実行していくのみだった。

†

子どもに罪はなかった。悪気もないのだろう。でも、そろそろ解放してくれ。緒形麻由美は密かに恨み言を嚙み殺した。

午後四時。三月のまだ頼りない陽は西に傾いている。薄手のダウンを羽織っても肌寒さに指先が冷たくなってきた。しつこく柚葉につきまとう男の子の手を、邪険に払うわけにはいかない。引きつりそうになる頬に力を入れ、作り笑いをこしらえる。

「ねえ、トモちゃん、もう寒くなってきたから帰ろうね。ほら、柚葉の手を離してちょうだい」

声を大きくしたが、智希の母親はまだベンチで仲間と幼稚園の愚痴を言い合っていた。麻由美はまた同じ台詞をくり返して、柚葉の右手を引いた。

「じゃあ、そろそろ失礼しますね」

「えーっ、まだユズちゃんと遊びたいよぅ」

「夕ご飯の支度しないといけないでしょ。また明日ね、トモちゃん」

「ヤダよ、ヤダ、ヤダっ」

親がわがままだと、子もそっくりに育つ。代議士の娘と親しくなれば、何かしらの利得に与れる。そういう願望から、幼稚園のママ友をまとめ上げて作った名簿を、平然と差し出してくる女。欲深き者たちとも笑顔でつき合わないと、一族の陰口が広まりかねない。

父は少し頭が古すぎた。地元に骨を埋める暮らしをしてこそ、票を獲得できる。家族も日々、有権者との交流にいそしめ。生活に密着した地元の課題を探り、近隣住民の総意を集めるアンテナとなれ。

――おまえの亭主は市会議員で終わるつもりじゃないだろう。柚葉のためにもなるんだ。嘘でも笑顔を絶やすな。有権者の前で見せる眉間の皺は、確実に票を奪う。肝に銘じておけ。

麻由美が不平を口にするたび、父は叱りつける。恒之も「我慢してくれ」と頭を下げる。

宇田の家に生まれて三十五年。絶えず優等生の鋳型にはめられ、息のつまる人生を歩んできた。

――大丈夫。麻由美ならできるわよ。もし叫び出したくなったら、恒之さんが大臣になった時の栄誉を想像なさい。警察が自宅を警備してくれて、地元の有権者がいっせいに頭を下げるんだからね。

母もそう諭してくる。けれど、そういう母の亭主も、まだ大臣の座に就けてはいなかった。いつまで堪え忍んで、周囲に頭を下げ続ける気なのか。

――今の苦境を乗りきれば、必ず父さんにも運が開けてくる。我慢の時なんだよ、わかるだろ。

兄は人がよすぎた。だから、父の後ろ盾があっても、綱渡りの選挙が続くのだ。

有権者はとっくに見ぬいている。清濁あわせ呑む度量の深さは、揚一朗にない、と。

クソがつく真面目さでは、政界の荒波を渡っていけず、地元に利益は落ちてこない、と。

後援会の評判を聞き、夫は密かに父の後釜を狙っていた。が、麻由美にも秘めた野心を語ろうとはしない。

——ぼくは与えられた仕事を果たしていくだけだ。苦労をかけるけど、一緒に頑張っていこう。柚葉のためにも。

恒之はずるい。最初からその気で近づいてきたくせに、口では絶対に認めようとしなかった。父も恒之の野心を悟ったから、市議選への出馬を命じたのだ。一族で地元の政治を牛耳り、宇田の礎を盤石にするため。

「お先に失礼します。またご一緒させてくださいね」

やっと柚葉を自転車に乗せられた。ママ友たちがお追従の笑みを浮かべて手を振ってくる。

せめて電動アシストつき自転車ぐらいは買ってもらいたい。麻由美の切なる願いを、恒之は平然とはねつけた。近所の目があるから、贅沢は慎め、と。

どこが贅沢なのか。ママ友の半数近くが乗っている。妻には質素な自転車しか認めずに、自分は黒塗りの高級車で出かけていく。ただし、人目があるので仕事にしか使わなかった。たまに家族三人で食事に出る時は、母の軽自動車を借りる決まりだ。政治家の身内にプライベートは存在しない。

「ねえ、おじいちゃんがテレビに出てたって、トモちゃんが言ってたよ」

親の気も知らず、柚葉が無邪気に話しかけてくる。

「たくさんの人たちの前で、日本の未来について難しいお話をするのが、おじいちゃんやパパたちのお仕事だからね」

「でも、おじいちゃん、何かしたんだって。だから、テレビが追っかけてくるんだって。何したのかな？」

親が噂するから、子どもまでが真似て、無節操な発言をくり返すのだ。

麻由美は幼いころから無言の嫉妬を浴びてきた。遠回しの皮肉に傷つき、孤独に耐えた。柚葉にも同じ苦痛の時が待っている。

それでも、政治家の一族には多少の利がある。麻由美も父を支援する政治団体の事務員に名を連ね、給与を得ていた。政党交付金という国費が、法に則った手続きを経て、回り回って議員の親族に環流していく。それくらいの利得がなければ、議員の身内など苦痛でしかない。

今日も父や兄や夫のため、どれほど無理して笑顔を作ったか。身内に政治家を持った苦痛のせいで、自転車をこぐ足までが重くなる。

――いいか、必ず大通りを利用し、行き交う地元民に愛想を振りまけ。

父に言われていたが、麻由美は路地を右に折れて近道を選んだ。ビニールハウスに挟まれた農道だった。道草したがる小学生しか通らないので、気疲れしなくてすむ。安堵の息をつきながら家路を急ぐ。

「ママ、車、来たよ、後ろ」

柚葉の声に振り返ると、エンジン音が迫ってきた。白い軽自動車が視界に入る。ビニールハウスで働く農家の人だろう。

ペダルを踏む足をゆるめて、道の左へ寄った。慌てて下手な笑顔をこしらえ、頭を下げる。農家は大切な票田なのだ。

白い軽自動車が速度を落とし、ゆっくりと横を通りすぎていく。

次の瞬間――なぜか体が左に傾き、自転車ごと横倒しになった。

†

あの男がまた猛々しくもインタビューに答えていた。聞きこみに向かった運送会社のロビーで視線が奪われた。ちょうど夕方のニュース番組が始まっていた。

「……何度も言うようですが、わたしは本当に無関係でね。あなたがたも知っているように、あの橋の建設を決めたのは県と国交省であって、このわたしに権限はまったくないんですから」

うそ寒い逃げ口上がくり返される。宇田清治郎。埼玉十五区選出の衆議院議員。なすすべもなく取り逃がした男――。

「警部補、ほかに質問はありませんか」

部下に呼びかけられて、平尾宣樹（ひらおのぶき）は大画面のモニターから視線を引き戻した。二年前に発生した強盗殺人事件の応援に、昨日から動員されていた。越谷（こしがや）市内で金融業者の自宅に何者かが深夜に押し入り、刃渡り二十センチのナイフで社長夫妻を殺害。居間の押し入れから現金八百万円が入った金庫を盗んでいった。金庫の重さは優に百キロを超える。現場に遺留品がなく、二年がすぎてもめぼしい手がかりは得られていなかった。

平尾は気を取り直して聴取に戻った。殺害された社長夫妻との交友関係を、さらに問いただした。メモを取りながらも、視界の端でニュース映像を気にかける自分がいた。あの男の眼鏡にかなわなければ、県下の公共事業は落札できない。元建設官僚で、今も国土交通省の官僚に睨（にら）みが利く。宇田の選挙には地元の建設業者がこぞって支援に駆け回る。

「もしかすると警部補も、例の談合事件に動かれていたんですか？」

運送会社を出ると、部下が腫れ物に触りでもするような訊き方をしてきた。刑事になったばかりの若手に、同情の目を向けられる謂（い）われはなかった。

次行くぞ。まともに答えず、平尾は覆面パトカーの助手席に収まった。

遊水池拡張工事での談合だった。公正取引委員会の要請を受けて、県警捜査二課では特務チームを編成して内偵捜査に動きだした。

ところが、ひと月後に、検察から横槍が入った。談合を仕切った建設会社の幹部を呼び出し、宇田清治郎の秘書との関係を洗い出しているさなかのことだった。

政治家の関与が疑われるケースでは、地検特捜部が乗り出してくる。主導権を奪われた県警の特務チームは解散させられた。しかも、地検の動きは鈍く、談合のみが摘発されて捜査は正式に終了したのだ。

公取と二課が動きだしたと知り、宇田清治郎が圧力をかけてきたのだった。そう確信はできても、法務省の官僚が認めるはずはなかった。当時の二課長とともに、平尾までが所轄に出された。県警では、今も屈辱の汚点として語られる事件だった。

あれから五年。

また宇田清治郎が県下の公共事業を食い物にしたのだ。今回は、総理の関与までが連日メディアで叫ばれていた。

国会には国政調査権がある。が、過去の例を見るまでもなく、証人喚問は野党の顔見せショーにすぎず、真相の解明につながるわけもなかった。検察と警察が動いてこそ、真実が突き止められる。

おそらく市民団体や野党が、総理や宇田を告発するのだろう。しかし、近年の特捜部は、法務省幹部の顔色ばかり見て、政治家の案件に積極的とは言えなかった。せいぜい秘書を逮捕して終わるのが常なのだ。今の政権が省庁の人事権を握っているせいで、官僚たちは飼い慣らされた犬になっている。メディアがいくら笛を吹こうと、法務省と警察の官僚たちは動かなかった。

苦い記憶を噛み殺し、次の聞きこみ先に向かった。生憎と、県庁前の通りで夕方の渋滞につかまった。

車は進んでくれない。目を閉じれば、忌々しい政治家の顔がちらついた。貧乏揺すりを続けていると、握りしめたスマートフォンが震えた。新たな情報が入ったのだ。期待しながら電話に出た。

「――おれだ。今すぐ戸畑へ向かえ」

福島一課長自ら指示を出してくるとは、只事ではなかった。

「新たな事件ですか」

「ああ、三歳の女の子が行方不明になった」

「誘拐ですね」

「まだ断定はできていない。ただし、女の子の親と祖父がちょっとした有名人だ」

嫌な予感が胸をよぎる。メディアが注目する事件となれば、現場をろくに知らないキャリアの幹部連中が出しゃばってくる。

「誰の孫ですか」

「驚くなよ。――宇田清治郎だ」

冗談にしては、できが悪すぎた。不謹慎と思いながらも、皮肉の笑みが浮かぶ。あの男の孫を捜索するため、自分が現場へ送られるのか……。

「サッチョウからも命令が下りてきた。なので、部長が一人で騒ぎまくってる。とにかく宇田の身内に強い者を現場に出せ。そう指示が下された。おまえなら最適だろ。例の特務チームにいたんだからな」

「課長。本当に誘拐でしょうか……」

掌に汗がにじみ出していた。上荒川大橋(かみあらかわおおはし)のスキャンダルで世間の批判を浴びる政治家の孫が、このタイミングで行方不明になる。胸騒ぎしかしない。

「とにかく現場へ急げ。上もおまえが頼りだと言ってる。そっちの事件はあと回しだ。直ちに駆けつけろ。頼んだからな」

1

古めかしい木製の扉が左右に大きく開かれた。廊下で待つ男たちがいっせいに走りだす。我先（われさき）にと記者仲間を押しのけ、顔馴染みの議員を取り囲んでいく。そこにカメラクルーが割って入る。

「結論は出ましたか！」

「野党は審議に戻る条件として、宇田先生の証人喚問は譲れないと息巻いてますが」

扉の奥には、当の宇田清治郎がいる。なぜなら、秘書を務める次男坊が廊下でひたすらうつむき、待っていたのだから。

彼らは廊下に立つ晄司（こうじ）の姿を見つけるなり、すぐ取り囲んできた。秘書になってまだ五ヶ月。自分は何も知りません。父も報道に困惑しています。無難な言い訳をいくら口にしようと彼らは聞く耳を持たず、執拗に同じ質問をくり返した。正式に会見を開く気はないんですか。国民の疑問に答える義務があるとは思いませんかね。

手を替え品を替え、攻撃の矢を放つ。が、決して礼を失した訊き方はしてこなかった。のちのち地盤を継ぐかもしれず、恨みを買ったのでは困る。もしや父は、この日を予期していたのだろうか。肉親の秘書であれば、メディアの追及をかわす盾の役目を果たしてくれる。

「今日は身内の政策勉強会だよ。例の件だったら、国対のほうに訊いたほうがいいんじゃないのかな」

派閥のまとめ役を任じるベテラン議員が記者の前へと進み出て言った。

「でも、証人喚問の話は出ましたよね、当然」

「いやいや。だから、ないって。野党の見え透いた戦術に乗るのは時間の無駄だよ」

「参考人招致には応じるべきだという見方も、与党内の一部には出ていますが」

「多くの国民は納得していません。世論調査の結果はご存じですよね」

「どうなのかなぁ。メディアの調査は誘導尋問に近い部分もあるって言うし。それに、誰がどう見ようと、国政とは無縁の問題でしょ。地元と国交省の調査結果を待ったほうがいいと思うけどね」

質問を受け止めてくれた議員に一礼し、晄司は廊下の奥へ足を速めた。気づいた記者が呼び止めてくる。

「待ってください、また逃げるんですか！」

前方のドアはすでに警備員が固めていた。が、実はこちらもダミーだった。

会議が終わるまでは廊下にいろ。息子が突っ立っていれば、父親は中にいる、と誰もが思う。姑息であろうと、そこそこ有効な手立てだった。

記者を煙に巻かねば、ろくに移動もできなかった。警備員がガードする横をすり抜けて、階段を駆け下りる。

メディアと野党の突き上げは日に日に厳しさを増していた。事務所にも連日、匿名の電話がかかってきた。ウェブサイトの通信欄にも、厳しい書きこみが続く。どうせ金をもらったんだろ。総理の犬めが。証拠もないのに、指弾の雨あられが降りそそぐ。

地下の通用口を守る警備員に会釈し、父の待つ車へ急いだ。派閥本部の入るビルなので、セキュリティーは万全だ。駐車場に記者は入ってこられない。ドアを開けて、車内に滑りこむ。

「お疲れ様でした」

運転席から大島昇がねぎらいの声をかけてきた。囮役を務めた息子が戻ろうと、父は見向きもしない。不機嫌を絵に描いたような顔でスマートフォンを握り、早くも誰かを怒鳴りつけていた。

「……なに寝ぼけたことを言ってる。あいつらを手懐けるのも君の仕事だろうが。連中の弱みを見つけて取引材料にしないでどうする。あらゆる手を使え」

相手は官邸に出入りする官僚か。派閥の息のかかった番記者か。

携帯電話のおかげで、政治家は四六時中、どこで誰とでも密談ができた。一度父の通話履歴を取り寄せてみたいが、親子の間でも越えてはならない一線はあった。

「では、会館に戻ります」

大島が晄司に言い、車を出した。ひとまず事務所で事態を見極め、今日これからの予定を決めるらしい。

「……もういい、また電話する。絶対にしくじるなよ」

舌打ちとともに通話が終わった。が、息子の視線を受け流して、父はまた別の者に電話をかけ始めた。

「――宇田です。ご心配をおかけして、まことに申し訳ありません。先ほど九條先生とは打ち合わせをさせていただきました。野党がめぼしい攻撃材料を持ち合わせていないのは明らかで、単なる街頭宣伝と同じだと思われます。県のほうは、うちの揚一朗に抑えさせています。どうかご心配はなさらずに、とお伝えください……」

兄の名前までが登場してきた。新聞報道でも、親子の共謀を疑う記事を見受ける。

優等生を絵に描き、さらにコンクリートで塗り固めたようなあの人に、メディアや地元の野党議員と渡り合う気骨がどこまであるか。この先も家族が針のむしろに座らされる。

「なあ、父さん。何を話し合ったか、聞かせてくれないのか。九條先生も出席したんだよな」

「一人前の口を利くじゃないか。まだ満足に仕事も覚えてないくせに」

あえて血縁の情を排する目を、父は作ってみせた。息子にまで演技が過剰すぎる。晄司も声をとがらせた。

「おれだって、家族の一員だ」

「ふざけるな。ここにいる大島や牛窪だって、立派な身内だ。おれは事務員だろうと分け隔てなく信頼してきた。だから、今のおれがある」

「有権者を前に言うような綺麗事はやめてくれ。いつまで身内に迷惑をかける気なんだ」

「たかだか三千万ぐらいを工面できず、ピーピー泣きついてきた男が、威勢のいい台詞を吐くな」

「兄さんたちが言わないから、代わりに言ってるんだ。逃げきれると本気で思ってるのか」

「晄司さん……」

いくら息子でも、先生に言葉がすぎますよ。大島たち先輩秘書は、この期に及んでもまだ父を全力で支え、そのことに疑問を抱いてもいない。絆の深さと責任感には驚かされる。

「いいか、晄司。戦い方の技ってものを、もっと学べ。逃げるように見えながらも、次の攻めにつながる布石を打つ。知恵を駆使する者だけが生き残れる世界なんだ。おまえはな、まだ勉強が足りちゃいない。秘書としてじゃなく、人として、だ。だから親友と見こんだ男に手痛い裏切りを受けるんだ。いいかげん自覚しろ」

相手にダメージを与える言葉の効能を、父はよく知っていた。幼いころから、いつも理づめで叱られてきた。気がつくと、反論できないコーナーへと追いつめられていた。

「いいか、晄司。気持ちを顔に出すやつは半人前だ。堂々と胸を張っていろ。こそこそ背を丸める者は、後ろ暗さがあるからだ、と見られるのが落ちだ。秘書も同じだぞ。何度も同じことを言わせるな」

車は貝坂通りに出て、右へ折れた。議事堂前に並ぶ議員会館まで一キロ弱。

通行証を持つ記者たちが会館には出入りする。事務所へ上がるルートを先に確保しておいたほうがいい。会館担当の藤沢美和子に衛視の手配を頼もうと考えて、アドレス帳を表示させると、スマホが身を震わせた。

珍しくも、姉からの着信だった。

晄司が秘書になると聞いて、姉は急に距離を置き始めた。父親の仕事を忌み嫌っていながら、事業でしくじったとたん、おめおめと帰ってくるとは何事か。まさか後釜に座る気ではないだろうな。

姉の警戒心はすなわち、兄を差し置いて、彼女の夫が同じ位置を狙っているからにほかならなかった。

家族の中、姉だけは味方でいてくれる、と信じていた。歳が近く、父が県会議員に出馬した当時、ともに小学生だった。名を連呼する選挙カーが通っていくたび、教室で身を縮めた。兄と違って成績が振るわず、二人とも肩身の狭さを味わってきた。

――今になって、どうして戻ってきたのよ。正直に言いなさいってば。

兄と姉には何度も言った。政治家になるつもりはない、と。借金の尻ぬぐいで父に迷惑をかけた。その罪滅ぼしだ、と。友と見こんだ男を信じきったあげくに裏切られたまぬけな男に、厳しい政治家の仕事が務まるわけもない。今後は兄さんたちを支えていく、と。

嘘偽りない本音を語ったにもかかわらず、昔の優しい姉は戻らなかった。その姉が仕事中に電話をかけてくるなど、この五ヶ月で初めてのことだった。

「もしもし、悪いけど、今取りこみ中で――」

最後まで言えなかった。取り乱すような声でまくし立てられた。

「柚葉がいないの！　誰かに押し倒されたの。気がついたら、どこにも柚葉がいなくて……さらわれたのかもしれない、どうしよ、晄司」

理解が及ばなかった。さらわれた――と言われた気もしたが、早口のうえに声も上擦っていた。

「落ち着いてくれよ、姉さん。押し倒されたって、どういうことだ？」

「わからないのよ……。柚葉がいないの。ビニールハウスの道、あるでしょ。あそこを自転車で通ってたの。そしたら、車が横を通って。いきなり畑のほうに倒されて、わけがわからなくて。どうしよう。父さんに代わって。そこにいるでしょ。恒之に電話しても出てくれなくて──あ、血が出てる。頭を打ったみたい。警察に伝えないと……」

実家の近くに畑はあったが、ビニールハウスの場所まではわからなかった。自転車で転倒し、気を失っているうちに柚葉が一人で歩き回ってしまったのか……。

「姉さん、そこ、用水路が走ってないだろうな」

自分で言って、水に流されていく柚葉の姿を想像し、初めてぞっと背中が冷えた。

「ないよ。西の畑だもの。あんただって何度も通ったことあるでしょ、あの細い道。ビニールハウスの中ものぞいてみたの。でも、いないのよ、どこにも柚葉が！」

昔の記憶と近所の光景が重なった。あの畑に用水路は走っていなかった。すぐ近くまで家が建てこんでいるが、周辺にはまだ雑木林もまばらに残る場所だった。

「父さん、緊急事態だ」

隣で誰かと密談中の父に小声で告げた。

「また麻由美か」

「柚葉がいなくなったみたいだ。恒之さんには連絡が取れていない」

「何やってるんだ。貸せ」

自分のスマホを切って、手を伸ばしてきた。奪い取るなり、押し殺した声で告げた。

「おい、どこでいなくなった。――落ち着け。近所は探したろうな」

父の表情が一変した。姉の言動を疑うかのように、晄司の目をのぞき見てきた。

「――待て。だから、待てと言ってるんだ。本当にぶつけられたのか、軽自動車に」

車が停まった。会館の駐車場前で衛視のチェックを受けるためだった。バックミラーの中で、大島が心配そうに様子をうかがってくる。父が窓の外に向かって手を上げながら、電話に告げた。

「いいから、よく聞け。柚葉の足跡は畑に残っていなかったのか。落ち着いて辺りを探したんだろうな」

柚葉がいないの。スマホから姉の叫びがあふれ出す。

「わかった、いいから、おまえはそこにいろ。すぐ米森(よねもり)を向かわせる」

米森時子(ときこ)は二十年も地元で金庫番を任されてきたベテランだった。彼女が近くにいてくれれば姉も心強いだろう。

「任せろ。警察にはおれがしっかり伝える。おまえはそこを動かず、恒之君に連絡を取れ。つかまらなければ、片っ端から秘書に電話を入れろ。いいか、落ち着けよ。まだ誘拐だなんて決まったわけじゃない。そんなばかなことがあってたまるか。現場は米森に任せれば心配はない。後援会から人を出させて、辺りを探させる。いいな、いったん電話を切るぞ」

チェックを受けて正面口で車は停まった。が、父は降りようとせず、スマホを晄司に突き返して早口に言った。

「本部長の綿貫(わたぬき)を呼び出せ。つかまらなければ刑事部長でもいい。今すぐに、だ。できるな」

無理だとは言わせないぞ。おまえも秘書の端くれで、柚葉の叔父なのだからな。

スマホを受け取った。まだ五ヶ月の新米でも、名刺を交わした地元の警察幹部は何人もいた。

県警本部の電話番号を選んでタップした。父がまたどこかへ電話をかけ始めた。国家公安委員長を務めるベテラン議員をつかまえる気だろう。

まだ状況はわからなかった。たぶん柚葉は、気を失った母親を助けようと、人を呼びに向かったのだ。頼む。そうであってくれ。

宇田清治郎が疑惑の集中砲火を浴びる中、孫が忽然(こつぜん)と姿を消す――。

怖ろしい想像を振り払った。絶対に違う。誘拐事件がそう簡単に起きてたまるものか。

――コウちゃん。パパの団長、やってくれるんだよね。

晄司が秘書になると聞かされたらしく、柚葉は笑いながら近づいてきた。団長にはなれないけれど、柚葉のパパを一生懸命応援するよ。

——ダメ。コウちゃん、団長やって。パパ、喜ぶもの。ユズも手伝うの。

家に戻るしかなくなった晄司を、柚葉だけが無垢な笑顔で迎えてくれた。父も母も、柚葉を前にすると、底抜けの笑顔を見せる。

県警本部の幹部を呼び出しながら、あの子の無事を一心に祈った。

2

県道を遠回りしたので、現場まで三十五分かかった。すでに陽は沈み、ビニールハウスのシルエットが頼りない街灯に寒々と映し出されていた。

平尾は覆面パトカーから降り立ち、辺りを見回した。住宅地の中、ぽっかりとサッカー場ほどの農地が広がっている。

「あなたが平尾警部補ですね」

制服警官を押しのけて、五十年配の女が近づいた。筋張った首回りと銀縁の細い眼鏡に見覚えがあった。金庫番を任されている米森時子に違いなかった。

「どう見ても誘拐にしか思えない状況です。三歳の子が、気を失った母親を置いて、一人で歩き回るはずがありません。この夕暮れ時なんですから、誰が見たってわかりますよね」

挨拶すらなく、代議士の威を借りて責め立ててきた。たぶん彼女は、五年前に事務所を訪れた刑事の一人など、記憶にも残していないのだろう。幸いなことだ。

「落ち着いてお話しください」

「幼い女の子が誘拐されたんですよ。どうして落ち着いてられますか。近所の捜索に人を割くより、まずこの農道に通じるすべての道にある防犯カメラを手当たり次第に確認してください」

「すでに別の班の者が動いておりますので、ご安心ください。柚葉ちゃんの姿が見えないと確認できた時点で、警察庁にも報告は上げられています」

平尾は部下に目配せを送り、小うるさい秘書の相手を押しつけると、機動鑑識隊に駆け寄った。

幅五メートルの簡易舗装道。南二十メートルほどに民家が三軒。ビニールハウスの西は鉄工場のフェンスが続く。東の畑の先に資材置き場が見える。北はスレート葺きの倉庫か。昼日中であれば見通しは利くうえ、民家も近くにあって、さして危険な道とは言えなかった。

緒形母子が乗っていた自転車は、今も路肩に倒れていた。車にぶつけられたとおぼしき痕跡は見つかっていない。

急に畑のほうへ押し倒された。病院に搬送された緒形麻由美は、そう証言したという。

後ろから近づく白い軽自動車のナンバーは見ておらず、車種もわかっていなかった。

何者かがすれ違いざまに手を伸ばし、自転車を押した。そう見るのが最も自然か。となれば、その目的は限られている。

金目当てとは考えられなかった。財布と携帯電話に自宅の鍵と、すべて現場に残されていたからだ。

辺りはまだ明るく、子連れでもあったので、強姦目的とも思いにくい。では、狂言のセンはありうるか。

何らかの理由で我が子を死なせてしまい、その責任から逃れるため、娘が消えたと騒ぎ立てる。まれに起こるケースだ。

が、被害に遭う五分ほど前まで、近くの公園でママ友仲間と子どもたちを遊ばせていたのがわかっている。現場は公園から四百メートルほどしか離れておらず、たった五分ほどの間に子どもの命に関わるアクシデントが起こるとは考えにくい状況だった。

残るは――怨恨と身代金目的。

どちらも子どもの姿が消えたことに説明がつく。厄介な事件になりそうだ。

スマホが震えて着信を告げた。

「……はい、平尾です。現状を確認中です」

「牧村(まきむら)だ。サッチョウから指定事件にするとのお達しがきた。心してかかれ」

今度は刑事部長直々の伝令だった。しかも、警察庁指定事件になる――。

社会的影響の大きい凶悪または特異な事件で、複数の地域にまたがって組織的な捜査が必要と見なされた場合、警察庁は都道府県警と協議し、捜査方針を決定する。要するに、県警はこの先、警察庁の下働きをせよ、というのだった。

「どういうことでしょうか。複数の管轄にまたがって起きた事件じゃありませんよ。現場は埼玉県戸畑市の農道なんですから」

「そんなことは誰もがわかってる。ただ、誘拐と決まったら、うちだけじゃなく、永田町も巻きこんでの騒動になる」

早くも機嫌が悪かった。刑事部の責任者であろうと、警察庁のキャリアには逆らえない。一切の相談もなく、頭ごしに指示が下りてきたと思われる。

「いいか。代議士は、国民を代表して国のために働いてる。その親族が被害に遭った事件で、もし代議士への怨恨も動機の中にふくまれていたら、明確な国への反逆行為にほかならないそうだ」

たまげた拡大解釈だった。

おおかた宇田清治郎が国家公安委員長に泣きついたのだ。埼玉県警の田舎刑事では頼りにならない。警察庁のエリートを総動員して、必ず孫娘を救い出せ、と。暗躍を得意とする政治家であれば、苦もなく策は打てる。

通報からまだ一時間ほど。誘拐と決まったわけでもない。この動き出しの早さが、のちのち問題になるおそれはありそうだった。

メディアの連中が知れば、必ず色めき立つ。過去に指定事件となった誘拐は何件あったのか。自分たちの子どもが姿を消した時も、警察は同じ捜査態勢を取ってくれるんだろうな。多くの国民が同じ疑問を抱く、と鬼の首を取らんばかりに責め立ててくる。

「とにかくローラー作戦で虱潰(しらみつぶ)しに目撃者を探せ。手がかりをつかむまで、本部に帰ってくるんじゃないぞ。わかったな」

夕闇が押し寄せる現場を、平尾はあらためて見渡した。

あの男の孫のために、多くの警察官が汗を流して駆け回るのだ。皮肉さを呪いたくなるが、今は女の子の無事を祈った。平尾にも中学生の娘が一人いた。ろくに口をきいてもくれず、父親などいないものと見なすような態度まで取りたがるが、あんな子でも三歳のころは無邪気に抱きついてもきた。緒形柚葉の両親は今、底の見えない恐怖の淵にいるのだろう。

五年前の因縁は忘れるしかなかった。どうせ指揮権は警察庁が握る。平尾たち県警の捜査員は、命じられた任務を果たすまでだ。

まずは聞きこみ。それと、防犯カメラの確認だ。ドライブレコーダーの提供を近隣業者に呼びかける必要もある。人手はいくらあっても足りなかった。

姉の電話から早くも一時間がすぎようとしていた。県警から情報は何ひとつ伝わってこない。運悪く夕方のラッシュにもぶつかり、車はまだ首都高速の北池袋から動けずにいた。

3

「だから、白バイを出せと言ったんだ！」

父が、握ったスマホを自分の太ももに打ちつけた。

芝里(しばさと)国家公安委員長の秘書はつかまえられた。地元に早く帰りたいので白バイかパトカーを出してくれ。そう強く訴えたが、手配に時間がかかる、と警視庁から正式な返事がきた。

まだ事件と確認はされていなかった。代議士だからと特別扱いしたのでは、必ずあとで問題になる。そう保身に走る頭の固い警察官僚がいたのだろう。大臣経験者であれば多少は無理も利いたはずだが、父がいくら泣きつこうと、パトカーでの先導は許可が出なかった。

「おい、県警は何をしてるんだ」

父が業を煮やし、今度は窓ガラスを平手でたたきつけた。

「近くに防犯カメラがなく、場所を広げて情報を集めてる、とだけ――」

同じ説明をくり返すしかなかった。県警刑事部の部長補佐が連絡係を引き受けると電話があったものの、この二十分は報告が途絶えていた。

代わりに、米森時子から怒りの電話が二度も入った。現場を訪れた警官たちの悠長さに焦れて、自ら県警幹部に電話を入れたところ、取り次いでもらえなかったからだ。情報はすべて担当の部長補佐が集約する。そういう名目で、こちらの余計な介入を防ぐ意図さえ感じられた。さらには、肝心の姉とも、その後は連絡が取れていなかった。

「……ったく、麻由美はどこの病院に運ばれたんだ。恒之は向かったはずだろ。田島と牛窪は何をしてる！」

狭い車内から動けないため、父の苛立ちは爆発寸前になっていた。

田島元邦からは、十分ほど前に連絡がきた。義兄は浦和の党県連本部で代表質問に備えた勉強会に出席中だった。田島は支援者との会合があったため、別行動になったのだという。

父の名代として戸畑事務所で地元の支援者から陳情を受けていた牛窪透も病院へ向かっている。いまだ連絡がないのは、姉と会えずにいるからだろう。

待ちわびていた着信があった。牛窪が病院に到着したのだ。

「――はい、晄司です。姉と会えたんですね」

「大変遅くなりまして申し訳ありませんでした。怪我の具合は軽く、脳波にも異常はないと今言われました。恒之さんはまだこちらに――」

見つめる父に、姉の怪我が軽かったことを伝えた。その間にも、牛窪の話は続く。

「……麻由美さんは刑事の聴取にも断言されています。何者かに自転車ごと押し倒された、と。すでに県警の慌ただしい動きは、記者クラブにつめるメディアが気づいていると思われます。もし誘拐と決まった場合、おかしな報道をされでもして、犯人が動揺したあげく、柚葉ちゃんの身に危険が及んだのでは困ります。先生にお伝えください」

言われて背筋が凍えた。柚葉の愛らしい笑顔が脳裏をよぎる。

「メディアを抑えるべきだと言ってます。迂闊でした。今すぐ県警に釘を刺します」

「待て。誘拐だと決まったのか」

「そうなってからじゃ遅いんだよ、父さん。ネット社会の今、メディアはまずSNSで速報を流す。県警が総動員態勢で動きだしたと、もし犯人が知ったら、人質の身に……」

父が動きを止めて、息を呑んだ。今ここでネット社会を恨んでみたところで始まらなかった。晄司は通話を切り、画面をタップした。県警の高垣部長補佐を呼び出した。

「早急にメディアを抑える手を打ってください」

「その点は、どうかご心配なく。記者クラブの幹事社に事情を伝え、報道協定の準備に入っています。もちろん、今はまだ先生がたの名前は出しておりません。それなりの地位にあるかたの子どもがさらわれた可能性が高い、とだけ」

「絶対に抜け駆けはさせないでください。SNSでほのめかすようなこともしない。そう確約を取ってください」

「事情は伝えています。少なくとも、うちの記者クラブに所属するメディアは大丈夫だと思います……」

「どういう意味です。クラブに所属していない記者であれば、自由に報道しても許されてしまうわけなんですか」

「いえ……。おそらく、そっちは大丈夫だと思うんですが、近ごろ問題になるのは――素人のネット発信なんです」

「どうした、何か問題でも起きたか」

父が晄司の手首をつかみ、力任せに揺すぶってきた。目で制しつつ、部長補佐の言葉に耳を立てる。

「……現場周辺では、すでに多くの捜査員が聞きこみに回っています。その際、人の命にかかわる捜査なので、絶対ネットに書きこまないよう、伝えてはいます。けれど、中には人の注目を集めたくて、我々の忠告に耳を貸さず、友人知人になら伝えてもいいだろうと勝手な解釈をする者もいるんです。匿名の書きこみサイトもあり、油断がなりません」

とんでもない時代になったものだ。

人質の身に思いを及ぼすことができず、ネット世界で注目を浴びたいとの感情が勝ってしまう。自分らは仲間内で噂し合っているにすぎず、法律で禁止されているわけでもない。

今や警察とメディアの間で交わされる報道協定の意味合いは、かなり薄れつつあるようだった。

「ネットの投稿を抑える手段はないんですか」

「残念ですが……。インターネット媒体が多すぎるため、法の網をかけて規制や監視をすることはまず不可能です」

犯人が警察の捜査状況を知るには、メディアのニュースではなく、一般市民のブログやつぶやきを検索したほうが手っ取り早くなってしまうのだ。晄司はスマホを両手で支えた。

「お願いです。聞きこみの際には、とにかく厳しい忠告を与えてください。もしネットに書きこんだ場合、偽計業務妨害罪(ぎけいぎょうむぼうがい)で摘発を受けることになるのだ、と……」

「我々も充分な配慮に努めていきます」

配慮、などという甘ったるい言い方が気になった。

晄司は声に力をこめた。

「徹底してください。宇田清治郎も横でうなずいています。お願いしますからね」

父の名を出すことで、どこまで脅しが利くか。代議士の名を振りかざして強気に意を通していくのも、秘書たる者の務めだった。

通話を終えると、晄司は背もたれに身をあずけて息をついた。車はまだ板橋区役所の横に差しかかったところだ。このぶんだと、戸畑の自宅まで一時間はかかる。

頼む。誰か柚葉を見つけ出してくれ。

握りしめたスマホを額にあてがって祈りを捧げた――と同時に、振動が手に伝わった。見ると、再び牛窪からの着信だった。

「――大変です、晄司さん！」

叫びに近い声が鼓膜を打った。切迫した事態が起きたのだとわかり、震えが全身を走りぬける。

「……たった今、事務所から電話がきました。五時ちょうどに、ホームページの通信欄に書きこみがあったそうです。気づくのが遅れて申し訳ない、と。その文面には――写真が貼りつけてあったんです」

どういう写真なのか……。

のどが苦しく、あえぎしか出てこなかった。父にも聞こえたのか、肩先に顔を近づけてきた。

「……誰がどう見ても、柚葉ちゃんに間違いないそうです。ビニールロープで手足を縛られ、大粒の涙をこぼしてる姿が……写っていた、と……」

牛窪が悔しげに声を押し出した。彼も涙をこらえているようだった。

4

十七時十分、戸畑署に捜査本部が設けられた。同時刻、埼玉県警本部は記者クラブと報道協定を締結した。

平尾は本部からの指示を受けて、誘拐現場から三キロほど離れた宇田清治郎の戸畑事務所へ急行した。JRの駅から少し離れた場所で覆面パトカーを降り、裏の通用口から第三野々山ビルに入った。

薬局や手芸店も軒を連ね、上層階は賃貸マンションになっているため、人の出入りは普段から多い。犯人の一味が監視の目をそそいでいようと、人相の悪さを誇り、よほどすり切れた靴底をした者でなければ、刑事との特定はできないと思いたかった。

通路の先に、四十年配の女性が青白い顔で立っていた。犯人の書きこみに気づいた事務員だ。彼女も平尾の顔には見覚えがなかったらしく、「こちらです」と低姿勢で案内してくれた。

歩きながら直ちにスマホで本部の高垣部長補佐に報告を上げる。

「到着しました。これより事務所に入ります」

「あと十分で録音班が裏に到着する。小池と横田だ」

歳も若く、普段から髪型にも気を使っている二人だった。いかにも刑事という風体からは遠い。

細い通路を進むと、体格のいいスーツ姿の男が待っていて、金属製のドアを押し開けた。

政策秘書の木原誠也、三十九歳。六年ほど前、宇田にスカウトされて国交省から転職してきた、と記憶にある。官僚に多い東大の出ではなかったため、省内の出世より未来の議員を目指したのだろう。こういう野心を持つ男たちが、代議士の懐刀を務めたのち、政界へ転出していく。

現在、宇田清治郎には公設と私設をあわせて六名の秘書がいた。九ヶ月ほど前に、一名が県議を目指して出身地の山梨に帰っている。その穴埋めに五ヶ月前、宇田の次男坊が秘書に就任したと聞いた。おって詳しい情報が本部から送られてくるだろう。

事務所は県警本部の小会議室ほどの広さがあった。奥にドアがふたつ見える。応接室と代議士の執務室か。正面のガラスドアにはシャッターが下り、窓もブラインドで隠されていた。

「犯人の書きこみを確認させてください」

「こちらです」

木原がブラインド横のデスクへ急いだ。パソコンのディスプレイに短い文面と小さな写真が表示されていた。

写真の解像度はそう高くなかった。背景から情報を読み取られないよう、あえて解像度を落としたと考えられる。薄茶色の毛布の上に、幼い女の子が寝かされていた。白地に赤い水玉模様のシャツと青いジーンズ。失踪時の着衣と同じだ。

緒形柚葉は涙の浮かぶ目で、呆然とカメラを見ていた。自分に何が起きたのか、理解できていない顔だった。口には粘着テープが貼られ、か細い両腕と両足首に青いビニールロープが巻きついていた。

毛布の左上には、白い金属の壁板が見える。母親は、近づく白い軽自動車を目撃している。おそらくその荷台で犯行直後に撮られたものだろう。

写真の上に、短い書きこみがあった。

『孫娘は預かった。この事務所のホームページと宇田清治郎のフェイスブック、宇田親子三人のツイッターとメールアドレス、ならびに通信回線の遮断は絶対に許されない。

もしアクセス不能になれば、孫娘は二度と生きて戻らないと思え。』

深い意味を持つ文面だった。

宇田清治郎のウェブサイトには、意見や感想、問い合わせ等を受けつける支援者通信欄が設けられていた。そこに書きこまれたものなのだ。

つまり犯人は、宇田清治郎の孫娘と知り、緒形柚葉を誘拐したわけだ。

世の政治家はほぼもれなく、自身のウェブサイトを持っている。有権者に自分の政策と仕事ぶりを告知し、選挙に活用していくためだ。そのトップページには、事務所の住所はもちろん、電話番号にメールアドレスも記載してある。意見を書きこめる専用ページを設けるケースも多い。

今回のように政治家の親族が誘拐された場合、犯人は苦もなく人質の家族に連絡をつけることができるのだ。有権者へ広く扉を開くことが票につながるとの考えだろうが、同時にトラブルを招きかねない危険と隣り合わせでもあるのだった。

平尾はあらためて宇田清治郎の経歴を思い起こした。

東大法学部を出て、旧建設省の官僚となる。埼玉出身の縁から、宇田和代と知り合い、結婚。和代の父の政司は地元で建設業を営み、県会議員を務めてもいた。国政への進出を考え、いずれ県議の座を継げそうな娘婿を探していたのだ。

ところが、政司は衆議院選挙の候補者として日本新民党の公認を得た直後、病に倒れ、国政への進出を断念。清治郎も若かったため、義父の地盤を継いで県会議員を二期務めた七年後に、ようやく国政へ転出して初当選を果たす。

当時の選挙区には、三期目を狙う与党議員がいた。そのため、清治郎は当初、無所属で立候補すると表明した。

新民党の埼玉県連は混乱に陥った。地元の県議と市議の多くが、宇田清治郎の支持を表明したのだ。元建設官僚で、行政府との太いパイプを持つ清治郎の力で、多くの公共事業が地元にもたらされた経緯があったからだ。

県連では事態を収拾できなくなり、党の幹事長に裁定を仰いだ。その結果、清治郎が公認候補とされた。実績で先輩議員を押しのけて国政の議席を奪うという、豪腕ぶりを見せたのだった。

その後は、当選二回で内閣官房副長官を射止める。国交政務官を経て、復興副大臣に就き、六期目の今は党政調会長代理の任にある。

平尾はディスプレイに目を戻した。意見を書きこむページには、差出人の名前と年代、性別、メールアドレスを記す箇所があった。空欄のままだと、書きこみはできない設定になっているためである。

差出人は、正義を守る会。四十代女性。メールアドレスは見るからにデタラメとわかるランダムなアルファベットの羅列だった。

三歳の罪もない女の子を誘拐したうえ、縛りつけて写真を撮っておきながら、正義を守る会を自称するとは悪ふざけがすぎる。その悪意に満ちたネーミングから、宇田清治郎という政治家への反感や恨みが強く匂い立つようだった。

ポケットの中でスマホが震えた。またも牧村刑事部長から直々の電話だった。

「――おい、心してかかれよ。ずいぶんと厄介な相手だぞ」

「わかります。犯人は今後も、このウェブサイトを通じて身代金の要求をしてくる気でしょうね」

「早まるな。とんでもない見こみ違いだぞ。そんな甘っちょろいやつじゃなさそうだ」

にべもなく否定された。部長の声が苦しげにかすれた。

「なあ、おまえは聞いたことがあるか。発信元のIPアドレスをたどれないように隠す匿名化ソフトが、最近はあちこちで出回ってるらしい。ネット関連にちょっと詳しい者なら、簡単に手に入れられるそうだよ、ちくしょうめが」

にわかに信じられず、牧村の言葉を反芻した。

IPアドレスは、インターネットサービスのプロバイダー（接続業者）から提供される身分証明書のようなものだ。ネットへアクセスする際には必須となる。

通常のネット接続であれば、IPアドレスがプロバイダーにチェックされて、当該サイトにアクセスが許され、その記録が残る仕組みなのだ。相手の持つIPアドレスで契約者であると確認できて初めて、ネットを利用することが可能になる。

その接続の際に、匿名化ソフトが働き、IPアドレスを別のものに書き換えてしまう理屈なのだろう。

「いいか、よく聞けよ。多くの匿名化ソフトは、海外サーバー経由で、外国籍のアドレスを偽装するようになってるそうだ。わざわざ海外の警察組織に協力を求めて、そのIPアドレスを突き止めたとしても、書き換え前の本当のアドレスにはたどり着けない、という寸法だ」

平尾は唇を嚙んだ。誰が何の目的で、こんなルール違反の迷惑でしかないプログラムを開発し、撒き散らすのか。

頭のいい連中の気が知れなかった。それほど自分の存在を隠したうえで、ネット社会をかき回したい者がいるらしい。

「まさかとは思いますが、身元をたどる手段がまったくないわけじゃ……」

「悔しいが、どうにも手がないようなんだ。今回のIPアドレスはエストニアのものだった。サイバー犯罪対策班もその出所(でどころ)を追いかける自信はまったくないと言ってる。いいや――それより何より、次も同じアドレスを使ってアクセスしてくる保証もないそうだ」

エストニアという国がどこにあるのか、世界地図を思い浮かべても場所の確信は持てなかった。当該地の警察に協力を求めても無駄なのでは、手の施しようがない。

「あと五分で録音班がそっちに到着するが、無駄に終わるな……」

ネット時代の新たな脅迫手段なのだ……。

最先端の現実に、知識と経験が追いついてこない。腹立たしさのあまり、平尾は拳をデスクにたたきつけた。その音を聞き、横にいた木原秘書が体を揺らした。

文明が発達するたび、新たな犯罪が生まれ、狡賢い悪人が高笑いする。警察は、新たな法律を整えて対抗措置を図るが、必ず後手に回る。ネットの知識に長けた専門捜査官の数は、現状でも足りていないのだった。

ネット犯罪に国境はない。パソコンひとつで国外から金銭を奪うことも可能だ。世界各地で次々とネットバンクのセキュリティーが破られ、大金がかすめ取られていく。不法な手段で得られた金が、世界を駆けめぐるマネーロンダリングの果てに、正当な利益となって悪人の懐を潤す。

「部長、とんでもなく嫌な予感しかしませんね」

「ああ。ビットコインとかの仮想通貨で身代金を要求されたら、とても我々じゃあ追いきれない……」

警察庁のサイバー犯罪対策班だけで、世界を自在に飛び交う仮想通貨の見張りが、くまなくできるとは考えられない。その取引も、まず疑いなく匿名化ソフトを使って発信元のＩＰアドレスが書き換えられたうえで行われるのだ。この犯人はネットの闇に身を隠し、身代金を手にするつもりなのだ。

「いいか、平尾。上は早くも頭を抱えてる。この犯人を取り逃がそうものなら、続々と類似犯が日本各地で発生しかねないぞ」

冗談ではなかった。

誘拐された被害者が、代議士の孫だからではなく、日本の治安を守りぬくためにも、絶対にこの犯人を逃すわけにはいかないのだ。

犯人は今どこにいて、次に何を仕掛けてくる気か。

頼むから、どうか現金で身代金を要求してくれ。その場合は、犯人と接触できる可能性が生まれる。過去の経験が少しは役に立つ。

もしネットの中で身代金が回遊させられ、マネーロンダリングを重ねられたら、手の出しようがなくなってしまう。

「今、ビルの裏に到着した。念のためだ。あとは頼むぞ」

何を頼むというのだろうか。

役に立たない録音班を出迎えるため、平尾はビルの裏口へ走った。

5

誘拐犯から送られてきた写真がスマホの画面に表示された。

たった三歳の柚葉がビニールロープで縛られていた。口は粘着テープで封じられ、見開かれた目に涙が見えた。幼い姪の泣き声が、晄司の耳にははっきりと聞こえてきた。

「おい、見せろ。柚葉に間違いないのか！」

「だめだ。父さんは見ないほうがいい」

晄司はスマホを手で隠した。腕を押さえつけられたが、身を揺すって振りほどいた。

「柚葉が縛られてる。もう誘拐は間違いない」

「いいから見せろ。携帯をよこせ」

「見る必要はない！　父さんが見たところで何の解決にもならないだろうが。胸の痛みが増すだけだ」

「そんなに……ひどい姿なのか」

「いや、顔に傷はない。縛られてるだけだと思う。今は無理してでも冷静になって、自分たちに何ができるかを考えるべきだ」

怒りの吐き出しようがなく、父が運転席のシートを蹴りつけた。それでも大島は動じずに運転を続けた。気性の荒い父の秘書を伊達に八年も務めてきたわけではなかった。

「聞いてくれ、父さん」

そう前置きしてから、晄司は犯人の書きこみを読み上げた。

「孫娘を預かったと書いてある。ウェブサイトなら恒之さんも持ってたのに、だ。つまり、犯人は姉さんたちの娘を狙ったんじゃない。宇田清治郎の孫だから、柚葉を誘拐したんだ」

父のこめかみが激しくうねった。晄司は体ごと向き直って言った。

「要するに、犯人の狙いは——父さんにあるわけだ」

「おれのせいだと言いたいのか」

声と肩が激しく震えた。目が赤く染まりだす。

「そうは言ってない。例の件が騒がれてる時だから、父さんに目をつけ、懲らしめてやろうと考えたのかもしれない。けど、今は犯人がどうして父さんを標的にしたのかを恨んでる時じゃないと思う。今考えないといけないのは、犯人の要求にどこまで我々が応えられるか、だ」

「つまり——金だな」

父が視線を暗い窓にそらしながら、突き放すように言った。

「米森さんに聞けばいいんだろうか」

金庫番に問い合わせれば、今すぐ用意できる政治資金の額がわかる。

家にも少しは蓄えがあるだろう。けれど、前回の選挙後に報道された議員の資産公開で、父の総額は与党の中でも下位だった。

父は、宇田の家に婿として入った。母の父は県会議員を務めていたとはいえ、国政進出を準備する中、病に倒れた。受け継いだ資産の大半は、父の国政への進出で消えたと聞く。

祖父が起こした建設会社も、人手に渡っていた。自宅はそれなりに広いが、駅に近い立地ではなかった。宇田家に用意できる現金が今どれほどあるのか。資金管理団体の経理を見ていない晄司には見当もつかなかった。

「心配するな。少しはある。借りる算段もつけられる。二十年以上も代議士を務めてきたんだぞ」

いくらか胸を撫で下ろした。もし家に金がないとなれば、自分が事業で失敗した時の借金を肩代わりしてもらったせいだと思えてしまう。

三千二百万円。銀行との交渉が決裂し、晄司一人では処理できない額になっていた。

「おまえが気にすることはない。若いうちの苦労と借金は財産だと思えと言っただろうが」

「……はい」

「親を頼ってくれて、ありがたかったぐらいだよ。牛窪も歳だから、すべてを任せられるのは、せいぜいあと五年だろう。それまでに多くを学べ。金のことは気にするな。麻由美と恒之君にも伝えてやれ、ほら、急げ。何としてでも、おれが柚葉を助けてやる。そう母さんにも言って、安心させてやらんとな」

我が身に言い聞かせるようにつぶやくと、父はまた自分のスマホを握り直した。

警察や牛窪との連絡に気を取られるあまり、母のことを忘れていた。すでに病院に到着したころだろうが、父と晄司に電話をかけてきてもいなかった。家を任されている自覚と、警察相手の折衝を邪魔してはならないと考えてのことだろう。母の精神力も並ではなかった。

晄司はまず義兄の携帯に電話を入れた。スマホを握りしめていたのか、ワンコールでつながった。

「——晄司君、お義父さんには写真を見せないでくれよ」

「わかってます。それより義兄さんこそ大丈夫ですか」

「いや、気がおかしくなりそうだ。あ——逸美(いつみ)さんにも連絡してくれたよな」

言われてまた気づかされた。兄の家族のことを忘れていた。

「あ、いえ……」

「何してるんだ！　啓(けい)ちゃんと賢(けん)ちゃんも危ないかもしれないじゃないか」

兄夫婦は実家を出て、事務所を置く大宮に住んでいた。牛窪が兄にも連絡し、子どもたちの安否は確認したと思うが……。

「犯人はお義父さんを脅迫するつもりでいると警察の人も言ってた。え——？　あ、そうですか。晄司君、警察が啓ちゃんたちの無事は確認してくれたそうだ。後援会の婦人部の人が逸美さんたちについてくれてるらしい。安心したよ……」

恒之は涙声をしぼるように言い、大きく息をついた。

娘が誘拐され、縛られた写真を目にしながらも、兄たちの子を真っ先に案じてみせた。晄司は我が身を恥じた。父親に大金を吐き出させた事実があるため、まず金の算段を不安視していた。緒形恒之という男の度量を知らされる思いだった。

彼は議員になる野心を秘めて姉に近づき、結婚を決めた。だから、宇田の家に入ることを強く望んだ。が、父は二人の結婚を祝福しながらも、婿入りは許さなかった。兄の将来を思う母の意を酌んだからだった。

夫の地盤は、揚一朗が受け継ぐ。宇田の名前をそう簡単には与えられない。姉の涙ながらの懇願にも、父と母は首を縦に振らなかった。

恒之は顔に出そうとしなかったが、宇田の姓を与えられなかった無念を今も腹に秘めているだろう。だから、晄司が父の秘書になると知り、多くを考えたはずだ。以来、姉と二人で薄紙を挟んだようなよそよそしさを見せるようになった。案外と器の小さい人だ、と思っていたが、少し意地の悪い見方だったようだ。

「恒之さん、父さんからの伝言だ。身代金の心配はいらない。絶対に柚葉を救い出してみせる。警察との打ち合わせは、すべて引き受けるから、義兄さんたちはただ、いい知らせを待っていてほしい。横で今、父さんが母さんにも伝えてるところだ」

「ありがとう、晄司君。お金のことは、お義父さんに相談するしかないと考えてたところなんだ……。何としても柚葉を……柚葉を……」

あとは声にならず、嗚咽になった。

晄司は胸苦しさを抑えながら言った。

「大丈夫だよ。絶対に助かる。県警だけじゃなく、警察庁も動いてくれてる」

「――突然、申し訳ありません、電話を代わりました、牛窪です」

涙に暮れる恒之に代わって、牛窪が電話を預かったのだ。が、それにしても、声が張りつめていた。また悪寒が足先から背筋へと駈けぬける。

「何か――」

ありましたか、と尋ねようとするそばから、牛窪が急きこむように言った。

「実は、また書きこみが、ありました。事務所の木原から、たった今電話が……」

犯人からだ。

いよいよ身代金を要求してきた。

視線を振り向けると、気配を察した父が固唾(かたず)を呑むような表情を見せた。晄司はうなずき、牛窪の言葉を待った。

「……とんでもない要求です」

「いくら用意しろ、というんですか」

「それが……現金じゃありません」

「宝石とか、金のインゴットじゃ……。まさかネット銀行に金を振りこめと――」

「いいえ、まったく、違うんです。犯人の要求は……先生の記者会見です」

意味がわからなかった。現金を要求せずに、記者会見とはどういうことか。

もしや……。

父は今、野党から証人喚問を要求されている身だった。

「明日の午後五時までに会見を開いて……おまえの罪を、自白しろ、と――」

耳を疑った。金のために柚葉を誘拐したわけではなかったのだ。

批判の矢面に立つ政治家に、罪を自白しろと迫る……。前代未聞の要求だった。その目的はどこにあるのか。

「どうした、何があった！」

父がまた腕を揺すぶってきた。

言葉が見つからず、晄司はただ父の老いた顔を見つめ続けた。

6

十八時二十五分。第三野々山ビル裏の駐車場に、宇田清治郎の乗る黒塗りが到着した。永田町の議員会館を出て、おおよそ一時間半。

平尾は、本部から駆けつけた高垣部長補佐と通用口まで出て、代議士一行を待ち受けた。

真っ先に車を降りた男は初めて見る顔だった。三十代の前半なので、次男の晄司に違いない。中肉中背、これといった特徴のないのっぺりとした顔は、母親似だ。父親の側に回って手を差し伸べたが、宇田清治郎は息子を見向きもせずに降り立った。そのまま通用口へ大股に歩いてきた。

禿鷹を思わせる痩身(そうしん)は変わらない。睨みを利かすかのような鋭い目で、平尾たちを見比べた。わずかにあごを突き出して言った。

「君が高垣君だね。何年の卒業だ」

高垣義弘(よしひろ)も、宇田と同じ東大法学部卒のキャリア官僚だった。この経歴を見こまれて、折衝役を担わされたのだ。歳は平尾と同じ三十代後半でも、階級は早くも三つ上の警視正になっている。

高垣は一礼して卒業年次を告げたあと、平尾を紹介した。

「埼玉県警刑事部で最も頼りになる男です」

かつて捜査対象とした代議士の前でことさら有能な部下を演じる気はないものの、踵を合わせて深くあごを引いた。

五年前は、この事務所を二度訪れたのみで、宇田本人とは顔を合わせていなかった。取り逃がした男が目の前にいて、値踏みするような鋭い眼差しをぶつけてくる。が、視線はそらさなかった。

「お待ちしておりました。大変おつらい時と思いますが、ご協力をお願いします」

過去の経緯は頭から払い、礼儀として言った。宇田は平尾にさしたる関心も見せずに歩きだした。

後ろに続くと、ちょうど路上に一台のタクシーが停車した。

下りてきた男の顔は、忘れもしない。宇田の片腕と言われる牛窪透、五十八歳。平尾は少し緊張した。が、彼も一介の刑事の顔を記憶に留めてはいなかったと見える。目もくれずに、宇田の前へ走り寄った。

「麻由美さんは奥様と自宅に戻られました。万が一犯人から電話が入るといけない、と警察に言われましたもので」

「恒之も一緒だな」

「はい。今ごろは揚一朗さんも合流なさっていると思われます」

「逸美たちには婦人部の人がついてくれてるんだな」

「念のために警察のかたもついてくださってます」

「ご苦労だった」

宇田は牛窪にひと声かけながら、通用口をぬけた。牛窪と晄司も当然のような顔で、平尾たち警察官の前を歩いた。

ドア前に二人の秘書が待ち受け、深刻そうな顔のまま深々と腰を折った。宇田はまた二人をねぎらうように大きくうなずいてみせた。少なくとも秘書たちには人並みの対応をする男のようだ。

宇田は奥の応接室へ平尾たちを案内した。中央に革張りのソファが置かれ、壁と棚には写真が並ぶ。海外や政府の要人たちと握手する場面が多い。

木原秘書が進み出てテーブルに一枚の紙片を置いた。犯人から新たに書きこまれた要求をプリントアウトしたものだった。

『宇田清治郎に告ぐ。

我々の要求は金銭ではない。

孫娘の命を救いたければ、明日午後五時までに記者会見を開き、おまえの罪を包み隠さず自白しろ。今まで政治家として犯してきたすべての罪を、だ。

こういう形で要求を突きつけるしかなかったのは、我々としても大いに不本意だが、政治を浄化するためには致し方ない。

なお、我々からの要求で記者会見を開くことになったと、表沙汰にすることは許されない。もし仮病などを使って会見がキャンセルされたり、警察の捜査が我々の周辺に及んだりした場合は、残念ながら悲しい結末が待っているだろう。

時間は残されていない。胸に手を当て、己の罪を見つめ、国民の前にすべてを自白しろ。』

宇田はソファへ腰を落とすと、忌まわしいものを見るように顔をやや遠ざけ、じっと視線をすえた。

横に晄司が進み出て、紙片に手を触れようとはしなかった。文面をのぞいた。一読したあと悔しげに天井を見上げた。固く握った拳をその場で振り下ろして言った。

「……卑怯者め。どうして柚葉なんだ。政治を浄化したければ、総理の孫でも誘拐すればー」

「よせ、晄司。口を慎め」

宇田がテーブルを見つめたまま一喝した。晄司が身をよじり、壁のほうへと目をそらした。

「おかしなことを口走るな。総理に子どもはいない。おまえだって知ってるだろうが」

「だからって、柚葉を……」

晄司の今の発言を、平尾は記憶に留めた。高垣も同じだったろう。

政治の浄化が目的ならば、総理の身内を誘拐すべき。そういう趣旨の発言は注目に値する。秘書として宇田の身近にいる次男からすれば、騒動の責任は安川泰平総理にこそあり、宇田清治郎にはない——そう考えているのがうかがえた。

だから宇田は、「おかしなことを口走るな」と諭したのだ。

卑劣な犯人に孫を誘拐され、苦難の中にあっても、宇田は一国のトップを守ろうとする配慮を見せた。有権者に選ばれた身、との自覚が言わせたのではなかっただろう。総理を守ることが、我が身の保身にも直結する。そう疑ってかかるのでは先入観がすぎるか。

「高垣君。これまでにわかっていることをすべて教えてくれ」

宇田が眉を寄せながら視線を上げた。

「電話で晄司さんにお伝えしたとおり、この要求もまた犯人は匿名化ソフトを使ってウェブサイトに書きこんできました。警察庁のサイバー犯罪対策班がＩＰアドレスを探ったところ、ポーランドからの接続だったと判明しております」

「そのソフトを使うと、本当に発信者を突き止められなくなってしまうんですか」

責任の所在を突きつめるかのような勢いで、晄司が高垣の前に迫った。

「ポーランドのサーバーで発信者のIPアドレスが書き換えられたのは確実です。その書き換え前のアドレスを特定するには、ポーランドのサーバー運営会社に接続情報を開示させる裁判所の令状が必要となります。日本で発生した事件のために、国内企業の情報を開示させるメリットがあると判断してくれるものか、保証の限りではありません。たとえ開示請求が認められたとしても、サーバー内の情報は一定期間がすぎると自動的に削除されていくのが普通です。さらに言えば——別のサーバーを経由しているケースも考えられ、関係するすべての国に協力を依頼し、裁判所の令状を取っている間に、サーバー内の情報は消去されてしまうと見るのが常識であり、開示請求自体を認めなかったという過去の事例があると聞いています」

「簡単に言ってくれ。要するに、どこの誰が書きこんだのか調べることは、日本一国の警察力では不可能なのだな」

宇田が苛立ちをこめた声で高垣に問いかけた。

「残念ですが、どこの国もサイバー犯罪に頭を悩ませています。そのため、国際刑事警察機構では、各種国際機関を通じて世界的な対策を取るべきと訴えていますが、現状ではまだ進展はしておりません」

ただし、発信者の探知がまったく不可能というわけではなかった。凄腕のハッカーであれば、当該サーバーに侵入して、強引に情報を盗み出す技術を持つ。凄腕のハッカーが、警察が世界的なハッカーに協力を依頼して不法なアクセスをさせるわけにはいかなかった。宇田の側に凄腕ハッカーをスカウトする当てもないと思われる。現実的な話ではなかった。

「ではこの先、世界中の誘拐犯は匿名化ソフトを使って身代金をネット経由で要求してくる、というわけなのだな」

「諸外国では、すでに同様の手口が使われ、ネットバンクが襲われています」

「少し補足させていただきます――」

機を見て平尾は後ろから言った。宇田が顔を動かさず、眼球だけで見返してきた。

「――犯人が身代金を要求してくるのであれば、その事態に備えた対策が採れます。しかし、今回は身代金の受け渡しがなく、犯人は我々警察の前に姿を現さずに目的を遂げられる可能性が高いと言えましょう。そうなると、動機の面から犯人に近づいていくしかないと思われます」

「回りくどい言い方をしないでください。要するに、父が要求を受け入れない限り、柚葉は助からない、そう言いたいわけですね」

晄司までが挑むような目を向けてきた。普段から父親の威を借りて発言する癖がついているらしい。ただの秘書だと見くびった扱いはさけるべきだった。平尾は初対面の次男坊に向き直って言った。

「防犯カメラの映像解析はもちろん、近隣一帯のタクシーや営業車両に協力を要請し、ドライブレコーダーの映像を提供してもらい、白い軽自動車の洗い出しを進めてはいます。しかし、犯人の要求してきた日時は、明日の夕方で、あまりにも時間がありません」

平尾が通常の捜査手法を手短に伝えると、高垣が制するような目を向けてきた。もう少し言葉を選んで話せ、と言いたかったのかもしれない。

宇田の前に高垣が進み、視線を落としながら言った。

「……大変申し上げにくいのですが、犯人は宇田先生のウェブサイトに要求を書きこんできました。その文面を頭から信じるわけではありませんが、先生を恨みに思う者である可能性は捨てきれません。そこで、先生にうかがいたいのです。誘拐という卑劣な手段を使ってまでして、先生への恨みを晴らしたいと考えるような強い動機を持つ者の心当たりはないでしょうか。もし思い当たる人物がいれば、包み隠さず教えていただきたいのです。柚葉さんを助けるために」

最後に孫の名前を添えて訴えかけた。

その場にいる秘書たちが視線をそそぐ中、宇田の両肩が小さく上下に動いた。物憂げに首が振られた。

「……こういう仕事を続けていれば、いつのまにか人に恨まれてしまうことはあるんでしょう。選挙は戦いそのものなのでね。県議の時から数えれば、八回もライバル候補との熾烈な争いを勝ちぬいてきている。わたしの顔を見たくもないと思う連中は案外と多いのかもしれない。中には選挙に全財産を投じて、家屋敷を失った者もいたと聞くからね」

そういった表面上のことを尋ねたのではなかった。表に出せない政治力を使って、邪魔者を葬り去ったことはないか。そう高垣は穏当に訊いたのだった。

宇田がわからなかったはずはない。孫の命が脅かされていながらも、正直に打ち明けていいのかと逡巡したのは、表に出せない話がいくつもあるからに違いなかった。

難しい捜査になるとわかっていたが、動機の面から本当に犯人へと迫ることができるのか。平尾は不安に駆られた。

政治家には必ず裏の顔がある。疚しい過去をすべて包み隠さず打ち明けてくれるとは考えにくい。違法献金、職権濫用、談合の采配、贈収賄……。

捜査二課にいた時、宇田に限らず、噂は幾度となく耳にした。多くの選挙違反も摘発してきた。五年前の件もあった。

宇田は当選六回の中堅議員で、与党の中枢にいる。元建設官僚という経歴から、地元の業者とも関係は深い。多くの企業が宇田一族の後援会に入り、迂回献金に協力しているはずだ。選挙のたびに人や物資を提供し、表と裏から支援を続けているだろう。

恨みを抱いていそうな者の当てがある。そう警察に告げることは、有権者に見せてはならない裏の顔をさらす結果にもなるのだった。

「心当たりはないでしょうか。思い出していただきたいのです」

高垣が低姿勢に同じ質問をくり返した。

部屋にいる秘書たちは黙って宇田を見ていた。次男の晄司も口を開こうとはしない。顔色をうかがうような素振りから、彼らにも何かしらの思い当たる人物がいるように感じられた。が、議員の許しもなく秘書が口外することは絶対にないはずだ。

「今ここで、何十人もの、わたしを恨んでいそうな人物のリストを読み上げた、としよう。その名前を知って、君らは何ができる。言ってみたまえ」

宇田が蔑（さげす）みにも取れる眼差しを作ってみせた。何もできやしないだろう、と心の声が耳に届く。

高垣がひと呼吸おいて、言った。

「まず対象者の住所や仕事などの個人情報を可能な限り集めます。刑事がその人物の前に出ていかずとも、かなりの情報は集められる見こみが立つからです。そこから、誘拐という大罪を犯してでも恨みを晴らしたいと思いつめていそうな者をリストアップします。現在の経済状況、身内の不幸や健康状態など、多くの材料を集めることで必ず見えてくるものがあるはずです」

捜査の常道を、高垣は告げた。現場での経験は少なくとも、管理職であれば方向性は導き出せる。

「本当に――父を恨む者が犯人だと決めつけていいんでしょうか」

晄司が父親の顔をうかがうような素振りを見せ、気になる疑問を放ってきた。

「犯人は、正義を守る会と名乗っているんです。父への恨みが動機なのではなく、この文面にもあるように、政治を浄化する狙いで誘拐を実行した。そうは考えられないでしょうか。もし事実を書きこんでいたとすれば、父に直結する動機があるわけではなくなり、父を恨んでいそうな人物を調べても、犯人に近づくことはできないと思えてしまいますが……」

「ご心配はわかります。しかし、誘拐は重罪です。今回は、宇田先生を明らかに脅しており、脅迫や偽計業務妨害などとの併合罪が適用されるケースと言えます。もし人質に怪我を負わせようものなら、傷害罪にも問われて、無期懲役もありうるでしょう。もちろん、自らの政治信条を貫くため、罪を恐れぬという者もいるでしょう。しかし、計画的な誘拐を実行するには、秀でた立案能力と冷静な行動力、さらには瞬時の判断力も必要となってきます。防犯カメラが見当たらず、住民の目も極端に少ない農道で麻由美さん親子を襲い、匿名化ソフトを使って要求を書きこんできた点から見ても、犯人は周到な準備を積んできているのがうかがえます。決して思いつきの犯行ではありえません。そこには、犯人の執念のようなものが感じられると言っていいでしょう。そこまで計画性を持つとなれば、絶対に標的とする者を許してなるかという断固たる動機がなければ、まず実行には移せないものなのです。政治の浄化という、耳に聞こえはよくても、曖昧で結果の見えにくい目的を果たすため、これほど入念に計画を練り上げて、誘拐という大罪を実行してくるとは、通常では考えられないと言えます」

　高垣の論旨は、本部の見解を示すものでもあった。

　正義を守る会などという名称は、時節を茶化した悪ふざけとしか思えなかった。犯人の真の動機を隠す意図が感じられるのだった。

　本部の見極めは間違っていない。そう平尾も考える。

が……決めつけは見こみ捜査につながり、危険でもあった。

　発言すべきか迷っていると、宇田が先に言った。

「君一人の意見かね。それとも本部の正式な見解か」

「その可能性がかなり高い、と我々は見ております」

「まったくあきれるほどに甘いな。警察官僚たる連中のものの見方は」

　一刀両断する辛辣さだった。高垣の表情が固まった。宇田が警察官僚を睨め上げ、人差し指を振りながら言った。

「いいかな。正義を守る会というふざけた名前が、真の動機を隠す狙いからだったとするならば、その標的とした男も、真の目的を隠すための偽装――という可能性もあると考えないでどうするんだね」

自称が偽装ならば、標的とした男も偽装。またも興味深い意見だった。平尾は黙って見ていられずに、発言した。

「どうして宇田先生に会見を開けと要求することが、偽装の意味を持つのでしょうか」

実は平尾も同じ可能性を考えていた。

記者会見を開いて罪を自白しろ。その要求を呑み、宇田がひた隠しにしてきた罪を有権者の前で打ち明けた場合、その政治家生命は危うくなるだろう。

誘拐された孫の命を救うため、という事情はあとで明らかにされる。が、自白した罪にもよるが、法に触れる行為に手を染めていた事実は消せない。政治家としての資質を、厳しく世に問われる。

誘拐事件の被害者になったという状況はさておき、メディアが批判をあおる事態も考えられ、検察が捜査に動く可能性も否定はできないのだ。罪の中身によっては、与党内への波及を期待する野党議員が、国会で追及する姿勢を見せもするだろう。

今後も宇田清治郎が議員でいられるとの保証は、現段階でどこにもない、と言えそうだった。

宇田は口元を引き結び、頬を震わせた。問いかけに答えず、ひじかけの上で固く拳を握りしめる。平尾は再び問い直した。

「宇田先生が会見を開くことで、どなたかが窮地に立たされかねない。そういう可能性がある、と言われるのでしょうか」

犯人が期待する会見の中身とは何か。

宇田清治郎という政治家はこれまで、どういった罪を犯してきたのか。その影響を大きく受けかねない者が、同じ政界にいるのではないか……。

「失礼ですよ、いくら警察でも」

おとなしく成り行きを見ていた牛窪秘書が、わざとらしいまでに目つきを鋭くして言った。

「警察官ともあろう者が、証拠もなしにあきれた陰謀論を軽々しく口にしないでもらいたい」

「よせ、牛窪。彼の思うつぼだぞ」

宇田が冷静に秘書を制した。

孫の命が危機にあるのに、先を読んだ発言ができる。平尾は、宇田という男を見直した。

確かに自分は、宇田や秘書を質問で追い立て、認めてこなかった真相を語らせようと考えていた。追いつめられた容疑者は、嘘で塗り固めて身を守ろうとするあまり、ボロを出す。聴取の常套手段と悟ったうえで、宇田は警察官の思惑を推し量る目を作ってみせた。

「……刑事さん。わたしは何も罪を犯してきてはいない。そう言ったら、あなたがたは信じてくれるだろうかね」

「我々警察官の見立ては関係ない、と言えましょう。少なくとも犯人は、宇田先生が何らかの罪を犯してきた、と強く確信しているから、お孫さんを誘拐した。今はそう考えるほかありません」

過去にただの一度も罪を犯してこなかった者など、いるはずがない。

罪を暴く仕事に就く自分も、例外ではなかった。酒の失敗で器物を損壊したし、交通法規を犯した過去もある。浮気は犯罪ではないだろうが、家族への裏切りであり、罪にも等しいかもしれない。が、警察官という職務があるため、大罪を犯す愚(おろ)かな真似(まね)は幸いにもしてこなかった。

大望と野心を持つ政治家が、一切の罪も犯さずに選挙を幾度も勝ちぬき、与党の重職を得るまで、のし上がっていけるものなのか。

自分たちが選んだ政治家を信じたい気持ちはあるものの、野党の標的となる男が聖人君子であれと願うほど、子どもではないつもりだった。

晄司がまた忙しなく父の横へ歩んだ。

「父さん。もし父さんが会見を開かず――いいや、会見を開いたとして、意味もないほど小さな罪しか打ち明けなかった場合、犯人は納得できないと言ってくるんじゃないだろうか……」

息子に問われて、宇田が視線を落とした。深く息を吸ってから、同窓の後輩に目をすえた。

「警察の見解を聞かせてもらえないかな。わたしには思い当たる罪が、本当にない。それでも会見を開かねばならないとなれば、いったい何を語ればいいんだろうか」

賢くもあり、狡くもある発言だった。真実を語ったのではない。宇田は警察を試しているのだ。

本当に罪を自白した時、警察はどう動くつもりなのか。打ち明けた罪を不問にふすことはせず、あくまで法に則って摘発しようという気でいるのか。組織としての見解を聞かせてくれ。そう暗に言っていた。

キャリアとはいえ、部長補佐という立場でしかない高垣に、警察を代表しての回答を返せはしなかった。警察庁の幹部らでも、同じだろう。

だが、たった一人だけ――その答えを出せる者が、この国に存在する。

「父さん、ちょっと待ってくれ」

晄司が突然、闇の中で光明を見つけたかのように顔を振り上げた。宇田が息子を仰ぎ見る。

「確か昔、大学で学んだ覚えがある」

興奮を抑えるように言った晄司を見て、高垣が肩を落とした。彼も警察官の一人として、すでに気づいていたのだ。

目を見張る父親に向けて、晄司がわずかに声を弾ませた。

「――法務大臣には、指揮権発動の権限がある」

その事実に、こうも早く気づく者がいるとは思わなかった。

法務大臣は、検察官を指揮監督する権限を持つ。その行使を、指揮権発動という。過去に指揮権発動と認定された事例は、たった一度しかなかった。平尾もそう警察大学校で教えられた記憶がある。

昭和二十九年、造船疑獄事件が起こり、海運と造船各社の幹部七十名以上が逮捕され、政界にも追及の手が及んだ。しかし、与党の幹事長だった佐藤栄作の逮捕を、当時の法務大臣が指揮権を発動して阻止したのである。

のちに法務大臣は批判を浴びて辞任に追いこまれたが、佐藤栄作は政治資金規正法違反で在宅起訴されるにとどまった。それを機に、政界への捜査は尻すぼみとなり、事件の核心に迫ることができずに終わったと言われる。

つまり、法務大臣であれば、指揮権を行使し、罪の摘発をせずに捜査を終わらせることが可能なのだ。

今回は、誘拐という特殊な背景があった。メディアは騒ぐだろうが、事情を斟酌しての温情、という理由づけはできなくもないのだった。

「言っておくが、晄司、わたしは何も罪を犯してはいない。自分の信じる政治に邁進してきただけだ」

宇田が臆面もなく建て前を口にした。平尾たち警察官の前だからだが、ベテラン秘書の牛窪は正直なまでに口元をゆるませていた。これで会見を開いても、罪に問われることはなくなる。人質も戻ってくる。事件解決への糸口が見つかった――。

宇田が細身を折るようにして、ソファから立った。

「高垣君。少しわたしに時間をもらえるだろうね。胸に手を当て、自分に罪があったかどうか、じっくり問い直してみる必要がありそうだ」

何を企んでいるかは、想像するまでもなかった。警察官の目が届かない場所で法務大臣にこっそりと連絡を入れ、確約を得ておこうという気なのだ。

有権者の判断がどう出るかはわからない。自白する罪の重みによっても違ってくるだろう。だが、孫を救い出すには、犯人の要求を呑んで何かしらの罪を打ち明けるしか方法はありそうもない。

宇田が罪を不問にふすべく裏工作にかかるとわかっていながら、平尾たちには何もできなかった。指揮権は法務大臣にあり、警察官はその下で働くしかないのだった。

7

警察官に見送られて、父は通用口から足早にビルを出た。早くもスマホを握り、電話をかけ始める。

晄司もあとに続き、スマホをチェックした。この二十分ほどの間に着信が五件。ラインが八件。メールが七件入っていた。

報道協定が結ばれると、県警は事件の詳細をメディアへ告知する義務が生じる。すでに父の名が発表されて、政界にも激震が走った証拠だった。牛窪も横を歩き、スマホを確認している。父が県議になった時からの秘書なので、多くの問い合わせがきているはずだ。

「――わたしだ、宇田清治郎だよ。いや、なぐさめは言わないでくれ。それより湯浅先生に報告したいことがある。今夜中に、必ずだ。……もちろん、そうだとも。情報は上がってると思う。――待て。できれば、伊丹さんも同席を願いたい事情が出てきた。警察発表はまだだと思うが、犯人からとんでもない要求があったからだ。――いや、湯浅先生にはすぐ情報が行くから問題はない。頼む。宇田清治郎、一生のお願いだ。孫の命がかかってる。今すぐ連絡を取ってくれ」

声が大きい、と不安になった。通用口の前には、まだ二人の刑事が立っていた。晄司が口に出したため、こちらが何を目論んでいるかは彼らも承知ずみだ。官房長官と法務大臣の名を堂々と連呼したのでは、彼らの心証を悪くするおそれがあった。

父の前に素早く回って警官たちに背を向け、唇の前に人差し指を当てた。父がうなずき、声を落として電話の相手に告げる。

「……だから言っただろ。電話では難しい話なんだ。湯浅先生ならわかってくれる。今わたしは地元の戸畑にいる。連絡がついたら、直ちにわたしか牛窪に電話をくれ。頼む」

晄司も今すぐ返事をすべき相手がいるかを確認しながら、父と車へ急いだ。同じ派閥の議員秘書が四人。誘拐の一報を聞き、純粋に心配してくれたのだと思う。身代金を要求された時のことを案じたとも考えられる。秘書はいつも金の心配をするものだからだ。

もう一人が、美咲（みさき）だった。折り返しの電話を入れたくとも、この状況では難しい。彼女からはラインもきていた。

『大変な時にごめんなさい。無事を心から祈ってる』

知り合いの記者からメールも入っていたが、件名には「お見舞いします」とあった。事件が解決したあとの取材を見越してのことだろう。

「大島、永田町に戻るぞ」

ドアを開けて待つ大島に、父が言いながら前屈みに車内へ乗りこんだ。

「お待ちください、先生」

牛窪が慌てたように歩をつめる。後部シートで父が動きを止めた。

「麻由美さんがご自宅に戻られました。奥様も憔悴なさっておられます。二人を今、勇気づけて差し上げられるのは、先生のほかにはいません。ご自宅に寄られる時間はまだあるかと思われます」

「確かにそうだな。礼を言うぞ、牛窪。電話ですましていいことじゃなかった。君らしい意見だ、ありがとな」

秘書の忠告にも、素直に感謝の言葉を口にする父がいた。こういう時、議員としての宇田清治郎を気取る必要はない。

晄司が幼いころは、家に戻れば、どこにでもいる父親の顔をよく見せたものだった。子どもの成績に一喜一憂し、家族旅行の計画を自ら立てもした。ところが、国政へ移って当選回数を重ねると、家族や秘書にも厳しく接するように変わった。生半可な仕事ではないとわかるが、母までもが笑顔をなくしていき、我が家は団欒と無縁になった。いつしか一家は、政治という得体の知れない化け物に魂を食われたのだ、と子ども心にも感じていた。

兄と姉に子が生まれたことで、ようやく母には安らげる時が訪れていたのに……。卑怯な犯人への恨みが、あらためて胸を炙る。

大島が車をスタートさせると、父が耳元にささやきかけてきた。

「おまえのところには誰から連絡があった。詳しく教えろ」

晄司はスマホを手に、秘書と議員の名を告げた。ラインもメールも、文面をすべて読み上げさせられたが、どれも支援を約束すると伝えるものだった。美咲のラインは省略し、父を見返した。

「いいか。こうしてすぐ連絡を取ってきた者を、よく覚えておけ。彼らがあとで、どういう態度を取るか、もだ」

冷ややかな口ぶりに、身が引きしまる。

「相手が困っている時、直ちに動こうとするのは、本物の友人か、取り繕った偽善者と決まってるからだ。おれのところには、九條先生から直々に留守電が入ってた。何でも相談に乗る。折り返しの電話はいらない、とな」

九條哲夫は派閥の長で、前厚労大臣だ。自ら電話を入れる目配りは、派閥を率いる者として当然だったろう。

「けど、鵜呑みにはできないぞ。なぜか、わかるな」

世話になっている派閥のトップにさえ、父は警戒心を抱いていた。そこから導き出される答えを、晄司は口にした。

「……父さんに手を貸すことは、総理とその周辺への支援になる。そう考えたからですね」

「支援なものか。恩に決まってるだろ。九條先生は、そもそも総理の後見人でもあるんだ。必ず大きな見返りが自分と派閥に期待できる。そういう計算ができる時しか、政治家ってやつらは動こうとしないものだ。いいか、胸に刻んでおけよ、晄司」

「はい……」

「行動の裏には必ず真の狙いが隠されている。プライドに縛られて、ただ粋がって得意顔をしてみせたがるやつは三流以下だ。ところが——そういう気位の高いやつに限って、なぜか昔から金集めがうまいときてるから対処が難しい。金をガソリンにしてエンジンを吹かしまくって、強引にのし上がっていく者が時に出てくる。おまえも普段からよく周りを見ておけ。何を企んでいるか、絶えず相手の腹の内を探り、己の観察眼を磨くんだぞ」

父の横顔を見返した。想像だにしなかった難局の中でも、処世術を語ってくる。父親の仕事をいまだ心から受け入れられずにいる息子も、こういう時であれば素直に話を聞くと思えたのかもしれない。

「弱音を吐くつもりで言うんじゃない」

言葉に反して、父の声に力はなかった。

「柚葉を救うためなら、おれは何だってするつもりだ。たとえこの先、泥水をする日々が待っていようとも、だ」

「先生……」

悲しいことを言わないでください。牛窪が助手席で首を振っていた。

「家族を束ねる長として、当然のことだ。けど、悔しいかな、記者会見を開いて罪を告白するとなれば、かなりの確率で、おれの政治生命は危うくなる」

「そうと決まったわけではありません。打てる手はあるはずです、先生」

ハンドルを握る大島も声に力をこめた。牛窪も隣で大きくうなずいている。

「もちろん、あきらめるつもりは、さらさらない。何のために二十年も身を粉にして働いてきたのか。まだ志半ばだからな。悔しくて、涙が出てくる。けど……メディアと有権者は、風向き次第でころころと態度を変えたがるものだ」

「しかし、お孫さんが誘拐されたという、理不尽極まりない事情があるんです」

「よく考えてみろ、大島。孫が誘拐されたから、罪を犯した。そういう因果関係が認められるならまだしも……その前から罪を犯していたとなれば、たとえ起訴猶予に持ちこめても、政治家としての再起はかなり難しくなるだろう」

「その自覚があるわけなんだな、父さんは……」

晄司のさらなる問いかけに、父は答えなかった。物憂げに首を左右に振った。

「揚一朗と恒之にも茨の道が待ってるだろうな」

清廉潔白なまま政界を――ましてや厳しい出世争いがくり広げられる与党の中を――渡り歩いていけるとは思っていなかった。表に出せない金の噂は、短い秘書生活でも耳にした。けれど、兄たちにまで迷惑が及びかねない罪があるとなれば、父への信頼は地に落ちていく。

「柚葉を助け出す。それが最優先だ。けど、揚一朗にまで苦労を強いたくはない。だからな、晄司。おまえはこの先、おれに張りついて、すべてを目撃するんだ。孫娘を助けるために、宇田清治郎が何をしたか。どう踏ん張ったのか。いつか人前で語ってもらわないと困る時が、必ず来る。わかるだろ」

父が引退を余儀なくされた時、兄が地盤を受け継いでいけるか。党の公認を得なければ、選挙は戦っていけない。

罪を自白した者が何を語ろうとも、残念ながら説得力は薄かった。人は自分を飾りたがる。そう周囲は先入観を持って、父を見るだろう。だが、政治家という父の職業を嫌い、長く家を離れていた次男だから、地元の有権者に語れることがあるはずなのだ。この先も政治の世界で生きていく兄たちのために——。

「牛窪。内海(うつみ)君を会館のほうに呼び出してくれ。どうしても知恵を貸してもらいたいことができた、とな」

内海日出哉(ひでや)。父と同じ大学の後輩に当たる弁護士だった。大手事務所の共同経営者で、父の紹介で九條派の議員も数名が顧問契約を結んでいた。

明日の午後五時のタイムリミットまで、二十一時間。

それまでに何ができるか。各方面への影響を抑える妙手はあるか。知恵をしぼらねばならないことは多かった。

二分も経たずに、見慣れた自宅の黒瓦が視界に入った。父の国政進出とともに、自宅の周囲には街灯が増え、辺りから浮き上がるように見えている。祖父が建てたもので、築年数は六十年近い古屋敷だった。今は姉夫婦も暮らしているため、４ＬＤＫでは手狭になっている。

報道協定が結ばれたため、辺りに記者の姿は見えなかった。連絡を受けた兄が駐車場の扉を開け、門の前で待っていた。

「中に二人の警察官がいます。犯人からの電話はないと思えるのに、警備のためでもあると言って譲りませんでした」

車を降りた父に、兄が耳打ちした。晄司にはねぎらいの視線を向けてくる。

議員になると決めた時から、兄は父に丁寧な言葉遣いを心がけてきた。普段から緊張感を持って接しないと、有権者の前で不用意な発言をしかねない。おまえも同じだぞ。絶えず人の目を意識しろ。兄の覚悟には、心底から頭が下がる。

「刑事はリビングにいるんだな」

「回線につないだ録音装置の前から動きません。意味はないと思うので、我々の話に聞き耳を立てているんでしょう」

「麻由美は？」

「警官と一緒のほうが安心できると言って。母さんもついてます」

兄までもが警官の目と耳を意識する言い方をした。父の犯した何かしらの罪を知っているとしか思えなかった。新米秘書には打ち明けられない政治家同士の会話が、二人で交わされてきたであろうことは想像に難くなかった。

父が政界に転身し、その仕事によって得た収入で、家族は何不自由ない暮らしをしてきた。兄は東大法学部へ、姉も名のある私大へ進み、よき伴侶と子にも恵まれた。

晄司も同じだ。評判の家庭教師をつけてもらえたから、そこそこの大学に曲がりなりにも進学できた。起業を決断できたのも、父の威光を利用して資金を集められる算段がついたからだった。親の仕事を毛嫌いしようと、その恩恵に与ってきた。

父が罪を犯していたとなれば、家族も同罪だと世間とメディアは見なすだろう。柚葉を救い出せても、厳しい目が待っているのだ。そう今から覚悟しておくほかはない。

兄が玄関ドアを開けると、奥に控えていた米森時子が出迎え、深々と一礼した。

「お疲れ様でございました。奥様とお嬢様がお待ちです」

父は無言で靴を脱ぐと、床を鳴らす勢いで廊下を進んでいった。

窓前の古いソファに母と姉が抱き合うように座っていた。その横で義兄が立ち上がる。

二人の私服刑事はキッチンテーブルの奥に立っていた。通いの家政婦の姿がないので、先に帰したようだ。

「あなた、柚葉を助けてあげて……。あの子には何も罪はないのよ」

母が身をしぼるように声を押し出した。聞きようによっては、あの子ではなく、あなたのほうに罪があるのに、と揶揄するようなニュアンスさえ感じられた。姉は涙に暮れ、顔を上げずにいる。横で義兄が静かに頭を下げた。

父が無言で歩み寄り、姉の前に立った。

「――麻由美」

我が子を誘拐された娘を慰撫する声には聞こえなかった。嫌な予感を覚えて、晄司は父の後ろに駆け寄った。兄も事態を察して手を伸ばした。

「父さん！」

呼び止めたが、遅かった。

父は迷う様子もなく、振り上げた右手で姉の頬を張り飛ばした。遠慮会釈のない一打に、姉がソファの上へ横倒しになる。

「この馬鹿者が！」

「父さん、よせ！」

晄司は父の背に組みついた。義兄が声もなく立ちつくしている。母が憤然と腰を上げて父に向かった。

「何するの、気は確かなの、あなたは」

「当たり前だ。離せ、晄司。こういう事態を怖れていたから、いつであろうと大通りを歩いて有権者に笑顔を振りまけと言ってきたんだ。どうして言いつけを守らなかった。周囲に有権者の目があってこそ、おまえたちの身は守られるんだと言っただろうが。忘れたのか！」

「すみません……ごめんなさい……」

「殴ることはないでしょうが。この子は被害者なのよ。可愛い子を奪われたのよ！」

母が、泣き伏す姉の横にかがんで父を睨んだ。

「おまえまで、ふざけたことを言うな。柚葉が最大の被害者だろうが。あの子は、殴られるよりもっとつらい状況にあるんだぞ。どうして守ってやれなかった。馬鹿者が……」

姉を責める父の目にも涙があった。義兄もうなだれ、唇を噛んでいる。兄が横から冷静に言った。

「父さん、ここは落ち着こう。麻由美を責めても、何ひとつ解決はしない」

「間違いがどこにあったか。失敗を見つめないで、どうするんだ。ミスの理由を追及して次に活かしてこそ、人は前に進んでいける。おれはな、そう何度もしつこく宇田政司から諭されてきた。そうだったよな、和代。おまえだって、口うるさく親父に説教されてきたじゃないか。だから、おれたちは今の地位を築いてこられた。違うか、和代」

晄司が幼い時に祖父は亡くなっていた。それでも、父が祖父に頬を張られ、母が叱りつけられて泣く場面は記憶に焼きついていた。おじいちゃんは鬼になる。家族のためを思っているから。そう姉と二人、母に諭されたものだった。

「父さん、わかるよ。気持ちは……」

「おまえに何がわかる！」

下手ななぐさめを口にした晄司を睨みつける父の肩が怒りに震えていた。悔し紛れに言い返した。

「わかっちゃ悪いのかよ。おれだって、まだ五ヶ月だけど、父さんがどれだけ永田町で闘ってきたか、その一端ぐらいは見てきたつもりだ」

「よそう、晄司。人の目がある」

兄が刑事たちを気にして、肩に手をかけてきた。

「何を言うか。おまえが見てきたのは、政治の単なる上っ面だけだろうが」

「それもわかってるつもりだよ。けど、幼いころから選挙に打ちこむ姿は嫌でも見てきた。悔しい気持ちは、一緒に暮らしてきた家族なら誰だってわかるさ、当たり前だろ。でもな、今は何より柚葉だよ。姉さんだって、自分を責め続けてるに決まってるじゃないか。ミスを探して責めるより、あの子のために何ができるか。それを懸命に考えるしかないだろ」

「お願い、父さん。あの子を助けて……」

姉のすすり泣きがリビングに響き渡った。母はまだ夫を睨みつけていた。

「ねえ、記者会見を開くしかないわよね。姑息な手なんか使わないでちょうだい。柚葉を救い出してやるためなんだから」

「お願いだから、正直に打ち明けて。父さんがこれまで何をしてきたのか……。犯人は、あのことを言ってるに決まってるもの」

真っ赤な目を振り向けられて、父が拳を固く握った。

「ばかなことを言うな。おれは政治家だぞ。地元の陳情を聞いて、官僚に根回しするのは仕事のうちだ。どこに罪があるっていうんだ」

「そうやって本当のことを隠そうとしてるのが、立派な罪じゃないのかしらね」

「母さんの言うとおりよ！　父さんは有権者を欺いてきたのよ！」

「おまえたちは何もわかっちゃいない」

「嫌になるほど、わかってるわよ。父さんのせいで、あたしたちまで白い目で見られてる。陰で笑われ、後ろ指を指されてる。だから、柚葉がさらわれたんじゃないの！」

「まだ言うか！」

再び手を振り上げた父を見て、晄司は前に回った。兄も父の腕を押さえにかかった。義兄一人が身の置き場をなくしたようにうなだれている。

「よそう、父さん。麻由美も母さんもちょっと取り乱してるんだ。今は会見で何をどう語っていくか、対策を考えたほうがいい。あとはおれたちに任せてくれないか、母さん、麻由美。絶対に柚葉を取り戻してみせる。な、そうだよな、父さん」

よくできた兄の存在を、ずっと煙たく思っていた。非の打ちどころのない優等生を求められてきたせいか、兄は幼いころから立ち回りがうまかった。ミスを犯せば父の厳しい叱責が待っていたのだから、当然だったとは思う。が、弟の目から見ると、大人びた狡さに見えてならなかった。妹と弟には優しく、家の手伝いも率先して手がける。寸暇を惜しんで勉強に励む。どうして揚一朗のようにできないのだ。姉と二人で割を食ってきた。

晄司が家を出る時、憤る父を兄は説得してもくれた。事業に失敗した時も、父との仲介役を引き受ける度量を見せた。本音はわからなかった。兄としての務めを仕方なく果たしてきたのかもしれない。けれど、愚痴を弟たちにこぼすことなく、ひたすら父の言いつけを守り、好きでもないであろう県議の仕事を懸命に果たしてきた。その忍耐力には感心するしかない。

「さあ、父さん。場所を変えて、対策をじっくりと考えよう。牛窪も来てくれ」

兄が言って、二階を目で示した。刑事の前では、本音で話すことができなかった。

「悪いが、会館へ戻る」

たった五分で、もう妻と娘のそばから離れる気とは……。義兄の目が見開かれたのを見て、晄司は耳元でささやいた。

「内海先生の意見を聞くためなんです。官房長官と法務大臣に会いたいと申し入れた件で」

兄にも聞こえたようだった。わずかなヒントを得て、父に真意を問うような眼差しを向けた。

「おれも同行させてもらっていいよな」

珍しく兄が父に迫った。

長男をのけ者にしてくれるな。今はまだ県議でも、ずっと父を支えてきたのだぞ。その自負が言わせたのだと思えた。

つまりは――兄も警戒しているのだった。弟を秘書としたことに。父の地盤を奪われるのではないか、と。

晄司は父と兄を見比べた。

「そのほうがいい。おれも兄さんに訊きたいことがある」

兄の視線がまともにぶつかってきた。そらさずに、見つめ返した。

「兄さん、お願いだから、お父さんを説得して。晄司の言うとおりにしてよ……」

「わたしからもお願いします、お義兄さん」

姉がまた嗚咽を漏らし、義兄が深く頭を下げた。母も、夫より息子たちに期待を託すような目を向けてきた。

「とにかく急ごう、父さん。絶対に柚葉を助けてみせる。待っててくれ」

晄司は母と姉夫婦を交互に見つめて言い、父と兄の背を押した。

午後八時三十一分。戸畑の自宅を出発した。

官房長官サイドからの連絡はきていなかった。官邸で対策を協議しているのだろう。宇田清治郎の依頼を受けて問題は出ないか、ほかに選択肢はないのか、と。

あらゆる可能性を探ってくれているのならいい。悪くすれば、黙殺も考えられる。トカゲのしっぽ切りは、政治家や官僚が保身のためによく使う手だった。

「様子を探れるか、牛窪」

父が舌打ちまじりに助手席へ告げた。すかさず牛窪がスマートフォンを握った。彼ほどのベテランになれば、多くの官僚とパイプを築き上げている。

晄司も父に言われて、若手の官僚を招いての勉強会という名の飲み会を定期的に開いていた。どの官庁の誰が出世の階段を上っていけそうか。評判を集めて、今から目をかけておくためだ。

若手の官僚にとって、政治家との知遇を得れば、のちのち引き上げてもらえるチャンスが増える。政治家は官僚を味方にできれば、地元への便宜を図ってもらいやすくなる。両者にとって、明日の利益につながる。

父は、国交省にいくらか顔が利いた。そこで牛窪はかねてから、財務省や経産省の有望株に接触を重ねてきた。ただし、優秀な者ほど多くの政治家から声がかかる。まずは地元出身の者から省庁問わずに近づくのが常なのだった。当然、隣接する選挙区の議員とのつばぜり合いが演じられる。

そういう時に、親族の秘書は有利になる。いつかは政界に出てくるはずなので、無下に断るのは難しい。晄司の呼びかけに嫌な顔を見せる官僚は一人としていなかった。まだ経験は浅いが、内閣府の若手に知り合いがいた。

「おれも確認してみる」

右横に座る父を見ずに言った。左からの視線を強く感じた。弟がすでに中央官庁とのパイプを作っていることに驚きを隠せなかったらしい。が、今は兄の心中を気にしている時ではなかった。

アドレス帳から名前を選んでタップした。が、つながらなかった。官房長官は時間を割いてくれるだろうか。そう伝言を残しておけば、事情は察してもらえる。

「残念ですが、湯浅先生は官邸にも内閣府にもいないようです」

電話を終えた牛窪が振り向いた。

報道協定が結ばれたため、メディアは誘拐事件の関係先に取材ができなくなる。が、総理や官房長官には絶えず番記者が張りついている。誘拐の取材ができないとなれば、その手がかりを得ようと、政界の動きを注視するのは当然だった。

そのさなか、官邸に伊丹法相を呼び出せば、いらぬ憶測を招きかねない。記者を撒くためにも、どこかのホテルに雲隠れしたのだろう。

おそらく安川総理との話し合いは終わっている。でなければ、官房長官が身を隠すことはありえないと思えた。

ある程度の結論、または方向性はすでに出ているはずなのだ。が、父に連絡はきていない。これは何を意味するのか……。

不安に駆られて晄司は言った。

「おかしい。時間がかかりすぎてる。もしかすると、指揮権の行使は難しいと見なされたんじゃ……」

その昔に指揮権が発動された際、批判を浴びた法相は辞任に追いこまれている。よけいな泥は被りたくない、と逃げに走っても当然ではあった。

「罪にもよるな。父さんの話を聞いてからじゃないと、誰にも判断はできないはずだ」

法学部の出身者らしく、兄が一般論を口にした。

「犯人が指定してきたタイムリミットまで、まだ時間はある。慌てるな。腰をすえて待つしかない」

「よく兄さんは落ち着いていられるな」

話の矛先を予感したのだろう。兄が口をつぐんで荒く呼吸をくり返した。晄司は続けた。

「事務所まで、まだ一時間近くはかかる。父さんは何もないと言うだけなんで、兄さんの口から詳しく教えてくれないか。例の件について」

兄が口元をさすり上げた。父はあえて口をつぐんでいる。

問題の発覚は、野党の県議による議会での質問だった。

『――現在、建設が始まっている上荒川大橋について建設局に尋ねたい。この場所に橋を作るべきと最初に提案したのは誰なのでしょうか』

当初、何を問われたのか理解できた者は少なかったという。地元メディアも好意的に報じていた公共事業だった。

が、県議は次々と驚くべき質問を県の幹部に突きつけた。

『橋の建設が決まると、上尾市サイドの土地を、八億円もの大金で買い上げている。その土地を所有する企業の社長と安川総理の関係をご存じですか』

『橋の建設が決まる前の評価額は、一億円ほどだった。当然、知ってますよね』

『もう一度、確認します。評価額の八倍以上にもなる大金を支払った根拠をお聞かせ願いたい』

建設局長は火消しに走った。総理との関係は噂にも聞いたことがなかった。建設が決まってから正当な評価をしたにすぎず、それ以前の土地評価額との比較に意味はない。

土地を所有していたのは、北関東エリアを中心に物流業を営む株式会社新生ロジスティクス。

先代から会社を譲り受けた二代目社長は、安川泰平総理とは学生時代から竹馬の友と言われる人物だった。毎月のように食事をともにし、休暇のたびに趣味のゴルフに興じてもいた。総理とあまりに近しい友人への便宜供与ではなかったのか。

この問題は、たちまち国会へ飛び火した。

県議の所属する立憲改革党を中心に、総理への批判がわき起こり、予算委員会での集中審議が行われた。

『埼玉県は当初、現在の建設地より五キロ北を第一候補地としていた。そのほうが、関越道と東北道に近いからです。ところが、三年前の五月になって、なぜか建設予定地が変更された。そうです、安川総理、あなたが総理に就任した直後のことですよ』

『当時の総選挙で、あなたが所属していた九條派の議員でもある宇田清治郎氏が、この橋の建設を必ず実現させてみせると、選挙戦を通じて地元の有権者に訴えていたのを、当然ご存じでしょうね』

『宇田議員は元建設省の官僚で、埼玉十五区を地盤として当選六回の実力者です。しかも、長男の揚一朗氏が埼玉県議を務めてもいる。上荒川大橋の建設のため、県の職員と国交省を訪ねているし、財務省から派遣された大牟田総理秘書官にも会っている。総理、あなたが間を取り持ったのではないですか。友人の会社を利するために』

『個別の案件に、総理であるわたしが指示を出すことはありません。あくまで県が決めたことであり、宇田議員も地元のためにと尽力されたのだと考えております』

『わたしが関与してないことを証明しろとは、いささか無理な注文ではないでしょうかね。まさしく悪魔の証明ですよ』

『新生ロジスティクスの社長を務める宮島さんとは古い友人ですが、仕事の話をすることはまったくありません。もしわたしが関与していたのであれば、当然、総理を辞めますし、議員も辞職しますよ。そうここで表明できるほど、わたしは潔白ですから』

父も記者に問われて、明確に疑惑を否定した。

『橋の建設地を最終的に判断したのは埼玉県と国交省で、わたしにその決定権はないんです。有権者のために力をつくすのが政治家の職務であり、地元に貢献できたことを誇りに思っております』

県の職員も、宇田清治郎と揚一朗親子からの指示は一切なかった、と断言した。

ところが——地元新聞社があるスクープをぶち上げた。

当時の埼玉県建設局には、国交省から出向してきた官僚がいたのだった。

その人物は埼玉の出身で、橋の計画が浮上すると県に出向してきた。財務省の予算がついた直後、一年半で国交省へ戻り、今は港湾局長へと出世を遂げていた。しかも、宇田清治郎が国交政務官を務めた際には、担当秘書官でもあったのだった。

国交委員会の席上で、父は矢面に立たされた。

『山本君は優秀な官僚なんです。省内では、将来を嘱望されてもいる。だから、地元も彼の手腕を望んで、出向を受け入れたのだと思います。わたしには彼ら官僚を自治体に出向させるような権限はありません』

醜い言い逃れにすぎない。総理の犬として動いた宇田清治郎を証人喚問しろ。野党の大合唱が始まった。

安定して高い水準を誇っていた内閣支持率は、たちまち三十パーセント台へと急落した。日本新民党の支持率も一気に下がった。世論調査の結果を見て、党内からも不満と疑問の声が噴出した。

国交省の官僚と県の職員は、一貫して疑惑を否定し続けている。が、メディアと世論による追及は収まる気配を見せてはいない。

その渦中に起きた誘拐事件だった。

「どうして黙ってるんだよ。この車の中に記者はいないんだ。もう言い逃れはやめてくれないか」

「落ち着け、暁司」

先に口を開いたのは父だった。

「冷静に考えてみろ。第二外環道の全面着工には、まだ時間がかかる。莫大な予算も必要になる。だから、地元のためには関越道と東北道をつなぐ道と橋が必要なんだ」

「大義名分はもう聞き飽きた。そんな話は、地元の有権者だって信じているものか」

「いいから、黙って聞け。国の予算は限られてるし、単年度会計で使うべき額も決められている。こちらが手をこまねいていれば、よその地方に奪われるだけだ。だから、政治家は懸命になって、地元の案件が通るようにと予算の確保に奔走する。それこそが政治家の大きな仕事の柱と言えるからだ」

「要するに、橋の予算を持ってくるためには、総理のお友達からの陳情にも手厚く応えてやる必要があった。そのためには国交省に圧力をかけるし、馴染みの官僚を抱きこむ手も使う。そういうことなんだよな」

「まるで、どこかの記者にでも感化されたようなことを言うじゃないか」

父の横顔には余裕が見えた。

「どういう意味だよ」

「噂はすぐ流れる。特におまえは、代議士の息子だぞ。その動向には、多くの者が目を光らせてる。だから、気をつけておけ、と言ったんだ。今さらとぼけるな」

美咲とのことを知られていたとは思わなかった。

記者ともいい関係を築いておけ。そう忠告されたので、取材の依頼は断らずに受けた。記者の飲み会にも参加した。多くの者に見られているとの自覚はあるつもりだった。

「彼女とは同じ大学のよしみで知り合い、連絡を取り合ってるだけだ。話をすり替えないでくれないか」

「どうだかな。迂闊に記者と女を信じるなよ。やつらは利に聡い。忠告として聞いておけ」

晄司は横を向いた。兄の不安そうな目とぶつかった。父がなおも言葉を継いだ。

「いいか、何度も言うようだが、おれに官僚を動かす権限はない。多少の影響力は持てていても、だ。役人たちに話をつなぐのは仕事のうちで、橋の建設地を決める権限はあるはずもない。誰が見てもはっきりしてる」

政治家は安定した地盤を持ち、国政の中をのし上がっていきたい。官僚は出世して、将来のポストを確保しておきたい。業者は政治家に近づいて、利益を呼び寄せたい。互いを利用し、予算を食い物にしつつ、成長を目指す。

「じゃあ、本当に総理からの指示は一切なかったわけだ。そう記者会見の席でも、断言するつもりかな、柚葉の命がかかっていても」

孫の名前を出したからか、父の返事がわずかに遅れた。

「——当たり前だろ。たとえ役所に指示を出したくたって、おれと揚一朗に権限などない。ただし、そう思わせておいて、取引材料に使うことはできる」

父がふくみをこめた言い方をした。黙って成り行きを見ていた兄が、横でひざを乗り出した。

「そうか……。官房長官と法務大臣を説得するために使うのか」

「危ない綱渡りになるかもしれん。だが、やり方はある。指示はなかったけれど、橋の予定地の近くに友人が土地を持っている、と雑談の中で聞いた気がする。そのことを県の職員に話したかもしれない。記憶は曖昧だが、もし土地の件を伝えていたのであれば、県職員への要請と受け取られた可能性はなくもない。よって、政治家としての罪に当たりかねない。事情が事情なので、そう正直に打ち明けるしかないのかも、と迷ってはいる……」

「やっぱり、知ってたわけか……」

晄司は奥歯を嚙みしめた。相手は総理を補佐する官房長官なのだ。事実でなければ、取引材料にできるわけがなかった。

「誤解するな。総理から直接聞いたわけじゃなかったんだ。側近の議員か、その秘書からだったかもしれない。本当によく覚えてないんだ。この仕事をしていれば、噂はいろいろと耳に入ってくる。あえて偽の情報を流す強者（つわもの）も、ごろごろいるからな」

「どっちにしろ、土地のことを県の職員にも話したわけなんだな」

どこまでが詭弁（きべん）で、どこからが真実なのか。父の横顔に目を戻して問いただした。

父は息子たちを見ずに言った。

「政治家というのは、使える材料は何だって利用するものだ。あとのことは、本当に県のさじ加減になる。ただ、橋の位置を変更すれば、財務省も総理に気を遣って予算をつけてくる可能性があった。地元の念願が実現に近づくかもしれないとわかっていながら、何もしない政治家などいるものか」

「なあ、晄司。地元のために政治家たる者が全力をつくし、いくらか策を使ったとしても、それが罪になるとおまえは思うか」

最高学府で法律を学んだ兄に問われた。

正直、わからなかった。

地元のためにはなる。交通の便がよくなり、多くの企業が恩恵を受ける。建設業界も仕事が増えて、潤う。が、濡れ手で粟の売却益を得るものが出る。国の予算が個人を利する。

罪だ、と非難する者はいるだろう。

法律上の背任罪が適用されるケースなのかどうか、晄司には答えが出せなかった。少なくとも、出向した官僚も県の職員も、金銭的な利益を得てはいない。父と兄に職務権限があるわけでもない。

「どうだ、おまえは罪だと思うか、晄司」

兄に再び問われた。力なく首を横に振るしかなかった。

「……おれの意見はどうだっていい。もし犯人が、総理の友人に不当な利益を与えたことを罪だと考えていた場合、柚葉は……どうなるんだろうか」

父が深く吐息をついた。またのど元をさすり上げた。

「正直に言うしかないだろ。ほかに何ができる。必ず総理や内閣に影響を与えない言い方をしてみせる。だから、ほかの罪を不問にできないものか。そういう相談の仕方をしてみるだけだ」

「待ってくれ。父さんは何の罪を打ち明けるつもりなんだ」

兄が助手席のシートに手をかけ、父を見つめた。その視線から目をそらすように天井を見上げ父が低く言った。

「そこが問題だろうな……。政治家の端くれなんで、表に出せない多少の金は動かしてきた。けれど、どれも政治資金収支報告書の訂正ですむ話だとも言える」

父も例外ではなかったのだ。選挙や組閣のたびに、裏金の話が政界を駆け回る。秘書の中には、金集めを自慢する者がいないでもなかった。

晄司の視線に気づいて、父が真正面から見返してきた。

「政治には、時と場合によって、実弾が必要になってくる。我が党の議員だったら、名簿作りに励み、偽名で並べたリストの分の党費を、多くの者が自分で支払ってる。政治資金の中から、どうにかして引っ張ってくるしかないだろうが」

理解はしている。名簿の提出は、党への忠誠心を示す指針となる。その貢献度によっては、公認が得られたり、比例代表の順位にも影響が出てくる。

「収支報告書に載せず、プールしておく金が、誰であろうと、どうしても必要になる時がある。規正法に違反するとわかっていても、だ。けどな、私腹を肥やそうというんじゃないんだ。何千人もの名簿を水増ししてみろ。その分の党費を納入する必要があるんだぞ。いくらになると思う」

噂には聞いていたが、身内だけにしか通らない勝手な理屈だった。個人の財布に入らなかったと、外部から確認のしようはないのだから。

「ほかにもまだあるんじゃないだろうな」

晄司がさらに問いつめると、父は遠い目で暗い車窓を眺めやった。助手席の牛窪が遠慮がちに言葉を挟んできた。

「先生ほどのベテランになれば、危ない案件には決して近づかないものなのです。先ほどおっしゃった資金のプールも、わたしや米森の責任と言えます」

確かに資金管理団体は、秘書が責任者を兼ねるケースが多い。ことが公になった場合、牛窪たちが罪に問われるのだ。多くの政治家たちが、我が身に責任が及ばないように対策を取っている。

「強いて挙げるとすれば……」

父がためていた息を吐くように言った。

「……もう何年も昔の話だ。秘書の一人を殴って、怪我を負わせた。問題にならないよう、金で解決するしかなかった。訴えられていたら、傷害罪に問われていただろうな」

「先生。警察に名前を伝えておくべきでしょうか」

大島がミラーの奥から声をかけてきた。兄が素早くうなずいた。

「確かに考えられるな。あの男なら麻由美の顔を知ってるし、埼玉の大学を出てたはずだしな」

兄までが知る事実だったのだ。

秘書に厳しく当たる議員の噂はよく聞く。秘書を足がかりに政治家を目指す者は多く、古い徒弟制度のようなものが、いまだに残っているためだった。秘書は試練に耐えて一人前になっていく。

「あいつなら、埼玉県下の情報を何か知っていてもおかしくはない。父さんが批判の矢面に立たされているのを見て、過去の恨みが甦った……」

「どうして黙ってたんだ、兄さんまでもが」

嫌な予感が胸を埋める。大島も、父に許可を得るような言い方をしてきた。表に出せない事情があるわけなのか……。

牛窪に目で問うと、恥を忍ぶかのように言った。

「あの男は……金に困って事務所の金に手をつけたんです。収支報告書に載せていない金だと承知のうえで」

暗澹たる思いに襲われた。指先から全身が冷えていった。

汚い金だと知っていたから、手をつけたのだ。その手口に憤って、父は殴りつけてしまった。口封じの意味もこめて、その秘書が使いこんだ金に目をつぶることで黙らせたに違いなかった。

「名前を言ってくれ、兄さん。柚葉を助けるためだ」

「父さん。やはり警察に伝えるべきだよ」

父の横顔にはまだ迷いが見えた。よほど裏金事情に詳しかった男なのだろう。

柚葉の命と、過去の罪。どちらが重いかは考えるまでもない。晄司は兄に迫った。

「もう昔の話なんだろ。だったら、時効になってるんじゃないのか。法務大臣にも詳しく事情を伝えておけば、古い事件をつつこうとは思わないはずだ……」

「待て、晄司。冷静に考えてみろ。このおれを脅迫すれば、あいつ自身が犯した罪もさらされることになるんだぞ」

兄が額に手を当て、うなずき返した。

「確かにそうだな。父さんに恨みを持つ者として、自分にまで疑いがかかってしまう……」

「それに、あいつは小金をかすめ取ることはできても、誘拐なんていう大それた犯罪はできやしない男だよ。おれにはわかる」

父の人物評は問題ではなかった。晄司は反論した。

「追いつめられたら、人は何だってするさ。その男が悲惨な末路をたどっていて、父さんまで道連れにしてやろうと、やけになって犯行を思いついたのかもしれないだろ」

父は政治を通じて多くの人の本性を見てきている。だから、その見立てに自信があるのだとわかる。が、人の心を決めつけ、軽く見るのは怖ろしい。今は柚葉の命がかかっているのだ。

「名前を教えてくれ」

スマホを握って強く迫った。兄が迷うように口を開いた。

「――井上清晴（いのうえきよはる）」

記憶はあった。背の高いスポーツマンタイプの男だった。姉がファンになったと言っていた。が、三年ほどで辞めたはずだ。

議員の間を転々とする〝ワタリ〟と言われるプロ秘書の一人かと思っていた。真実は別にあったのだった。

「事務所に今の住所と連絡先を控えてあります。木原なら、わかるかと」

牛窪が補足を入れた。万一の事態を考え、今なお消息を追い続けていたらしい。さすがは牛窪で、油断はしていなかった。

晄司は高垣部長補佐に電話を入れた。

「――過去に秘書を務めていた者の中に、父を恨んでいてもおかしくない男が一人います」

「井上清晴でしたら、すでに我々のほうでリストアップしています」

驚きに声が出なかった。どこから情報をつかんだのか。

「こちらでも事務所関係者からの聴取を続けております。過去に問題を起こして辞めた者を探るのは、捜査の常道ですので。もちろん、慎重に追跡捜査はしていきます。どうかご心配なく。それと……」

部長補佐は声を落としてから、意味ありげに間を取った。

「――奥様からは、ある女性の名前も出てきています。仕事で深い恨みを買ったことがなかったか、宇田先生にはぜひとも、その点に留意して思い出していただきたいのです」

警察は組織を挙げて捜査に当たっている。そう伝えるとともに、隠し立てはできないのだぞ、と暗に言ってきたのだとわかる。

「母さんが、ある女性の名前を警察に教えたらしい。心当たりはあるんだよな」

「おまえたちは知らなくてもいい」

素っ気なく言って、父は横を向いた。

どうせ母に気づかれてしまい、ゴミを丸めでもするように捨て去ったのだろう。父の浮気相手になど興味はなかった。あとは警察が白黒つけてくれる。

たたいて埃（ほこり）の出ない者など、世の中にはたぶんいない。政治資金規正法を守ろうとしない政治家より、税金をごまかしたがる商店主や経営者のほうが遥かに多いはずだ。酒気帯び運転やスピード違反は絶えることがなく、教師による盗撮までが横行する。人は罪を犯す生き物なのだ。

その罪を、すべて自白できる者がいるのだろうか。我が身を切り刻んで振り返ってみるほかはない過酷な脅迫だった。

が、柚葉を助けるには、父にさらなる心当たりを問うしかなかった。

「警察は、仕事上での恨みを思い出してほしいと言ってた。当然あるよな」

「官僚の時は、上司や政治家たちの機嫌を取ろうと絶えず考えていた。地方の現場では、歳上の部下であろうと酷使もした。人柄はよくても、使えない連中は多かった。けど、誘拐までしでかすほど愚かな者の心当たりは、どう考えても、ない」

「政治家になってからのほうが、恨みを買っていそうに思えるけど、どうなんだ？」

父より先に、兄が答えた。

「政治上の恨みを晴らすために子どもを誘拐するなんて、リスクしかないだろ」

「頭から否定はできないと、おれは思うな」

晄司が即座に首を振ると、兄が怪訝そうに目をまたたかせた。

「だって、そうだろ。幼い子を誘拐して、匿名化ソフトで脅迫をウェブサイトに書きこむだけでいいんだ。あとは黙って待っていれば、父さんが罪を自白して、自ら政治家生命を絶ってくれる。身代金を要求しないから、警察の前に姿を現す必要はなく、高みの見物を決めこんでいればいいだけだ」

「理屈ではそうかもしれない。けど、犯人は白い軽自動車で麻由美たちに近づいたんだぞ。付近の防犯カメラに映りこむ危険がある。どこに目撃者がいるかもわからない」

「周囲を見て、もし近くに人がいるようであれば、次の機会を待てばいいさ。都内と違ってあの辺りに防犯カメラの数は少ない。入念に下見さえしておけば、カメラに姿をさらす心配はない気がする。白い軽自動車なんて、関東近辺に何十万台と走ってる……」

自分で言って、犯人が立てた計画の見事さに、血の気が引く思いがした。

幼い子の誘拐さえできれば、一人の政治家を葬り去れるのだ。と同時に、その人物が関与した悪事を白日の下にさらし、首謀者までを追いつめることができる。怖ろしいまでに知恵の回る犯人だった。

ただ、そこに救いがあるかもしれない。晄司は祈った。

誘拐は重罪だ。さらに殺人が加われば、死刑も考えられた。頭の切れる犯人が、愚かな罪を重ねるものだろうか。

いや、計画に自信を持つあまり、不遜(ふそん)な行動に走らないと、誰が言えるか……。

どうか無事でいてくれ。唇を噛み、一心に祈った。柚葉を助けるには、狡猾(こうかつ)な犯人の言いなりになるしかすべはないようだった。

8

二十時四十三分。戸畑事務所での待機を覚悟したが、牧村刑事部長の呼び出しを受けて、平尾は高垣と捜査本部が置かれた戸畑署に向かった。

疑惑の渦中にある政治家の孫が誘拐されたと知って、殺気立つ記者が一地方の小さな警察署を幾重にも取り巻いていた。路上には中継車が五台も並ぶ。ニュース素材を今から集めるべく大量のスタッフが送られたのだ。

「本部はどこまで発表したんですかね」

報道陣が視線を送る中、平尾はハンドルを切りながら二歳下の上司に訊いた。

「まだ誘拐の事実のみらしい」

暗澹たる思いに襲われた。前代未聞の事件に、警察庁の了解を取りつけねば何ひとつ判断を下せない機能不全に、県警幹部は陥っているのだった。

「必ずあとで問題にされますよ。犯人からの要求は二時間も前に出されたわけですから。協定違反に問われかねない」

「仕方ないだろう。サッチョウからの指示が下りてこないんだから」

「なぜです？　捜査本部にはすでにサッチョウのお歴々が駆けつけてるはずでしたよ

ね」

「命令を出すのは、もっと上だ。国家公安委員会も招集されてる」

法務省との対策チームが設置されたに違いなかった。その意見が割れているのかもしれない。

そもそも公安委員は現場の経験が圧倒的に不足している。警察や検察の出身者であっても、現場を離れた者でなければ委員に選出はされない仕組みだからだ。警察庁と検察はさぞや痺(しび)れを切らしていることだろう。

車を降りて通用口へ走った。三階の会議室へと階段を駆け上がる。

早くも怖れていた事態が待っていた。

捜査本部とされた部屋にもかかわらず、幹部たちの姿がまったく見当たらなかった。

連絡係を務める署の刑事課員が数名スタンバイするのみ。上と下の分断を物語る光景だった。

「おい、幹部総出演で会見を開いてる最中なのかよ」

誰にともなく聞こえよがしに言うと、電話番らしき若手が立ち上がった。

「いえ。皆さん、上の署長室でお待ちかねです」

案の定だ。高垣と顔を見合わせ、また階段へ走った。

連絡が行ったのか、四階の廊下に戸畑署の浜本(はまもと)刑事課長が立っていた。かつて本部二課でともに選挙違反の摘発を手がけたベテランだ。本来であれば、彼が陣頭指揮を執ってもいいのに、現場に出た平尾たちを出迎える使い走りを務めているのだから、中に集うメンツの想像がつく。

「待ってたぞ、平尾。悪いが、おれと本部につめてくれよな」

「報告を終えたら、現場に出るつもりでした」

「とにかく頼りになる者を近くに置いておきたい。どうせ宇田が戸畑事務所に戻ることは、もうないんだ。偉いさんばかりで、おまえには居づらいだろうが、共同戦線を張らないと太刀打ちできないおそれがある」

それで納得できた。自分のような警部補風情が、なぜ本部に入れと言われたのか。船頭の顔ぶれに不安を覚え、現場を知る補佐役がほしかったのだ。その証拠に、高垣警視正というキャリアが平尾の横にいながら、浜本はろくに挨拶すらせず、署長室のドアを押した。

窓際の応接コーナーに見覚えのない私服が四人。あとは捜査本部長となる署長に、県警からは牧村刑事部長と福島捜査一課長が駆けつけ、パイプ椅子で署長席を取り囲む。今県下で別の大事件が発生したら、誰が命令を下すというのか。そう問いたくなる陣容が集結していた。

五十歳前後に見える私服が、刑事局の審議官という雲上人だった。警視監なので、五つもの階級差がある。

サイバー犯罪対策班を率いる技術審議官の警視正は、まだ三十代の前半か。あとの二人は四十前後で、警視庁刑事部の参事官を務める警視正と、刑事一課の特殊犯罪対策官の警視だった。

階級から見て、すべてキャリアとわかる。が、平尾は少しだけ安堵した。

警視庁からベテランのノンキャリは派遣されていなかった。つまり、捜査の最終判断は彼らキャリアが握るにしても、現場の指揮は県警に委ねるしかないと決まったのだ。ある程度のハンドリングは取れるだろう。前代未聞の事件とあって、警察庁もまだ手探りなのだ。

無論、最終的な現場の責任は埼玉県警にあるのだぞ、とスタッフ編成で示す目的もある。万が一のあってはならない事態に備えた、官僚らしい防衛策と思われた。

この陣容を見て、浜本も現場をある程度は任されると考えたから、平尾を本部に呼び寄せたのだ。

目で浜本の了解を得てから、平尾は警察官僚の面々に言った。

「すでにお聞き及びと思いますが、宇田清治郎は政治力にものを言わせて、法務大臣による指揮権発動を狙っています。その動きはもう確認されているのでしょうか」

刑事局の石崎審議官が太い首を横に素早く振った。

「君たちも知っているだろうが、本庁から内閣官房に総理秘書官が派遣されている。内閣の危機管理監も我々の先輩なので、絶えず連絡は取っている。もし法務大臣との接触があれば、情報はすぐ伝わってくる」

「指揮権発動はある、とお考えでしょうか」

浜本刑事課長が男たちを見回し、確認した。

互いを牽制し合うような間のあと、また石崎審議官が言った。

「その点は、我々がこの場で憂慮することではない。検察と公安委員会が大局から結論を下すはずだ」

現場は捜査に徹しろ。法律上の判断に口出しはするな。穏当な言葉でそう忠告してきたのだった。

差し出がましいと思ったが、上の顔色を見ている時ではなかった。平尾は言った。

「しかし、指揮権発動の確約さえ取れれば、宇田は犯人の要求を呑んで過去の罪を正直に打ち明けるでしょう。もし、確約が取れなかった場合、どこまで罪を自白するかは難しいと思われます」

「孫の命がかかっているのに、要求をはねつけることがあると思うのかね」

警視庁の広畑(ひろはた)参事官が正直にも、人のよさを垣間(かいま)見せた。その発言からは、宇田が犯人の要求を呑むしかないはず、と素直に考えているのがわかる。要求さえひとまず満たされれば、人質はかなりの確率で帰ってくるのではないか。そう希望を託してもいるのだろう。

甘すぎる見極めだった。事件のとらえ方からこれでは、先が思いやられる。

「記者会見は開くしかないでしょう。しかし、いくつかの、すでに時効を迎えた罪だけを打ち明けて、時間稼ぎを図ろうとするかもしれません。犯人は、どういった類いの罪を自白しろという具体的な書きこみはしてきていません。ひとまず要求を呑んで記者会見は開く。その間に何としても犯人を逮捕しろ。そう宇田の周辺が迫ってくることは大いに考えられます」

「宇田の周辺……？」

言わずもがなの質問を、安達署長が口にした。警備畑を歩いてきた人で、捜査に必須の先読みに欠けている。

「――決まってるだろ、安川総理だよ」

石崎審議官がにべもなく答えを出した。その目が、生意気な指摘をしてきた警部補に向けられた。

「確かに世間は、上荒川大橋の建設計画に、宇田議員がどこまで関与していたのか、大いに注目していると言っていいだろう。しかし、多くの識者が指摘したように、宇田議員には建設計画にゴーサインを出したり、用地買収の価格を決定する職務権限はない。

総理も同じだ」

「もちろん承知はしています。だからこそ、罪を自白しろ、と言ってきたのではないでしょうか」

難関試験を突破してきた優秀な警察官僚たちが、そろって思案げな目つきになった。

平尾は続けて言った。

「犯人にも、宇田に職務権限のないことは、ニュースを見てわかっていた。かといって、身代金の代わりとして、総理の意を得て建設計画に介入した事実を認めろ、との要求ができるでしょうか」

「なるほど。実は孫が誘拐されたので、仕方なく事実とは違う内容ではあるが、認める振りをするしかなかった。そう事件が解決したあとで表明されてしまいかねない。何しろ我々警察官という これ以上ない証人が、裏事情を必ず説明してくれる。そういう心配が犯人の側にはあった——というわけだね」

特殊犯罪対策官の加持警視が、わかりやすく解説して幹部に目を配り、最後に平尾を見た。

「そのとおりです。犯人は、どうしても宇田自らに罪を自白させねばならなかった。その罪が、法律に抵触しているとは言いがたいものだったから、今回の〝罪〟という荒っぽい表現の要求になったのではないか。わたしにはそう思えてならないのです」

「では……犯人の要求は、宇田先生が政治家としての罪を潔く認めるまで続く、と」

加持の指摘に、幹部たちが顔を見合わせた。

深読みのしすぎかもしれない。が、要求の曖昧さが、平尾は気になっていた。単純に、宇田清治郎という政治家に鉄槌を下すのが目的であれば、問題はさしてないと言える。動機を持つ者を探ることで、犯人にたどり着ける可能性が高い。

しかし、宇田がスケープゴートであった場合、隠された動機は政界の隅々にまで広がりかねないのだ。

七割に迫る内閣支持率の高さを誇り、安川総理は与党内で一強体制を盤石にしていた。日本新民党総裁の任期を延長する案が、党内から出るほどなのだ。

任期が切れて総理の座を退くことになっても、後継総理を指名し、今後も陰の最高権力者として力を振るっていく、と見られていた。

党内のライバル陣営に打つ手はなく、今のところ指をくわえて見ているしかない。が、そこに上荒川大橋のスキャンダルが降って湧いた。

この機を逃してなるものか。安川総理を追いつめる手を探せ。そう企てた者がいなかったとは断言できない気がするのだった。

「おい、君の意見を聞いていると、まるで政界の中に犯人がいるようにも聞こえてしまうぞ」

安達署長がまた言わなくてもわかることを口走り、険しい目を作ってみせた。年功序列だけで出世してきた者は、少し黙っていてほしい。

「もちろん、実行犯は別にいるでしょう。しかし、アイディアを出す者がいた可能性は捨てきれません。何しろ今回の誘拐事件は、犯人側にとってデメリットが見当たらず、かなりの確率で成功が見こめる見事な計画なのですから」

子どもの誘拐さえ問題なく遂行できれば、あとは高みの見物ができるのだ。匿名化ソフトを使って要求をウェブサイトに書きこむだけ。ＩＰアドレスから身元を特定されるおそれは百パーセントなかった。宇田が望みどおりの自白をするまで、しつこく要求をくり返せばいい。

「誘拐は重罪だぞ。もし発覚した場合、大問題になる」

石崎審議官までが、わかりきった事実を物々しげに語ってみせた。

「当然です。しかし、政界の中枢に、我々現場の捜査員が聞きこみに回るなど、事実上、不可能です。ただでさえ身元がたぐられる心配はなく、捜査の手が及ぶ危険性もない。わたしがこの誘拐のアイディアをひねり出したのであれば、その瞬間、小躍りしたでしょうね」

「不謹慎な発言は慎みたまえ」

署長がまた声音を強めた。が、ほかの幹部は虚をつかれでもしたように表情をなくしている。平尾はさらに続けた。

「仮に地検特捜部が動く場合も、よほど有力な情報が入りでもしない限り、政治家本人から話を聞くことはまずできないでしょう。我々が情報を集めたいと考えても、おそらく秘書も相手にしてくれないものと想像はつきますからね」

有力政治家の秘書たちは、議員の威を借りて不遜な態度を取ってくる。今回の計画立案者が、人を介してプロのような者を雇った場合、よほどの幸運がなければ真の犯人にはたどり着けない気がする。悪くすれば、暴力団のように、身代わり犯を差し出してくるケースも考えられる。

「平尾警部補。君は少し想像が逞しすぎるようだ」

現場経験の乏しさをごまかす意図があるのか、石崎審議官が下手な笑みを浮かべて言った。その引きつったような頰を見返し、臆せずにうなずいた。

「はい。想像を逞しくしないと、こういった凄腕の犯人に立ち向かっていくことはできません」

「なるほどな。では、聞かせてもらおうか。君はそういう凄腕の犯人に、どう対処していく気かね。それなりのアイディアがあるから、勇ましい意見を言えるんだろうから」

石崎は皮肉の棘を隠そうとせずに言った。

彼ら幹部の視線を受け止めた。

「ひとつだけ我々に打てる手があります。——今すぐ、国家公安委員長を通じて法務大臣に連絡を取り、指揮権発動を認めるよう、お願いするのです」

「何を、君は……」

安達署長が真っ先に腰を浮かした。

「迷っている時ではありません。人質を救い出すためには、最も有効な手段なのですから」

「待ちなさい。君は、むざむざ犯人の言いなりになれ、という気かね」

広畑参事官が、真意を測りかねる目を向けてきた。それでも言うしかなかった。

「どうか冷静にお考えください。犯人は、今後も我々警察の前に姿を現す必要はまったくないのです。ただし、犯人にもわずかなリスクはあると言えます。その最大のリスクと言えるのは、人質の監禁を何者かに気づかれてしまうことです。小さな女の子といえども大声で泣き叫ぶことはできます。その声を聞かれでもして、警察に通報されたのでは、せっかくの完璧な計画が無に帰してしまう。驚くべき手を使ってきた犯人なのですから、当然あらゆるリスクは念頭に置いているでしょう。ですので、犯人が最も厄介な人質をいつまでも監禁しておくか保証の限りではない、と考えるべきなのです」

生きて泣き叫ぶ子より、物言わない物体と化した亡骸（なきがら）のほうが、遥かに扱いは楽なのだった。しかも、子どもの体は小さく、持ち運びが楽にできる。

「もし宇田の自白が犯人の求める内容ではなかった場合、また次の記者会見を求めてくると思われます。その間、人質を監禁しておく時間が延び、そのつど犯人にはリスクが確実に増していきます。焦りを覚えて、安直な選択をしないとは限りません。宇田が自白を先延ばしにした場合、人質には確実に命の危険が迫る、と見るべきなのです」

「だからといって、宇田の犯した罪をすべてなかったことにできると思うのか……」

石崎審議官が悩ましげに眉を寄せた。社会秩序の維持を目指す組織が、進んで罪を見逃せるはずはなかった。当然の発言に、幹部たちも渋い顔になる。

「いいえ。罪に目をつぶることはありません。ただ、指揮権発動のお墨付きを宇田に与えさえすればいいのです」

「君は――代議士をペテンにかけろと言うのか。法務大臣まで巻きこんで！」

広畑参事官が声を裏返した。頭のいい連中は遵法（じゅんぽう）意識が徹底しているのか、そろって驚き顔を見せていた。だから、現場で犯人と向き合う捜査員たちの悩みと怒りをうまく酌み取ることができないのだ。

「あとで絶対、問題にされるぞ。国民に選ばれた代議士を罠にかけたのか、とな。下手をすれば、与党を敵に回すことになりかねない……」

参事官ともあろう者が、まだ警察の体面――すなわち自分たちに降りかかってくるであろう責任――を気にする発言をくり返した。平尾は正論で受けて立った。

「皆さん、よくお考えください。今、大切なのは、警察や法務大臣への風当たりなのでしょうか。それとも、三歳の罪もない女の子の命なのでしょうか」

本来であれば、考えるまでもないことなのだった。ところが、警察の中枢を担う官僚たちは、命と自分たちの評価を天秤にかけ、迷う素振りを見せていた。平尾は声に力をこめた。

「決断をお願いします。どうか今すぐ動いてください。もし官邸に我々の動きが察知されたなら、もっと上からストップがかかりかねません」

日本のトップ——総理大臣から、だ。

その場の男たちが動きを止めた。呼吸を停めた者もいたかもしれない。

石崎審議官がうめくように声を押し出した。

「それは無理だ、平尾警部補……。大臣がもし指揮権発動を命じてしまえば、我々は満足に動けなくなる。そのお墨付きを与えておきながら、宇田先生の罪を摘発にかかれば、法務大臣一人が悪者にされかねない。その命令を出せるのは、おそらく——」

総理大臣のほかにはいないのだ。

が、宇田がすべてを語った場合、安川総理の罪までが白日の下にさらされるとなれば……。

野党が指摘するような事実があったかどうかは、わからない。が、総理の立場を危うくしかねない決断を、法務大臣が下せるとは思えなかった。もちろん、総理自らが命令することもないはずなのだ。

平尾は再び最も大切なことを言った。

「人質の女の子を助けるためなのです」

「無理に決まってるだろ！」

石崎審議官がテーブルを平手でたたいた。

「伊丹法務大臣を誰が説得するっていうんだ。もし総理の関与を宇田に語らせるようなことになれば、内閣は終わりだぞ。総理周辺が知れば、絶対に許しはしない。そこに我々ごときが割って入れると思うのか」

「たとえひとつの内閣が終わろうと、誘拐された三歳の子どもの命は救われるのです」

「無理だな、平尾。伊丹大臣が、総理を裏切れというに等しい提案を呑むわけがない」

黙って成り行きを見ていた浜本刑事課長が苦しげに言った。

「でも、呑ませるしかありません。宇田が罪を自白せず、会見をずるずると引き延ばしていけば、確実に女の子は殺されます」

「そうと決まったわけじゃないだろうが！」

石崎審議官がたまりかねたように声を張り上げた。

彼ら警察官僚は何もわかってはいなかった。どれほど完璧に思える犯罪計画でも、実行には重圧がのしかかる。ゆえに犯人は、楽な道を選択しやすい。女の子を監禁し続けるより、命を奪って腐敗臭にだけ気をつけたほうが、遥かに気は楽なのだ。遺体はあとでどこかの海へ捨てに行けばいい。

誰にも知られず、波間に沈んでいく女の子の姿が、まぶたの裏をよぎっていった。ひとつの政権と、三歳児の無垢な命。どちらが重いと彼らは考えているのか。

平尾は深く頭を下げた。娘を持つ親の一人として。手足を縛られ、恐怖の底に落とされている女の子の命を救うために。

「お願いです。今すぐ検察庁を通して法務大臣に話を上げてください。そうすれば、万が一の事態には備えられるのです。その間に我々は、政界とは別の場所に犯人がいた場合に備えて、できる限りの捜査を進めていきます。ほかに方法があるというのであれば、どうか教えてください」

男たちは貧乏くじを引くまいとしているのか、視線で牽制し合うばかりで何も答え返そうとしなかった。

9

フロントガラスの向こうに、ライトアップされた議事堂が見えてきた。午後九時半。

まだ官房長官サイドからの返事はきていなかった。

議員会館の衛視に話を通して、地下駐車場の通用口からエレベーターまでの道を確保してもらった。地元を束ねる牛窪と兄のぶんも、通行証の手配を頼んでおいた。たとえ政治家の家族でも、正式な入館手続きを経なければ、会館への出入りはできなかった。衛視のチェックを受けて、地下駐車場へと乗りつけた。車を降りて通用口へ急ぐ。

警務控え室で二人の通行証を受け取った。衛視たちのただならぬ動きに気づいたらしく、議員専用エレベーターの周囲には人が群れていた。普段なら人気がなくなる時間なので、早くも情報が駆けめぐったと見える。が、たとえ記者がいても、誘拐に関する取材はできないこともあって、呼びかける者はいなかった。誰もが固唾を呑み、宇田清治郎を見守っていた。

事務所のある四階へ上がった。東西に長く伸びる通路は照明が半分ほど落とされていた。多くの議員が事務所を閉めたとわかるが、不気味なほどの静けさは、かえって張りつめた雰囲気を感じさせた。

「大島を立たせて、誰も入れるな。引き取ってもらえ」

父が指示を出し、牛窪がドア前に残って電話をかけ始めた。晄司は「頼みます」と頭を下げ、父と兄に続いて事務所へ入ってドアを閉めた。

会館担当の藤沢美和子がまだ残ってくれていた。中学生の女の子が二人いるので、他人事ではなかったのだろう。父の姿を見るなり、赤い目に涙をにじませた。

「先生……」

あとは声にならず、彼女はただ頭を下げた。

「遅くまですまない。明日もあるから、今日は帰りなさい」

「いいえ、帰りません。夫にもそう伝えました」

「だめだ。明日はもっと戦場になる。まともな判断ができる者が一人くらいいないと、事務所がパンクする。ろくに眠れないとは思うが、娘さんたちの顔を見るだけでも、少しは明日に備えられる。今日は帰りなさい」

藤沢がハンカチを目に当て、一礼した。

官僚時代は歳上の部下を平気で酷使したと言うが、ただ憎まれるだけの人であったなら、今なお国交省に影響力を保てるとは思えなかった。晄司も会社を動かしていた時は、社内の融和に砕身したものだった。

父たちの話が聞こえたらしく、会議室のドアが開いた。すでに到着していた内海弁護士が事務室へと歩み出てきた。

「宇田先生、ご心痛、お察しします」

もう一人、三十代後半と見えるスーツ姿の男を引き連れていた。

「ご紹介いたします。リスク管理のプロを連れてきました」

株式会社トラスト・コンサルティングCEO。鳥飼孜（とりかいつとむ）。この若さながら、大手企業とも顧問契約を結ぶ実績ある男だと紹介された。

藤沢の帰宅を見送ってから、会議室で打ち合わせに入った。

父はこの五時間、一滴の水さえ口にしていなかった。晄司は冷蔵庫を開けてペットボトルのお茶を引きぬくと、グラスとともにテーブルに並べた。差し入れにもらったクッキーの缶も開けた。兄はドアの前で一人、また誰かと電話で話していたが、通話を終えて振り返った。

「失礼しました。県連会長の地元秘書から電話がありましたもので」

「無駄なことをするな」

父が苛立ちまじりの声で応じた。兄が口ごもる。

「しかし……嵯峨（さが）先生は、参院法務委員長の任にあるので、何かわかるかも、と……」

地元埼玉選挙区のベテラン議員だった。県連会長を通じて官邸サイドに探りを入れてもらうつもりだったらしい。

「あの人はただ年功序列で委員長を任されただけだ。力はない。いいから、座れ」

にべもなく切り捨てて言った。兄が横に座るのを待ってから、父は向かいに座る二人の男に頭を下げた。

「柚葉を救うためなら、わたしは何だってする覚悟です。しかし、記者会見を開いて何をどう語ればいいのか。どうかご指導ください」

父の言葉には矛盾があった。犯人の要求は呑む。が、罪を自白すれば、政治家生命が危うくなる。覚悟はしていても、影響は最低限に抑えたい。

内海は言葉を選ぶように息をつき、言った。

「弁護士の立場からは、こういうケースで法務大臣が指揮権の発動をできるものか、判断はつきかねます。過去にほとんど例がないため、万一の事態に備えた対策を今のうちから取っておくべきだと考えます」

「指揮権発動は、かなり難しいというわけなのかね」

「いえ、軽々しく予想はできないと思うのです。罪の重みによっても、判断は違ってくるかもしれません。そこで、まずは先生が、どういった罪を公にする覚悟でいられるのか。その中身をうかがったうえで、時効の有無を見極めるとともに、補塡や自費弁済が可能な案件なのか、を見ていくことも重要だと思われます」

「補足させていただきますと、心から深く反省しているとの明確な意思表明も重要になってまいります」

若い鳥飼が遠慮がちに口を挟んだ。

父が唖然とした表情になり、二人の顔を見比べた。

「待ってくれないか……。テレビカメラの前でただ頭を下げて、すべての罪を一切合切、丸ごと潔く認めろ、というわけなのか」

二人の男が視線を落とす。リスク管理のプロまで連れてきながら、打つ手がないと言うのも同じに聞こえた。

父の指先が小刻みに震えていた。

「君たちは何を言ってるんだ。ただ頭を下げろくらいのことは、世間を知らない中学生にだって意見ができる。わざわざ弁護士を呼んだ理由が、どこにあると思うのかね」

「しかし、先生。犯人の要求を呑まねば、大変な事態に――」

言いかけた鳥飼に向かって、父がかぶせるように言葉を放った。

「そんなことは、言われなくてもわかってる！」

子どもの使いか。取り上げたペットボトルを今にも投げつけそうに振り上げた。晄司は父の横に張りついた。

「落ち着け、父さん」

指揮権発動という奇策を使うことができれば、生き残る道があるかもしれない。わずかな希望が見えてきたため、父は凡庸で中身のない意見を認められずにいるのだった。

「話にならん。揚一朗はここで連絡を待て。晄司、行くぞ」

父が憤然と席を立った。

湯浅官房長官の事務所は十一階にある。本人は不在だろうが、秘書に直談判する気なのだ。

「父さん。もう少し待ったほうがいい。会館では人目がありすぎる」

兄も席を立って、父をいさめた。

「おまえまで寝ぼけたことを言うな。人目があるから、お願いに行くんだ。わからないのか。孫のために泣いてすがる者を、誰が邪険にできる」

「もちろん、邪険にはしないだろう。でも、快くは思わないはずだ。行くなと言ってるんじゃない。強引なやり方は損になると思うんだよ。まずは連絡を何度も入れてみよう」

「揚一朗。おまえは自分の娘じゃないから、悠長にしてられるんだ。宇田清治郎は孫のために血の涙を流して駆けずり回った。そう与野党を問わず、議員連中に見せないでいられるものか！」

父の剣幕に弁護士たちは気圧（けお）されていた。声もなく、見やるしかない。

兄が言葉を選ぶように口元を引き結んでから、静かに言った。

「わかるよ。でも、お願いするのは指揮権発動という禁じ手に近い荒技なんだ。野党の連中が知れば、官房長官はもちろん、伊丹大臣にまで大変な迷惑がかかる。ここは絶対、極秘に話を進めるべきだ」

兄も譲らず、理屈で攻めた。父が頬を激しく震わせた。

「いいや、違うな。もし指揮権発動の確約が取れた場合、遅かれ早かれ情報は広まる。その際、総理にまで影響が出ないようにと、多くの者は考えるはずだ。おれを邪険にすれば、何を言いだすかわからない。そういう布石を打っておくためにも、電話だけじゃなく、官房長官の事務所へ直訴に行ったと知らせておく必要があるんだ。よく考えてみろ」

「父さん……。強引に事を進めれば、多くの者にうとまれ、取り返しがつかなくなる」

「ついに本音が出たな」

父が兄の前に迫った。凄みのある目で見すえられ、兄が正直にも視線をそらした。

「おまえは昔からよく気が利く子だった。でもな、政治家は周りを気にしてたんじゃ、勝負はできない。腹をすえて踏み出す決断も必要なんだ」

取り返しがつかない――。兄の言葉は、父の行く末だけを案じたものではなかったのだ。

ぜがひでも指揮権発動の確約はもらっておきたい。が、強引に動いて総理周辺に睨まれたなら、父の地盤を継いで自分が立候補しようにも、党の公認をもらえないおそれも出てくる。

父が会見で過去の罪をつまびらかにした場合、たとえ捜査の手が及ばずとも、道義的な責任は追及される。議員の座を失う可能性は少なくないと思われる。その地盤をすんなり兄が継いでいける保証はないのだ。

県会議員である兄も、父の罪を知りながら黙って見すごしてきた。悪くすれば、ともに手を染めていたのではないか、と疑念の目を向けられかねないからだ。

もし党籍を剝奪されたり、公認が得られなかった場合、どこまで次の選挙を戦っていけるか……。

「揚一朗。姑息な考え方をするな。おまえにまで迷惑をかけたことは、素直に謝らせてもらう。今後も苦労をかけると思う。本当にすまない。でもな、柚葉は今もロープで縛られてるんだぞ。おまえにとっても、可愛い姪っ子だろうが。助けるために、あらゆる手段をつくさなくてどうする。違うか！」

兄が肩と視線を落とした。晄司が発言する間もなく、父が断固とした口調で言った。

「おれは何としてでも柚葉を助け出してみせる。だが、こんな理不尽なことで、議席を失いたくはない。今日まで何のために働いてきたのかわからないじゃないか。おまえはあの子の無事だけを、ここで祈ってろ。いいな。――行くぞ、晄司」

腹から声を絞るように言って、父が身をひるがえした。晄司は急いで兄にうなずいた。

「行ってくる。父さんが無茶をしないよう、そばについてるから安心してくれ」

兄は言葉を返さなかった。態度で気持ちを表すかのように、ただ黙って椅子に腰を落とした。

呆然と見送る弁護士たちを残して、廊下へ走り出た。ちょうど牛窪と大島がエレベーターから歩いてくるところだった。

「揚一朗が先のことを怖れて、動揺してる。内海も生真面目すぎて役には立たん。あとは頼むぞ」

「わかりました」

すぐさま事態を悟った牛窪が頭を下げた。

父がエレベーターへ歩きだし、小声でささやいてきた。

「揚一朗の肝の小ささは、どうにもならん。恒之なぞ、まだ青二才なのにな」

二人の口論から想像していたことが、今の言葉で裏づけられた。が、兄には少し厳しすぎる評価に思えた。

父の政治生命が絶たれた時、自分が地盤を受け継げるか。我が子を誘拐された被害者の緒形恒之には、世間の同情が集まるだろう。幸か不幸か、宇田の姓を名乗ってもいない。

宇田清治郎の罪とは一線を画したところにいる市会議員。次の公認候補に最もふさわしい。そう党幹部が判断するかもしれない……。

だから、党の重鎮を刺激してはならない。兄はそう考えたのだ。

誘拐されたのが自分の子ではないから……。父の決めつけは、あまりに厳しすぎた。

父の跡を継ぐ覚悟を持ち、今日まで兄が懸命に働いてきたのは間違いないのだ。

廊下の先で二人の男が立ち話をしていた。こちらに気づいて驚くように身を揺らしたが、もちろん近づいてはこなかった。彼らも誘拐の一報を聞きつけていたのだろう。

エレベーターが到着し、ケージに乗りこんだところで、父が晄司を見ずに言った。

「わかってるだろうな、晄司。揚一朗は恒之を怖れただけじゃないぞ」

「……え？」

「麻由美と同じだ。兄弟だから、見えてくるものがあるんだろうよ」

「いや、でも、おれは……」

政治家になるつもりはない。そう偽りない気持ちを語ってきた。が、兄はまだ疑いの目を持ち続けていたのだ。

被害者の父親に、世間の同情は確かに集まる。が、もう一人、宇田の血を引きながら、政治とは無縁に生きてきた者がいた。秘書になったばかりなので、父親の過去の罪とも関係のない次男……。

エレベーターが十一階に停まった。ドアが開き、我に返った。父を追いかけてケージを出た。

時刻は午後十時近い。会期中でもあり、代議士の孫が誘拐される大事件も起きていた。が、湯浅官房長官の事務所には誰も残っていなかった。ドア横の磨りガラスは暗く、照明がすべて落とされているのが見えた。

「尻をまくられたか……」

父が拳でドアをたたきつけた。あえて周囲に聞かせようとする、遠慮のない一打だった。

宇田清治郎が会館に戻ってきたら、必ず直談判に訪れる。そう先読みした秘書が部屋仕舞いをしたに違いなかった。おそらくは伊丹法相の事務所も同じだろう。

「このまま切り捨てるつもりか……」

常識では考えられない対応だった。

可愛い孫を誘拐されたのだから、あらゆる手をつくしたいと考えて当然なのだ。すでに官房長官と法相の側近には相談を上げていた。ところが、議員会館の事務所という最も身近なドアが無慈悲にも閉ざされたのだ。

「汚い手を使うやつが裏にいるな」

意味がわからず、父を見た。

「もっと頭を使え。犯人が要求した会見まではまだ時間がある。そう理屈をつけて、おれを焦らす戦法だろうよ」

父が、今度はドアを蹴りつけた。靴底の跡が残るほどの一撃だった。

「おまえがもしおかしなことを口走るようなら、絶対に指揮権発動の確約は与えられない。泣いて懇願して、額を床にこすりつけて頼むのであれば、考えてやってもいい。今はまだ力の差を見せつけて、この先の主導権を握っておくべき。そう薄汚い知恵をつけたやつが、官邸周辺にいやがったんだよ」

父の裏読みに、慄然とした。

事実であれば、空恐ろしい。幼い子の命より、自分たちの地位と政権の先行きこそが重い。

手を貸さない、と言っているのではない。が、孫を救うために血迷ったあげく、とんでもない記者会見を開かれたのでは困る。力の差を見せつけることで、父を巧みに操ろうという魂胆なのだ。

頭に血が昇った。腹の奥底から熱い怒りが湧き出してくる。

父は、総理への影響を考えたから、まず官房長官に相談を上げたのだ。その話を直接聞こうとせず、接触の窓口さえ閉ざし、折り返しの連絡も寄越そうとはしない。

これが、孫を誘拐された仲間への、国のトップが取る態度なのだった。

「いいか。忘れるなよ、晄司。力を持つ連中のやり口は、いつもこうだ。頼ってきた者にすぐ手を差し伸べたのでは、自分の価値が高まりはしない。人は、本当に困り果てた時でないと、その相手に服従してもかまわないとまでは考えない。そう経験から知ってるんだよ」

だから、政治家は嫌いなのだ。

あと一千万円あれば、会社は何とかなる。そう父に懇願した時のことが思い出された。母の説得にも、父は首を縦に振らなかった。安易に親を頼るな。決して迷惑はかけないと勇ましい啖呵(たんか)を切って、家を出たはずだろ。死ぬ気で戦ってみろ。

最初の不渡りを出し、さらに会社は追いつめられた。信頼していた友人までが部下を率いて辞めると言ってきた。

破綻が決定的になって初めて、父は手を貸してくれた。借金はその時、三倍以上にふくれあがっていた。

あの時、父の持つ力と自分の無能さを痛感させられた。だから、秘書になれという要請を受けるしかなくなった。

まったく同じ手法ではないか……。政界で学んだ手口を使ったから、親に反発し続けてきた次男を取りこむことに、父は成功したのである。

「揚一朗は頭のいいやつだから、先読みができる。だが、決断力に欠ける。周りばかりを気にする癖があるからだ。けど、あいつはいい参謀にはなれる男だ。恒之のほうは、野心のせいで芝居が打てない器量の狭さがある。今のままでは先が知れてる。おまえも自分を見つめ直してみろ。さあ、帰るぞ」

父はドアを閉ざした者への怒りをぶつけるように言うと、憤然と廊下を歩きだした。

10

二十一時四十五分。犯人が指定したタイムリミットまで二十時間を切った。

何も決められない幹部に指示を仰ぐだけ無駄に思えて、平尾は高垣と戸畑署を出て宇田清治郎の自宅を訪ねた。

手入れの行き届いた生け垣が囲む古い邸宅だった。庭は広く、全面に芝生が植えられていたものの、屋敷の壁はモルタル塗りで汚れが目立ち、意外にも質素な造りでもあった。

すでに戸畑署の捜査員が病院で緒形夫妻から話を聞いていたが、被害者の両親としての聴取だった。犯人の要求が明らかになり、恒之からあらためて話を聞く必要が出てきたのである。

古めかしい家具の置かれたリビングに、家族三人が集まっていた。捜査の方針と来訪の目的を、高垣が丁寧に告げると、宇田和代がそれとなく娘婿に視線を向けた。再度の聴取の必要性がどこにあるのか、理由を深読みしてのことだったろう。真実を話すのは当然でも、余計なことは口走ってくれるな。そう恒之を案じたように思われた。

恒之は、廊下を挟んだ向かいの応接室に平尾たちを案内した。鴨居の上には、ずらりと写真が掲げられていた。先代の宇田政司から恒之まで、初当選の記念写真だ。書棚には清治郎と歴代総理のツーショットも飾られている。年代物らしきチェストの上には猛禽の剝製。テーブルにはクリスタルの大ぶりな灰皿がお決まりのように置いてあった。

犯人の接触から五時間近くが経ち、恒之はいくらか落ち着きを取り戻していた。平尾たちにソファを勧め、自ら上座に腰を下ろした。父親に似てスリムな揚一朗より体軀に恵まれて貫禄があり、どちらが歳上なのか、見た目にはわかりにくい。

この男も東大法学部の出身だ。が、地元の生まれではなかった。実家は山形の農家で、奨学金を得て進学し、農水省の官僚となる。戸畑署の捜査員に言わせると、議員になるのが目的で麻由美と結婚したとの情報があるらしい。つまり、どこから見ても、宇田清治郎のコピーと言っていい男なのだ。

ところが、麻由美の懇願にもかかわらず、清治郎夫妻と同居しながらも、いまだ宇田の姓は名乗れずにいた。息子を思う和代が首を縦に振らなかったのだ。

長男の揚一朗も東大に進んだが、卒業後は大手銀行に就職している。家柄からキャリア試験は受けたと思われる。本人は、望んでいた省へ入れそうにないと踏んで、民間への就職を選んだと言うが、真偽のほどはわからなかった。

次男の晄司は私大の出で、卒業から四年後に店舗デザインと内装関係の会社を興した。が、七年で同業他社に売り渡している。父親が動いて倒産という形はかろうじて免れたものの、事実上の破綻だったらしい。

「さぞご心痛のことと思います。何度もご協力を請うこととなり、大変心苦しいのですが、予想もしない要求が出されたため、より詳しい話を聞かせていただく必要が出てまいりました」

相手の地位も考慮し、高垣が穏当な言葉で切り出した。

「何でも聞いてください。柚葉を救い出すためなら、どんな協力でもさせていただきます」

今の言葉に嘘はないだろうな。平尾は胸で念じながら質問をスタートした。

「くり返しになりますが、緒形さんの今日の行動をもう一度確認させてください」

予想したとおり、あからさまに眉がひそめられた。わずかに身を引きながら当然の質問を返してきた。

「わたしの行動を聞いて、どうなるというんでしょうか」

「犯人は柚葉さんを誘拐するチャンスを狙うため、ご夫妻の動きを追っていたものと考えられます。今日はいつ家を出られ、その予定は何日前に決められ、誰が知っていたのか。すべてを明らかにしていく必要があるのです」

車中で考えた、あとづけの理屈だった。が、真の狙いを隠すには、充分な論拠があると言える。

恒之はもっともらしい顔でうなずいたあと、言葉を選ぶように間を取りながら答えた。

勉強会の予定は第一秘書の田島から三日ほど前に聞かされ、事務所のボードに予定は書きこんであったので、事務所を訪れた者であれば、誰でも知ることができる。

「では、支援者を装って駅前の事務所を訪ねれば、誰もがあなたの予定を知ることができたわけですね。当然、防犯カメラは設置されているのでしょうね」

「はい。田島に確認してください。彼なら事務所のすべてを把握していますので」

横で高垣が電話で連絡を入れ始める。幹部が指示を出していればいいが、チェックが追いついていない可能性はあった。

「いつものように七時半前、このご自宅を出られて、戸畑三丁目の事務所に入られたのが七時四十五分。十時から市民の森で開催された植樹祭に参加したあと、地元商工会の方々と浦和のホテルで昼食をともにされた。その後、県連本部での勉強会に直行されたわけなのでしょうか」

恒之のスケジュールは、秘書たちからもすでに確認ずみだった。ただし、気になる情報がひとつ上がってきていた。

事務の女性が、刑事の質問に何度も言いよどんだのだという。三十七歳の地元に住む主婦だった。スタッフとなって四年。何かあると感じて別室に呼んで詳しく訊いたところ、予想もしなかった話が飛び出してきた。

『――先生は最近になって時々、秘書と別行動を取りたがることが多くなっておりました。清治郎先生の件と何も関係がなければいいが、とスタッフの間で噂し合うことが多くなっていて……』

「昼食会は十二時半に退席されていますよね。同じく浦和駅前にある県連本部での勉強会が十五時スタート。それまでは、どこにおられたのでしょうか」

少しも不自然な質問ではなかったが、恒之の目つきが険しくなった。

「わたしは娘を誘拐された被害者なんですよ」

「はい。柚葉さんを助け出すため、我々はあらゆる情報を集めているところです。その中で疑問が出てきたなら、ひとつひとつ潰していくことで真実に近づけると確信しております」

「わたしの今日の行動が、犯人にどうつながるというんですかね」

恒之はまだ抵抗したがっていた。臑に傷がある、と自ら打ち明けるようなものなのに、わかってもいないらしい。

無表情に徹して追いつめていく。

「つながるかどうかは、まだ不明です。しかし、あなたは最近、秘書のかたを遠ざけ、単独行動を取りたがることが増えている。そうある支援者から聞いています」

わざとらしい空咳をして、恒之は時間を稼いだ。

「……どこの誰が言ったのかは知らないが、政治家の活動をまったく理解していない者の発言ですよ。市議といえども、仕事は山ほどあるものなんです。そのため、わたしと秘書で、それぞれ個別に有権者から陳情を受けるケースもあります。絶えず行動をともにしていたのでは、手が回らないからです」

「緒形さん――」

平尾は身を乗り出して目を見すえ、首を左右に振った。

「犯人から不当な要求を突きつけられたのは、あなたの義父、宇田清治郎氏です。しかし、誘拐されたのは、あなたの娘さんでした。あなたへの恨みが動機なのかもしれない。けれど、それを直接ぶつけたのでは、我々警察に動機の面から素性をたぐられかねなかった。だから、あなたより名のある宇田清治郎氏を標的とした可能性も考えられるのです。娘さんのために、どうか事実を洗いざらい打ち明けてください」

「わたしは何も隠してなどいませんよ」

「では、昼食会を早めに退席したあと、どこで何をしていたのか、お教えください」

この男たちはどこまで知っているのか。そう下手な算盤(そろばん)でも弾いているのか、考えこむ振りを見せた。娘の命がかかっていながら、何を迷うことがあるのだろうか。

恒之が口元を手で押さえ、視線を上げた。

「おかしな誤解をしてほしくないのです。実は――ある支援者と会っていました」

「名前と素性をお教えください」

また視線を落とし、両肩をすぼめるようにしながら言った。

「……はなごろもという店の経営者で、青木(あおき)ちさことという女性です」

「どこで会っていたのです」

「ベネディクトホテルのラウンジで……」

屈辱に耐えるような姿に予感が走り、口調を強めて問いかけた。

「浦和にベネディクトホテルはありませんよね」

「……上野です」

高垣と顔を見合わせた。この男は、わざわざ一人で都内へ赴き、女と会っていたのである。

大宮から上野まで新幹線で二十分。十二時半に浦和のホテルを出たなら、うまくすると一時すぎには到着できる。相手は飲み屋の女か――。

「なぜ、わざわざ都内で会われたのです」

「青木さんが……その日、都内で用事があるとか、で……」

「議員さんがわざわざ一人で都内へ足を伸ばすほど大切な支援者なのですね」

嫌みな言い方で、さらに確認を取る。

「だから、誤解してほしくないのです。彼女の店は浦和にありますが、戸畑周辺の企業経営者も多く訪れるので、後援会作りに協力してもらっています」

迷いを見せずに、すらすらと弁解が口をついて出た。よどみなく警察官に言ってみせたのだから、何かあった時の言い訳を、あらかじめ両者で用意していたのだろう。ここ数ヶ月の関係ではない。

「なるほど、よくわかりました。では次に――あなたを恨んでいる者に心当たりはありませんでしょうか」

今度は視線が落ちなかった。首をわずかに傾けてから言った。

「正直、見当もつきません。市議を務めているとはいえ、まだ二期目の新米で、たいした実績も上げられずにいます。ただ、そういう若輩者なのに、義父の七光りがあるため、早くから代表質問を任されたりと、恵まれた待遇を得てきたのは確かだと思います。そのことを恨みに思う同僚議員がいてもおかしくないとは思いますが、実際に嫌がらせをされた経験はまったくなく……思い当たる節は残念ながらありません」

義理の父親が地元では知らぬ者のいない実力者なのだ。あからさまな反発心を見せる愚か者がいるはずもない、と言いたげだった。

「それに、こんなことを言っては何ですが……。例の問題になっている上荒川大橋は、地元の戸畑市ではないため、わたしには関係のしようもありません。仲間の議員からはかえって同情されるほどでして……。いろいろうるさく言ってくる人はいますが、あの橋の件でわたしを恨む者がいるとは思えません」

鵜呑みにはせず、さらに質問で斬りこんでいく。

「しかし、建設業者の中には、橋や関連道路の工事に加わらせてほしいと考え、清治郎氏に大変近いあなたを頼ってくる人もいるのではないでしょうか」

「残念ながら、わたしはまだまだ力が足りません。県の情報を知りうる立場でもなければ、受注した業者を紹介できるほどの人脈もないんです」

「そうやって無下に要請を撥ねつけたため、逆恨みを買うケースもありそうですね」

「刑事さんも、どうやらおかしな誤解をされているようだ。政治家のかけ声ひとつで、受注業者が決まることはありえませんよ。あくまで事業ごとに競争入札が行われるため、我々のような立場の者では手の出しようはないんです。ただ、地元業者が無駄な競争に明け暮れたのでは共倒れになるケースも出てきてしまう。そこで、後援会に参加いただいている各企業の代表者に話をして、ジョイントベンチャーを勧めたり、下請けの仕事を得たいと言われるかたには大手の幹部を紹介したりとかの、側面からの協力をさせてもらうことは、時にあります」

その手の表向きの話は聞き飽きていた。

この男の義父は、国交省に顔が利く。義兄は県会議員で、県の幹部とも太いパイプを持つ。当然、恒之にも、地元の企業は近づいてきたはずなのだ。

宇田一族に話を通さなければ、県下で公共事業は請け負えない。そう言われながらも、彼らが認めることは絶対にない。業界ぐるみで口をつぐみ、甘い汁を分け合っている。犯人はその重い口を割らせようとしているのかもしれないのだ。

「では、犯人の言う罪とは、何を意味しているのだと、緒形さんはお考えでしょうか」

「ひどい話ですよ……」

鼻息荒く言葉を継ぎ、恒之は言った。

「多くの人が、我々政治家を誤解している。裏で悪いことを重ねて、私腹を肥やしているのだろう、と。でも、この自宅を見てください。先代のおじいさんは建設会社を経営していたので、それなりに立派な屋敷には見えるでしょう。しかし、中に入れば、あちこち傷みが目立つ。濡れ手で粟の悪事をしていたのなら、その利益でもっと豪邸に改築してますよ……」

聞こえのいい建て前を演技たっぷりに語っていた。

彼らほどの資産家は、この界隈にはいない。宇田清治郎は都内に二軒のマンションを持つ。名門ゴルフ場の会員権を、三人の議員がそれぞれ所有する。確認はできていないが、和代夫人は先代が会社を売却した際の株をすべて相続しているはずだ。ほかにも親族は多くの有名企業の株を持つと言われる。

政治家の資産公開など、抜け道だらけだ。家族名義の貯金は、公開の対象になってもいない。そもそも清治郎は入り婿で、土地屋敷の名義は和代夫人になっている。

さらに、夫人と長女の麻由美が後援会の事務員として名を連ね、政治資金が環流されてもいた。一部の地方自治体に、政治家の親族を秘書とするのを禁じる条例があるが、後援会組織は法の対象外だ。しかも、政治資金規正法で、人件費は個人情報保護の観点からそもそも非公開とされている。よほど法外な給料で密告でもされない限り、誰にもわからない仕組みなのだ。

彼らが口で言うように政治家が儲からず、割に合わないと考えているのなら、二世や三世議員が日本中にこれほど跋扈するわけがなかった。うまみがあるから、親族が地盤を代々受け継いでいくのだった。

我が子を誘拐されながら、この男は何より宇田の家を守るべきと考えていた。それほど政治家一族の恩恵に与っている証拠なのだ。

「では、あなた個人に対する恨みには、まったく思い当たることがない、と？」

「残念ですが、何も……」

「あらゆる角度から、よく考えていただきたいのです。確かにあなたの政治生命を絶とうとする狙いが犯人にあったとは思いにくい状況と言えます。しかし、誘拐されたのは、あなたの娘さんなのです。不当な要求を清治郎氏に突きつけることで、真の動機を隠そうとした可能性はないでしょうか」

「意味がよくわかりませんが」

どこまでとぼける気だ。自ら新米政治家だと言いながら、ベテラン並みに面の皮は厚い。平尾は目をのぞきこんで言った。

「柚葉さんを誘拐するのが、何より真の目的だった。そういう可能性もあるのではないでしょうかね」

恒之の目が見開かれた。唇が小刻みに震えたが、声は発せられなかった。

「つまり——柚葉さんを亡き者にすることで、何らかの利益を得られる人物が身近にいる可能性はないのか。よく考えていただきたいのです」

「あなたたちは、何を言いたいんだ！」

軽々しく声を荒立てるとは思わなかった。平尾は唇の前に手を当て、リビングにいる麻由美夫人に聞こえますよ、とささやかな忠告を与えてから言った。

「——緒形さん、よく考えてみてください。子どもを誘拐されることは、親にとってこれ以上はない苦しみでしょう。あなたという男性から何より大切な子の存在を奪ってしまえば、あなたと宇田家との接点はなくなる。あなたのことを思うあまり、そう浅はかに考えてしまうような女性が身近にいないか。その点をよく考えていただきたいのです」

「……ありえませんよ」

「ありえないとは、どういう意味でしょうか。思い当たる女性がいないのであればはっきり、いない、と言いますよね、普通は。ありえないという表現は、ちょっとふさわしくないように思えますが。──正直に答えてください。柚葉さんを助けたくないのでしょうか」

恒之の首筋が引きつるような動きを見せた。首を左右に振り続ける。

「当然ながら我々は、捜査で知り得た情報を、たとえあなたの家族であろうとも、お伝えすることは絶対にありません。どうか、お話しください」

恒之はまだ心を決めかねていた。

もし女性の存在が知れ渡れば、宇田一族から追われかねない。市議の座はもちろん、輝ける将来も手放すことになってしまう。

そのリスクは最初から予見できたはずなのに、発覚しなければ問題はない、と甘く考えていたようだった。

もしかすると、義父の清治郎にも女がいて、その情報をつかんでいた、とも考えられる。だから、もし女でしくじったとしても、一度くらいは許される。

優秀な大学を出て、キャリア試験もパスした。若いころから勉強漬けの過酷な日々だったろう。ようやく政治家になって余裕が生まれた。義父は有力代議士で、将来は保証された。多少は羽を伸ばしたところで何が悪いものか。

英雄、色を好む、と言われる。が、英雄だから征服欲を持ち、女色を好む、というものではなかった。逆なのだ。欲に飢えた者が、英雄になりたがり、女を抱きたがる。人の欲深さを表す言葉にすぎない。だから政治家には、金と女の問題がついて回る。

「先ほどお話に出た青木ちさこさんとは、どういった関係なのでしょうか」

「ありえませんよ……。彼女は、後援会をまとめてくれてる人で……」

言葉とは裏腹に、目が正直にも泳いでいた。

「深い仲ではない、と断言されるのですね」

「いや……だから、ありえないと……」

「深い仲ではあっても、先方から具体的な要求をされたことはない？」

「いや、しかし、要求とは……」

「妻の座は願わずとも、将来の約束はしてほしい。たとえば、嘘でもウェディングドレスを着たいとか、認知は望まないけれど子どもがほしいとかいったことです」

怖気(おぞけ)を払うように激しく首が振られた。

「ありえません。あの人とは、まだそう深い仲ではなく……」

「ここ最近の関係なのですね」

事務員の証言とも合致する。

恒之はまだ認めたがらず、わずかにあごを引く仕草を見せた。

「ほかに深い関係にある女性はいないのでしょうか」

「それは……もちろん、昔いろいろあった人はいましたが……」

「今は関係がなくとも、麻由美夫人と結婚するため、冷たく切り捨てた女性がもしいたのであれば、参考のためにお聞かせください。宇田清治郎氏がニュースで取り上げられ、あなたへの恨みが再燃したという可能性も考えられます」

落ち着きなく視線が揺れた。うつむき、足元に向けて、一人の女性の名前が告げられた。

「……大学時代の後輩です。わたしと別れたあと、仕事も辞め、田舎に帰ったと聞きましたが……。半年ほど前、偶然に会う機会があって……」

よりを戻したのだった。

この男の頭の中はどうなっているのだ。無下に捨てた女と再会し、また口説き落としたわけか。そのうえ、飲み屋の女と昼日中に密会する。

まともに議員として働いているのか、怪しいものだ。七光りがあるから、片手間に仕事をしようと、誰が非難するわけもない。いずれ義父が引退すれば、自動的に次なる議員の椅子が回ってくる。

「ほかに思い当たる人はいませんか」

またも視線が落ちた。どこまで女に薄汚い男なのだ。

もう一人の女性は、会員となっているスポーツジムのインストラクターだった。

「いずれ独立したい。そう最近になって、物欲しげに言うようになっていたのが、少し気にかかっていたのは確かで……」

今さら恥じ入るように身を縮めて言った。

この男は、宇田家の一員となれたことで、有頂天なのだ。先の人生は約束されている。怖いものは何もない。女の問題など、多少の金銭と政治的な力で揉み消せる。現に義父が同じことをしているのだから……。

こういう男がこの先、謙虚に政治の仕事をしていくとは考えられなかった。人品からにじむ傲慢さは隠せない。思い当たることはないと言ったが、知らぬは本人ばかりなり、というケースはある。秘書のさらなる聴取がどこまで進むか、実に興味深い。

恒之はまだ二期目にすぎなかった。こういう欲に正直な男が、国会議員へと駆け上がっていくのだろうか。少なくとも今回の捜査にかかわった警察官は、彼に票を投じはしないだろう、絶対に。

口先だけで礼を告げて恒之を解放し、宇田邸を辞去した。JRの駅の反対側にある事務所へ向けて、車をスタートさせた。高垣が不謹慎にも半笑いで言った。

「あきれるほど政治家を満喫している男だ」

「それにしても、三人とは……。下手に隠せないと考えたにしても、最近になって新たな女と関係を結んでいるのが気になりますね」

「本丸を隠すために、あえて浮気を重ねた。確かにそう考えたくなる」

「ええ……。とりあえず三人も自白しておけば、もうほかに女はいないと思うのが普通ですから」

深読みのしすぎではない。今回の誘拐で、誰が最も利益を得るか。刑事の習性で、まずそう考える癖が身についていた。

犯人は、宇田清治郎に罪を自白しろと脅迫してきた。要求を呑んで会見を開いた場合、宇田の政治生命は窮地に追いこまれる。辞職を余儀なくされたなら、順当に長男の揚一朗が地盤を継いでいけるか。

県議を務める揚一朗にも、事件への関与の噂は出ていた。もし二人ともに失脚した場合はどうなるか。

娘婿の恒之が一躍、脚光を浴びるだろう。

が、五ヶ月前になって突然、父親の仕事と一線を画してきた次男が、秘書として働くようになっている。このままだと、自分が地盤を継ぐどころか、揚一朗の後釜として県議に上がることさえ難しくなるかもしれない。

今しかないのではないか。

晄司がまだ秘書としての実績を積んでいない今、清治郎と揚一朗がスキャンダルにまみれて失職すれば、自分にこそ出番が回ってくる。若くして、代議士の道へ進める。娘には少し怖い思いをさせてしまうが、あくまで誘拐の真似事をするにすぎない。身を危険にさらすわけではなく、共犯者に手厚い保護をさせれば、トラウマも少なくすむだろう。

ゆえに、三人もの女の存在が気にかかるのだ。

「あの男の携帯電話の履歴から確認するほかはないでしょうね」

すでに令状を取る準備が進められていた。愛人が共犯者であったなら、人目を盗んで連絡を取り合っていても、決して不自然ではなくなる。密かな連絡の理由づけができるのだ。

ほかに利益を得る者がどこにいるか……。

今はあらゆる可能性を潰していくほかはなかった。

11

四階の事務所に戻ると、コネを駆使して湯浅官房長官に連絡を取った。三歳の女の子の命がかかっているのだ。このまま無視されることは絶対にない。そう信じたが、刻々と時間だけがすぎていった。

午後十時二十三分。充電中のスマホが震えた。晄司が飛びつくと、同じ派閥に属する中堅議員の秘書からだった。

「――はい、宇田晄司です」

「今どこだね。城山だ」

秘書ではなく、議員本人だった。

城山敏正。静岡九区で当選四回。長く県議を務めていたため、父より三歳上で、今は厚労副大臣の任にある。過去には党の法務部会長も務めていたはずだ。

「父と会館におります。わざわざお電話いただきありがとうございます、城山先生」

名前を添えて礼を述べると、父と兄が身を乗り出した。

「官房長官から話は聞いたよ。その件で、今からそちらにお邪魔させてもらう。大丈夫だろうね」

ついに来た――。使者が送られることに決まったのだ。

「はい、ありがとうございます。お待ちしております」

二分も経たずにチャイムが鳴った。

城山敏正は一人ではなかった。湯浅官房長官が所属していた松尾派の二世議員をしたがえていた。

小菅和則。愛知十一区で父親から地盤を受け継ぎ、三期目になる。党の青年局長で、かつて法務官僚だったと記憶する。法務委員会に所属する二人が来たとなれば、官房長官からの使者と見て間違いなかった。

「よくおいでくださいました」

父は城山の両手を拝むように握って出迎えた。

「大変なことになり、ご心痛の極みでしょう。我々もできる限りのことをさせていただきます」

二人を議員室のソファへ案内した。晄司は兄とともに父の横に立ち、弁護士の内海も同席を許された。

「前代未聞の事件であり、多くの記者が総理や官房長官に張りついています。ですので、このタイミングで直接、湯浅先生との面会をセッティングするわけにはいかない状況なのです。ご推察ください」

城山は政治家らしく回りくどい言い方で切り出した。小菅のほうは殊勝な顔でうなずいていた。

「伊丹先生に話は通っていますでしょうか」

父の確認に答えたのは、小菅だった。

「実は……すでに公安委員長を通じて、指揮権発動の可能性についても協議が始まっていると聞いてはおります」

これまた微妙で煮え切らない言い方だった。

協議はしている。けれど、望んでいた結果が出るとは保証できない。その布石にも感じられた。

城山があとを引き取って言った。

「国民の代表たる国会議員が脅迫を受けたからというわけではなく、状況を勘案すれば、過去の小さな罪は見逃すべきと誰もが思うでしょう。しかし、メディアが黙っていない可能性はあると見ます。議員だから特別に罪を許すという特例が認められていいものなのか。世間の反応も読みにくい、と言えるでしょう」

罪の大小や、誘拐事件の顛末（てんまつ）も関係してくることだった。無事に人質が帰ってくるのが何よりであっても、過去の罪が問われなかった場合、国民が温かくも許しを与えてくれるかどうかはわからなかった。

「悪くすれば、法相のみならず、指揮権発動を許した政府にも非難が集まりかねない、というケースも考えられるでしょう」

「つまり――法相と政府への影響を最低限に抑える手立てを取れ、とおっしゃるわけですか」

父が眼光鋭く二人を見返した。

最も警戒していた提案だった。

罪を不問にふしてほしいと願うのであれば、議員を辞職しろ。

自ら身を退いた者であれば、多少の罪を見逃そうとも、世間は許しを与えてくれる。それくらいは想像できるだろうから、潔く身を退く道を選んでもらいたい。

二人の使者を、晄司もつい睨みつけていた。まさしくトカゲの尻尾切りだった。誘拐という予想もしない突発事件を好機と見て、すべてを父の責任にして葬り去れないものか。そう悪知恵を働かせたのであれば、あまりにも狡猾すぎる。

城山は言いにくそうに空咳をしてから言葉を継いだ。

「実に難しい判断だと思います。ただ……宇田先生が苦渋のご決断をなさるとおっしゃるのであれば、そのご意志を尊重したいという者は多いと思われます。しかし、指揮権発動という極めて重大かつ緊急的な処遇を仮に行うにしても、その罪の内容いかんによってメディアや世間の論調は大きく変わってくると思われます」

議員辞職は大前提。そのうえに、どんな罪を自白する気かを事前に教えろ。そう回りくどく言ってきたのだ。

まさか、おまえは総理まで道連れにする気はないだろうな。その確認を取りに来た、と言い換えてもいい。

政治家の口にする言葉の裏には、いくつもの本音が隠されている。狐と狸の化かし合いに近い会話から相手の手の内を読み、局面を有利に運ぶ技が必要なのだ。

「宇田先生……。大変おつらいとは思います。しかし、犯人の要求に応えていくしか、今のところ道はない気がいたしております。ですから先生も、指揮権発動を願いたいと考えられたのだとお察しはしております」

外堀を埋めるための言葉だった。さあ、罪を事前に打ち明けてくれ。その内容がわからないのでは、指揮権発動の可能性を考えることもできない。父はどう動くつもりか。

柚葉のために、すべてを事前に打ち明け、政府の対応に最後の望みを託す手はあった。しかし、その代償は、少なくとも離党――悪くすれば、議員辞職――になる。孫を助けるため、汚名を一身に浴びる覚悟があるなら、指揮権発動を考えてもいい。圧倒的に不利な条件だった。

ふつふつと腹の奥底で怒りが沸き起こってくる。被害者さえも食い物にして、政権を守る。国民の抱く疑念には目も向けようとせず、ただ総理に媚びを売る者ばかりが幅を利かす今の内閣に、どれほどの価値があるというのか。だが、父も近い将来の果実を求めたから、上荒川大橋の建設計画に尽力した事実がある。こんな形でしっぺ返しを食らうのでは、泣くに泣けない。総理のお友達を思って奔走していなければ、柚葉が誘拐されることもなかったかもしれないのだ。政治家としての父を尊敬してきたとは言えなかった。その仕事を恨みにさえ思った時もあった。家族まで有権者の目を絶えず意識し、自制する日々が求められた。が、こんな形で、父が人生を投じてきた仕事を奪われるのでは、今日までの努力がすべて無駄に終わる。あまりに無情な結末だ。

「おっしゃるとおりだと思います。孫を救うには、罪を自白するしかないでしょう。だから、その詳しい中身について直接、官房長官と法相に相談したかったのです。各方面への影響もあるでしょうから」

せめてもの抵抗だった。使いっ走りには、打ち明けられない。なぜなら、総理の評判にも影響が出かねないのだから。

最初から予測はしていたのだろう。そう言外に父は告げていた。城山は無表情の仮面を崩さなかった。

「……宇田先生。どうか状況をご推察ください。誘拐の取材ができないため、その代わりとばかりに記者連中が政府関係者に張りつき、目を光らせているのです。もしここで先生が官房長官と法相に会ったとなれば、あとで必ず問題にされます。あの時の密会は、指揮権発動の謀議だったに違いない。そう思われたのでは、あなたはもちろん、法相と官房長官、果ては内閣にまで火の粉が降りかかってしまう」

「そうなるかもしれませんね。しかし、今わたしは、総理に代わって一身に火の粉をかぶっている状況だとは言えないでしょうか。つまり、献身的に内閣と党を支えてもいる。そういう義俠心に篤い者が、家族を人質に取られるという不当な危機に陥れられたというのに、内閣も党も守ってやることはできそうにない――そう官房長官はおっしゃっているわけなのでしょうか」

一歩も引く気はないぞ。父は真正面から二人を見すえ続けた。

若い小菅が親身そうな目を作って言った。

「お気持ちは心よりお察しいたします。まさしく降って湧いた不当な災難であり、わたしどもも怒りを禁じえません。しかし、まずはお孫さんの救出を最優先すべきように思えるのです。あらかじめ自白する罪がわかっていれば、法相も公安委員長も、何かしらの対策を用意できるかもしれません。わたしも法務官僚の経験があるので、陰ながらお手伝いをさせていただきます。必ず我々が宇田先生のお考えを正確にお伝えいたしますので、どうか任せていただけないでしょうか」

「お二人を信頼していないわけではありません。ただ指揮権を使える余地はないか、とお願いするだけであれば、電話でもできたと思います。が、しかし、ひざをつめて話したほうが、内閣と党のためになると信じるからこそ、直接お話をさせていただきたいと考えたのです」

おまえらが内閣と党の行く末に責任を持てるというつもりなのか。父は対決姿勢を取り続けた。

間に使い走りを介在させたのでは、確約を取ったことにならないおそれが出てくる。

あとで必ず、言った言わないの騒動になり、責任の所在が曖昧になる。政局ではよくある話で、だから使者を送ってきたとも深読みができるのだった。

「宇田先生。お孫さんのため必死になっておられるのはわかります。しかし、ここは筋を通されて、官房長官のご意向に添ったほうが穏便かつ円滑に事を運べるように思えてならないのです。どうか冷静に最善のご判断を願えないでしょうか」

官房長官の意に逆らうのであれば、悪い結果にしかならないぞ。

使者としての任を果たせば、自らに加点が期待できる。その意欲はわかるが、虎の威を借る姑息さにしか映らなかった。本音を語らずに圧力をかけたがるとは、父の置かれた今の立場を慮る気などまったくないと認めるようなものだった。この男も総理と官房長官しか見ていない風見鶏なのだ。

黙って見ているのが苦しく、晄司は乱れそうになる息を懸命に堪えた。人質を取られて苦しむ被害者に、これ幸いと辞職を言い渡しに来た人でなしに、渾身の嫌みをぶつけてやりたくなる。

気持ちが顔に出ていたのだろう。兄に手首をつかまれた。小さく首を振ってくる。

ここは父に任せるべきなのだ。短絡的に怒りをぶつけたところで展望は開けない。わかっていたが、溺れる被害者をたたいて水に沈めようとする行為を恥じない連中に、一矢を放ってやりたかった。

「本音を言わせてもらいましょうか……」

父が覚悟を感じさせる野太い声で応えた。

「孫を誘拐された議員仲間に、なぜ官房長官は電話一本かけてこないのか。宇田清治郎風情が総理に代わって批判の矢面に立ち、恩に着せるような態度を見せたことが気に入らなかったのかもしれない。しかし、孫の命と同じように、わたしは党と内閣を守ろうとしてきたと胸を張って言いきれる。誤解を覚悟で言えば、柚葉の命を救えるのであれば、指揮権発動などなくともやむなし、とさえ考えてもいる。だから、各方面への影響を最低限に抑えるすべがないかどうかを相談したいと申し上げたのです。その意を酌まず、話し合いの余地もないと言うのであれば、いたしかたない。わたしの信じる道を押し通し、柚葉を助けるため最善をつくすまで。そうお二人を遣わしたかたに、お伝えください」

これが最終回答だ。父が腕を組んで目を閉じた。

政権ナンバー2の官房長官に張り合おうと粋がるドン・キホーテを前に、二人の使者がさじを投げでもするような顔を見合わせた。

その間抜け面の前に進み出て、晄司は言った。

「まだ幸いにも時間はありますので、我々は官房長官からのお返事を待たせていただきます。ご心配してわざわざ足をお運びいただき、本当にありがとうございました」

さっさと帰って、ボス犬に報告するがいい。

12

緒形恒之の第一秘書を務める田島元邦は、JR戸畑駅の南口に近い事務所で待機していた。彼一人を別室に呼び、恒之から聞き出した三人の女の名前を告げると、我が身を恥じるように視線を落とした。

東岸町の会員制クラブ「花衣」の店主、青木ちさこ。スポーツジム「エナジー7」のインストラクター、北倉香澄。派遣会社の契約社員で、かつて交際していた谷岡理津子。

「……青木さんは後援会の名簿作りにも協力いただいているので存じ上げていますが、あとの二人は名前も聞いたことがありません」

「恒之氏は、青木ちさこと深い仲にあると認めています。ほかに女性の存在は感じられてましたか」

恒之への恨みが動機とも考えられるので、女性関係を調査中なのだ。あなたが何を話そうと情報源は秘匿する。声と目に威圧をこめて問いただした。

「……青木さんとは、もしかしたら、と感じるところはありましたが、ほかにも女性がいるとは想像したこともありません」

田島は恒之の行状に驚くばかりで、期待する新たな情報は得られなかった。高校時代の優秀な先輩を支えることしか考えてこなかったらしい。まさしく打ってつけの男を恒之は秘書にスカウトしたと言えそうだった。

恒之夫妻を恨みに思う人物にも心当たりはないと言った。

「参考までにうかがいますが、恒之氏が、宇田親子と地元のために尽力していた自治体関連プロジェクトなどがあったのではないでしょうか」

「もちろん緒形は、お二人の仕事を応援する立場にありました。が……まだ市議として勉強中の身で、残念ながら大きな仕事を地元にもたらしたという実績はありません」

待機児童問題の解決のため、敬老会館の一部に託児所を開設する計画案。再開発に向けての特例的な建築規制の緩和。そのどちらでも野党との調整役を務め、党の若きリーダーと目されるようになってはきている。言葉を選ぶように、田島は答えた。

議会での働きぶりを訊いたわけではなかった。が、受注業者の選定に力を発揮しつつある、と秘書が認めるわけにもいかないだろう。

「恒之氏の資金管理団体に、いつも大口の献金をしてくる人物を直ちにリストアップしてください」

田島は細い目を白黒させて言った。

「いや、そう言われましても……わたしどもは献金をいただいた際、そのつど法に則って処理していくものでして、大口と言われる額の根拠も難しく――」

「田島さん。秘書なら、お世話になってる支援者を知らずにいるわけはないですよね。収支報告書を確認すれば、いずれわかることなんですから、我々の手を煩わせず、あなたの知る範囲でリストアップしていただけませんかね。柚葉さんを救い出すためには、より迅速な捜査が求められているんです」

三人の議員がそれぞれ受け取った献金を隅々までチェックすることで、彼らが懇意にする支援者は判明する。その職種から業界内の噂をたどることで、彼らに恨みを持つ者が浮かんでくる可能性はあった。ただし、政党を通しての迂回献金まで調べ上げるのは難しい。後援会のリストから判断するしかないだろう。

聞きこみの際には、汚職事件の内偵という偽装が使える。明日の朝から動くには、あらゆるリストを集めて、今夜のうちに照らし合わせておく必要があった。

二十三時二分。平尾は本部の置かれた戸畑署へ戻った。まだ署の外は記者で埋まり、多くの窓に明かりが見える。

署長室に陣取る幹部への報告は高垣に任せ、浜本課長の待つ会議室へ入った。多くの警察官が居残り、早くも地道な照合作業が始まっていた。

「例の三人のほかに、関係ありそうな女は見当たらないぞ」

浜本がデスクで通話履歴を掲げ、手招きしてきた。

宇田親子と秘書の晄司が持つ携帯電話の通話履歴も取り寄せられていた。

「青木ちさこと北倉香澄は、二十時現在、まだ仕事場にいました。残る谷岡理津子は、自宅に戻ってました。本件とは関係ない事件の参考と偽っての確認ですが」

若い捜査員がメモを読み上げ、浜本が舌打ちとともに言った。

「残念ながら、どうやら恒之のセンは薄そうだな」

自分の子どもを誘拐する。安全かつ嫌疑の外に身を置ける絶好の策ではあるが、共犯者がどうしても必要になる。三人の女にアリバイがあるのでは、狂言誘拐という深読みは成立しそうになかった。恒之は、単なる女に飢えた欲深き男だったらしい。

かつて宇田が殴って怪我をさせた井上清晴についても報告が上がってきた。故郷に戻り、さる与党県議の参謀役に収まっていた。宇田の愛人だった女も今は結婚して仙台に住み、誘拐に手を出すとは考えにくい状況だという。どちらのセンも見こみは薄そうだった。

「指揮権発動のほうは、もう目処がついたんですよね」

平尾が決めつけて言うと、浜本がさらに表情を渋くした。

「どうも難航してるらしい。官邸に飼い慣らされた法務官僚と頭の固い検察が納得せず、事前に宇田から自白する罪の中身を確認すべきだ、と主張してる。けど、宇田は官房長官に直接会って話したいと言って譲らない。先に確約を取っておかないと安心できないんだろう。と同時に、自分が罪を被ることの見返りを要求しているとも考えられる」

孫の命がかかっていながら、保身の手を打とうと悪あがきをする。犯人が要求した会見のタイムリミットまでまだ時間があるにしても、奸智がすぎる。

「官邸の小野塚秘書官からの報告では、この機にすべてを宇田に背負ってもらえないか、と画策する者が動きだしたように見えるそうだよ」

さもありなんだ。

やはり宇田は、総理の友人を利するため、橋の建設予定地を変更させていたのだ。そこに総理の指示があったかどうかは、本人たちのほかに知るよしもない。

孫の命を救いたければ、おまえが罪を被れ。ならば、最大限の協力をしよう。そう宇田サイドに圧力をかける時だと見なす者が暗躍を始めたに違いなかった。

「いずれ落としどころは見つかるはずだ。とにかく我々は、宇田一族に恨みを持つ者をあぶり出していく。時間は残されていないぞ」

浜本が壁の時計を見上げて言った。

犯人が要求した記者会見のタイムリミットまで、十八時間を切っていた。

13

窓の外がわずかに明るくなりかけていた。長く苦しい夜が明けた。

内海弁護士たちを送り出したあと、父と牛窪は午前一時すぎまでどこかへ電話をかけていた。話の内容から相手が建設会社の役員とわかった。罪の自白に備えた根回しだったろう。

法定限度額を超えた献金について自白した場合、その影響を最低限に抑えるすべはないか。そういう打ち合わせであれば、まだよかった。表に出せない金銭の授受を自白すれば、相手側にも実害は及ぶ。

あとで電話の趣旨を兄がただしたが、父は無言を貫き、ソファで固く目を閉じ続けた。牛窪も大島と車の中で仮眠を取ると言って二時前には出ていった。警察からの連絡も途絶えていた。

目を閉じても柚葉の愛くるしい笑顔が浮かび、うたた寝もろくにできなかった。自宅で待つ母と姉も同じだったろう。

午前四時五十分。晄司は一人で事務所を出た。たぶん彼女は社に泊まりこんでいる。誰もいないことを確かめて、暗い通路の先でスマホを握った。

ワンコールで電話はつながった。

「もしもし、大丈夫なの？　少しは眠れた？」

「そっちにはどこまで情報が流れてるかな。教えてくれ」

埼玉県警では、午後十一時に三回目の記者発表が行われ、会見場は大荒れになったという。その時点でようやく、犯人が匿名化ソフトを使って宇田清治郎のウェブサイトに要求を書きこんだことを報告したのだった。

ところが、捜査に影響が出かねないので、詳しい脅迫の内容は発表を控えさせてもらう、と捜査一課長が告げたため、メディアが猛反発したのだった。協定に反するのではないか、と。

県警側は、国家公安委員会と警察庁による苦渋の判断であり、国会議員の家族が誘拐されるという特例的な事案を勘案していただきたい、と突っぱねていた。

「金銭とは別の脅迫ではないのか。そういう憶測が飛び交ってる。もしかしたらそのうち、おかしな話が聞こえてくるかもしれないけど、耳は貸さないほうがいいと思う」

記者の一人としては、特ダネをつかみたかったろうが、彼女は深く尋ねようとはしなかった。違った訊き方をしてきた。

「匿名化ソフトを使ってきたってことは、犯人に接触することもできずにいるのね」

「ああ……。柚葉の無事を確認したくても、犯人が連絡してくるのを、ただじっと待つしかない。悔しくて、腹立たしくて、叫び出したいぐらいだよ」

「警察への取材ができないから、うちも国会の周辺に人を多く出してる。もし迷惑だって感じることがあったら、警察に相談すべきだと思う」

「ありがと。どうやら君も動員された口みたいだな」

「ホント、頭くる。誰かがデスクにチクったみたい、あなたとのことを。わたしは頑として認めなかったけどね」

「無理するなよ」

「ありがと。あなたも無理はしないで」

「いや、どんな無理をしてでも、柚葉を助けてみせる。じゃあ、また電話する」

「こんな時に、ありがと。柚葉ちゃんの無事を祈ってる」

この早朝では会館内のコンビニも開いてはいなかった。自動販売機でコーヒーと水を買って部屋に戻った。

父も兄も飲み物には手を伸ばさなかった。ただ目を閉じて、次の事態が起きるのを待つだけだった。

六時をすぎて、早くも藤沢美和子が事務所に出てきた。

「あまりのどを通らないとは思ったんですが、これくらいしかできることがなくて……」

彼女は紙袋からアルミホイルの小さな包みをいくつも取り出してテーブルに並べた。開くと卓球のボールほどの小さなお握りだった。

「おお……。ありがとな。本当に助かる。礼を言うぞ」

父が無理したように言って手を伸ばし、海苔の巻かれた小さなお握りを囓ってみせた。睡眠不足の目が赤くなっている。

「うん……。こんなにうまい握り飯は、最初の選挙の時以来かもしれんぞ。ほら、食えよ、揚一朗。昔を思い出すだろ」

「何言ってんだよ、父さん。おじいちゃんが突然亡くなったもんで、準備がまったくできなかったじゃないか。お袋も要領がわかってなかったから、ふぞろいの塩結びしか出てこなかったろ。お世辞にもうまいとは言えなかったけどな」

「そうだったかな……。いいや、違うぞ。隣の加藤さんが確か差し入れを大量に持ってきてくれたはずだ。おはぎと大福、果物もあったんじゃなかったかな」

「あれは二度目の時だったと思うけど。ま、どっちにしろ、このお握りの味には敵いっこない。うん、うまいな、本当に」

涙目で笑う二人を見て、藤沢がハンカチで目頭を押さえた。

六時半になると、牛窪と大島が事務所に上がってきた。二人とも手にはコンビニの袋を提げていた。

「何だ、遅かったな。藤沢君が用意してくれたよ。ほら、おまえらも食わんか。この小ささなのに、しっかり具が入ってるんだ。鮭とおかかに梅だ。ほら、食え……」

父の差し出した小さなお握りを、牛窪が受け取った。大島までが目を赤くした。

晄司は初めて羨ましく思えた。小学生のころから選挙は試練でしかなかった。姉と二人、いくら手伝えと言われても、選挙事務所には近づかなかった。高校生になってからは仕方なく手を貸しもしたが、熱心に働くボランティアスタッフを冷めた目で見る自分がいた。この人たちは親父が持ってくる公共事業を目当てに手を貸しているにすぎない。宇田清治郎という男の器量と志に興味などあるわけもないのだ、と。

小学生のころだった。何かと父の仕事を理由にからかってくる同級生がいた。いいよな、政治家先生のおうちは。政治献金で美味しいものが食えるんだから。でっかい家に住んで、いい服着て、ゲームもいっぱい持ってて羨ましいよなあ。

睨み返すと、さらに皮肉がヒートアップした。何度か殴り合いの喧嘩にもなった。その同級生までが、父親や親戚たちと一緒にボランティアとして選挙事務所で働いているのを見た時の衝撃は、今も忘れられない。彼の父親たちは県下の工務店に勤務していたのだった。高校生だった晄司は、すぐさま選挙事務所から逃げ出した。彼とは喧嘩の思い出しかなかったが、大切な何かを失ったかのように思えてならなかった。

大学へ進んでからは、家族に何を言われようと、父の事務所には足を向けなかった。あの時の同級生一家はまもなく名古屋のほうに転居していったと噂に聞いたので、もう出くわすおそれはなかった。それでも選挙は、見たくもない人の一面をあらわにする。

おそらく、父にも苦しい戦いはあったのだろう。ともに選挙戦を乗り越えてきた者たちの連帯感は強い。家族といえども、選挙から逃げてきた身では、父を支えるスタッフや兄たちの覚悟には、まだ到底足元にも及ばなかった。

「ほら、晄司。若いんだから、もっと食え」

「なに遠慮してるんだ。母さんのより、ホントうまいぞ」

父が笑い、兄がアルミホイルにくるまれたお握りを差し出してきた――その時だった。晄司のスマホが震えた。

一同が動きを止めて視線を寄せる。連絡係を務める高垣警視正からだった。

「……おはようございます。何かありましたでしょうか」

「すでに多くの捜査員が動いております。しかし、あくまで贈収賄事件の内偵という形を取りますし、また広範囲に人手を送るのは危険がつきまとうと言えます。全力を挙げて捜査に当たりますが、一夜明けて、宇田先生のお考えが固まったかどうかをうかがわせていただきたく、電話をいたしました」

どういった罪を自白する気か。警察は公安委員会の指揮下にあり、幹部は政権ともつながっている。

「父は昨夜の段階で腹を決めてはいます。柚葉のためですから。しかし、犯人の要求が曖昧なため、何を求めているのかがわからずに困っています」

役人答弁を真似て、曖昧な言い方で返した。

高垣が動じたふうもなく話を続けた。

「時間はあまり残されていません。あらためて言うまでもなく、犯人は宇田先生に罪を語らせることで何らかの利益を得る者である可能性が高いと考えられます。自白される罪が事前につかめれば、我々もその周辺捜査に今の段階から動けるのです。柚葉さんのためにも、お父様を説得なさっていただけないでしょうか」

そちらが協力をしてくれなくては、ろくな捜査ができず、人質解放にもつながらない。彼らの論点は理解できるし、そういう側面は確かにあるだろう。

しかし、父の自白する罪を事前に知ることで、本当に犯人のしぼりこみができるのかは疑問だった。

宇田清治郎が罪を犯している。その確信を持ちながら、証拠が手に入らないので、孫娘を誘拐して自白を強要する。そういうケースを、高垣たち警察は言っていた。

何らかの確信があるからといって、その罪を引き出すために、自分までが誘拐という重罪を犯そうとするものだろうか。

特殊な要求なので、犯人の側に警察と接触するリスクはまったく生じない。が、些細なミスから罪が発覚するおそれはつきまとう。人質は三歳の子どもで、監禁中に泣き声を誰かに聞かれようものなら、命取りにもなりかねないのだ。誘拐現場の近くに防犯カメラがなかったとはいえ、広範囲の映像を集めることで、車のしぼりこみをされてしまうかもしれない。

どれほど完璧に思える犯罪でも、発覚の危険性はゼロではないはずなのだ。

犯人は、逮捕される危険を冒してでも、誘拐を実行する必要に迫られていたのではなかったろうか。

警察の論拠には、不確定な要素がありすぎる。そもそも父に罪を自白させることで、どれほどの利益が見こめるというのか。

父が建設会社との癒着を自白したなら、その社は入札への参加を禁じられるのだろう。だからといって、ライバル社が必ず受注できる保証はなかった。

非の打ちどころのない計画性から見て、自暴自棄になっての犯行とは考えられない。たとえ父に恨みを持つとしても、誘拐という重罪のリスクを取ってでも復讐したいと思いつめたとなれば、よほどのことだ。

犯人はかなり追いつめられた状況にあり、罪を犯してでも、今の苦境から逃れたい、と願っている。そういう深い事情がなければ、誘拐を実行はできない気がしてならない。

もしかすると……自分が借金を抱えて追いつめられた経験を持つから、そう考えたくなるのだろうか。

資金ぐりに困っていた時、信頼していた友人が急に独立を切り出してきた。それも、四人の優秀な部下を引き連れていくという。彼らに独立されれば、顧客の多くを持っていかれてしまう。説得しようにも、有休を消化するとの名目で、友人は出社すらしなくなった。電話をかけても、同じ台詞がくり返された。

大学からの友人であり、二人で興したと言っていい会社だった。充分な給与は保証していたし、副社長という立場も与えていた。が、彼は満足できずにいたのだった。信頼していた幹部社員を失い、会社は見る間に傾いていった。当初は友を恨み、かなり酷い言葉も口にした。泣いて懇願もした。自分に非があれば必ず直す、と。

『そういうことではないんだ。おまえは悪くない。おれはただ思う存分、自分の仕事をしたくなったんだ』

契約済みの内装工事に遅れが出て、違約金を課せられた。銀行に残ったわずかな金を、すべて競馬につぎこんで増やせないかとさえ考えた。信用金庫や得意先をだまして金を出させる手まで、真剣に思案もした。

きっと誘拐犯も、あの時の自分に負けないほど、絶対に追いつめられている。晄司には揺るぎない確信があった。

単なる父への恨みではない。あの時の自分は、友を恨む余裕もなくしていった。

警官は、多くの愚かな犯罪者を見てきている。けれど、実際に追いつめられた経験を持つ者は少ない。晄司は電話に向かって言った。

「当然ながら、捜査に協力を惜しむつもりはありません。けれど、単なる父への恨みが動機なのだとは、どうしても思えないんです」

「では……総理を道連れにするのが、本当の目的だと言われるのですね」

一国の総理を、その座から引きずり下ろす。誘拐の重罪と天秤にかける価値はあるや否や……。

「わかりません。でも、父への恨みよりは、いくらか可能性は高い気もします」

「どうかお父さんを説得なさってください。我々は今できることを少しでも手がけていき、柚葉さんを救い出したいのです。また連絡をさせていただきます。どうかよくお考えになってください」

高垣の言葉を聞き終える前に、背後で着信音が鳴った。振り返ると、牛窪がスマホをチェックしていた。

「事務所の木原です！」

この早朝に、わざわざ電話をかけるべき理由はそうない。父が息を呑み、兄がソファから立ち上がる。藤沢が胸の前で両手を組み合わせた。牛窪が慌ててスマホをタップして言った。

「もしもし、何かあったのか。まさか――」

声が途切れた。牛窪の目が見開かれる。

晄司のスマホでも高垣が大きな声を上げていた。

「犯人から書きこみがありました。またウェブサイトです。柚葉ちゃんの写真です！」

14

『用意はいいだろうか。記者会見のタイムリミットまで、あと十時間だ。

よく胸に手を当て、己の罪を見つめ、国民の前ですべてを自白しろ。』

新たな書きこみには、またも一枚の写真が添付されていた。

同じ車の中だとわかる。ぐったりと横たわる緒形柚葉が、感情の失われた目をカメラのほうに向けていた。その胸元には、新聞が載せられている。

「間違いありません。今日の東日本新聞、朝刊です」

確認に走った捜査員が叫ぶ。平尾はディスプレイに映し出された写真に目を戻した。

おそらく合成ではないだろう。今日の朝刊がコンビニに並ぶ時間までは、確実に緒形柚葉は生きていた。約束は守るつもりだ。そう伝えるための写真なのだ。

「今度はアルゼンチンのアドレスでした」

サイバー犯罪対策班からの電話を受けた捜査員が幹部へ報告する。当然ながら、また も匿名化ソフトを使っての書きこみだった。

「念のために写真を鑑定に出せ」

新たな情報が得られるはずはなかった。けれど、警察庁の幹部としては、指示をしないわけにはいかないのだ。万全の手は打っている。そう官邸側にも報告する義務が、おそらくはある。

「おい、平尾。さっさと席に戻れ。まだ会議は始まったばかりだぞ」

浜本が現場を預かる者の務めとして注意をうながしてきた。早朝の捜査会議が始まると同時に、戸畑事務所の捜査員から報告が入ったのだった。

平尾はひとまず席に戻った。が、幹部たちはまだディスプレイに映し出された文面と写真を見ていた。そこに犯人の手がかりなど映りこんでいるはずもないのに。それでも画像を眺めるのは、ほかに打つ手が見つからないと自ら言っているも同じだった。先が思いやられる。

案の定、捜査会議は冒頭から荒れた。宇田清治郎がいまだ自白する罪を打ち明けていない、と報告されたからだ。

「どういうことですか。検察は何をしてるんです」

「指揮権発動の口約束すらできないわけなんですかね」

捜査員の突き上げに、石崎審議官が正直にも政府の内情を説明した。罪が総理の身辺に及ばないよう、宇田との駆け引きが続いているらしい、と。

そら見たことか。やはり一国のトップが関係していたのだ。そもそも宇田清治郎は、脅迫の標的になるほど大物とは言えない。いくら宇田の周辺を内偵しようと無駄ではないか。総理の椅子と女の子の命のどちらが重いと彼らは考えているのか。不満の私語が会議室を飛び交った。

「いいか、必ず上が宇田を説得する。彼に軽々しく罪を語られたら、ただでさえ空転している国会がさらなる紛糾に見舞われるのは確実だ。野党がこの機を見逃すものか」

牧村刑事部長が部下を静めようと、大胆な持論を展開した。浜本があとを引き取って言った。

「宇田はあらゆる筋から説得されて、罪を認めるしかなくなるはずだ。自白も、総理の責任論には決して及ばないような認め方になると思われる。その記者会見を見て、犯人が納得すれば、問題はない。我々も捜査がやりやすくなる」

「もし人質が解放されなかった場合は、政府が最終的な責任を取ってくれるわけでしょうね」

臆せず発言したのは、地元署のベテランだった。多くの目が幹部に寄せられる。

「早まるな。犯人の狙いが総理の関与を暴くことにあるなら、最初からもっと具体的な要求を突きつけたほうが早い。曖昧な脅迫文で真の目的を隠そうとしたとの読みはできるが、誘拐には多くのリスクがともなう。政治家の親族がもし犠牲になれば、警察の威信を賭けた徹底的な捜査が行われると、誰でも予想はできる。それでも、あえて犯人は誘拐プランを実行してきた。なのに、曖昧な結果しか出せずに終わるのでは、あまりにも実りのない計画になってしまう」

浜本が理詰めの読みを冷静に語った。単に面白い計画を思いついたので誘拐を実行した、とは考えられない。宇田清治郎を脅すことに、何かしらの深い意味があるはずなのだ。

警視庁から招集された一団の中で、手が挙がった。

「では……あくまで宇田清治郎を標的にした計画だと見なすわけですね」

「現段階では、その可能性が最も高いと思われる」

石崎が官僚らしく断定を避けた微妙な表現で言い、先を続けた。

「宇田の自白内容が確認できるまでは、これまでどおり、一族の周辺捜査に力をそそぐ。宇田親子に裏切られて大金を失うとか、地位を奪われたとかの過去を持つ者がいなかったかどうか。匿名化ソフトを使ってネットに要求を書きこむという新手を考案してきたことから見ても、犯人はある程度の学歴、並びにIT関連の知識があったと見られる。動機とIT知識にしぼって聞きこみをしてくれ。さらに、白い軽自動車の追跡も徹底的に行っていく。Nシステムと半径二キロ圏内の防犯カメラ、提供されたドライブレコーダーの解析を進める。盗難車や変造ナンバー車が見つかった場合は、緊急招集もあると思って動いてほしい」

最後に浜本が班割を発表し、それぞれのチーフが聞きこみ先の分担を聞いて、会議は終わった。五十人を超える捜査員が動きだした。

平尾は、本部に残れという浜本を説得し、遊軍班を率いさせてもらった。近隣署から集められた六名に、宇田一族の各事務所から取り寄せた支援者名簿を配布し、言った。

「すでに一部の支援者が、揚一朗夫人と二人の息子に張りついている。ただし、誘拐の事実は伏せられ、恒之の娘が暴漢に襲われたことになっている。だが、付近の状況から、誘拐の噂が飛び交うおそれはある。我々はあくまで贈収賄事件の内偵と称して、宇田一族にまつわる噂を集めにかかる」

「しかし、警部補。宇田の支援者を回るのでは、そうそう迂闊なことはしゃべってくれないでしょうね」

先行きを案じて渋い顔になったベテランに目でうなずいた。

「無論、贈収賄の噂を集めるのは困難だろう。我々の目的は、宇田一族のスキャンダルにある。絶対に情報源は秘匿する。そう保証すれば、しゃべりたがりはどこにでもいる。身内のほうが辛辣な意見を言いたがる時もあるし、噂だって広がりやすい。断っておくが、二人ひと組なんて悠長な手順は必要ない。脅しに近い訊き方も使え。金、女、仕事上の恨み、暴力団との交遊、何でもガツガツ食いつき、聞き出してこい。ただし、気をつけてもらいたいことが、ひとつだけある」

「口止めですね」

素直な答えを述べた若い捜査員に、平尾は首を振った。驚きの目が集まった。

「逆だよ。知り合いにも同じことを訊いてみてくれ、と頼むんだ。その際、最近になって後援会に自ら入ってきた者には、絶対言ってはならない、そいつはライバル陣営のスパイだからだ、そう念押しするんだ」

「なるほど。スパイらしき人物を探させるのが目的ですか……」

平尾は黙って男たちを見回した。

犯人は周到な準備を積んできている。誘拐するターゲットの選定にも、かなり気を遣ったはずだ。長男の揚一朗にも二人の息子がいるので、その周辺も探ったと思われる。考え抜いた完璧な計画を、絶好のタイミングで実行したい。そう考えた時、悠長に宇田一族の観察をしていられるものだろうか。

特に今は、ニュースで盛んに宇田清治郎が取り上げられていた。そのさなかに誘拐を実行するからには、今でなければならない理由が、犯人の側にあったはずなのだ。最も手っ取り早く一族の情報を集めるには、どうしたらいいか。

後援会に近づくのだ。

そう平尾は直感した。明確な裏づけがあるとは言い難かった。賭けに近い捜査かもしれない。が、自分が犯人であれば、必ず事前に宇田一族のスケジュールをつかんでおきたいと考える。

偽名を使って後援会に入るのは、リスクが生じる。支援を考えていると偽って近づき、関係者から話を聞き出したのち、親族に反対されたとかの理由をつけて、加入を見送る。実際に、そういうケースはよくあると思われる。素性さえ巧みに隠しておいて後援会に近づけば、誰に怪しまれる心配もなく、宇田一族のスケジュールが把握できるはずなのだった。

「いかにも怪しい風体で近づくことはなかったろうな。印象に残りにくい人物を装っていた可能性はある。ライバル陣営が情報をつかもうとしていた形跡もあるので、念のために訊いてみた。そういう演技を心がけて確認してくれ。いいな」

尻をたたいて遊軍班を送り出した。

もし宇田の周辺に誘拐犯がいたら――。

不安はあった。だが、犯人の要求が特殊すぎた。金目当てであれば、捜査の手が及んできた場合、身を守るために人質を始末し、ほとぼりが冷めたあとでまた別の誘拐を企てることはできる。

が、今回はまず次の誘拐はありえなかった。宇田のみならず、政治家の一族は誘拐に備えてガードを固めるはずだからだ。

この誘拐が失敗すれば、犯人に次の機会はなくなる。つまり、目的が果たせるまで、犯人は要求を送り続けてくる公算が高い。それまで人質に手をかけることは、おそらくないのではないか。

今のこのタイミングでの誘拐にこそ、意味があるはずなのだ。

そこから逆算して、平尾は考える。警察の捜査が周辺に及びかねない。そう犯人にはあらかじめ予測ができた。だから、今回の特殊な計画を練り上げたのではなかったか。

支援者リストをたたんで懐へ入れた。

犯人は必ず宇田一族の周辺にいる。平尾は確信を抱きながら、会議室を走り出た。

15

午前七時二十八分。待っていた知らせが父のスマートフォンに届いた。昨晩、使者として来た小菅和則から着信があったのだった。

「……急いでうかがいます。ご仲介の労、ありがとうございました」

父が礼を言って通話を終え、一同を見回した。

「赤坂パークホテル、８０１号室だ」

議員の会合によく使われるホテルのひとつだ。地下駐車場から直接エレベーターで上層階へ向かえる作りになっている。

「揚一朗。悪いが牛窪とここに残ってくれ。連絡係は晄司一人がいれば、用はすむ」

その言葉の真意を考えるような間のあと、兄は短くあごを引いた。

「わかった、親父に任せる。何かあったら、連絡してくれ。すぐ動く」

最後は晄司を見すえての言葉だった。なぜ弟一人を連れていくのか。自分は国政に関わっていないために致し方ないが、納得はしていない。

晄司は迷った。兄も一緒に――。そう口にする暇を与えずに、父はもう一人で先に部屋を出ていた。

兄に目で一礼し、慌てて大島と父を追いかけた。まだ朝が早いので、辺りに人気はなかった。

エレベーターケージに乗ると、父が言った。

「おまえは黙って見てろ。顔に気持ちを絶対に出すなよ。できるな」

「――はい」

「揚一朗は目が泳ぎすぎる。おまえも気になっていたよな」

昨夜のことを言っていた。確かに兄は、父の顔色をうかがう素振りが目についた。

大島の運転で赤坂パークホテルの地下駐車場に入った。付近の路上に記者らしき者の姿は見えない。

八階に上がると、エレベーターホールに三十代の男が迎えにきていた。

「お待ちしておりました。小菅の秘書をしております中野と言います」

深いお辞儀ののち、廊下の先へ案内された。

会議室のように改装された部屋だった。大きな丸テーブルが中央に置かれ、右手にホワイトボードが用意されている。

窓際に小菅が一人で立ち、頭は下げずに手で席を勧めてきた。この男も同席するらしい。

秘書の中野がペットボトルのお茶をテーブルに並べていると、後ろでドアが開いた。

父が向き直って姿勢を正した。晄司は後ろに回って、踵を合わせた。

「大変なことになりましたね、宇田さん。ご心中、お察しします」

湯浅哲道（てつみち）が小柄な体軀に似合った機敏な動きで部屋に入ってきた。

「わざわざお時間をいただき、まことにありがとうございます。こちらは先日もご挨拶をさせていただいた次男の晄司です。書記役として同席させていただくことを、どうかお許しください」

　父がひと息に言って腰を折った。

　湯浅は晄司の顔を見もせずに窓際へ回った。父よりふたつ上の六十四歳。松尾派のエースで、次の総理候補の一人とも言われている。

　小菅が引いた回転椅子に腰を下ろした。

「ご家族に出ていけと言うつもりはありません、こういう非常時ですからね」

「ありがとうございます」

　また父が頭を下げて、湯浅の向かいで椅子を引いて座った。晄司は横へ退き、立ったまま手帳を構えた。まだ湯浅は見向きもしない。あえて目をくれないことで、家族でも同席は本意でない、と伝える意図があるのだろう、おそらくは。

「芝里国家公安委員長と伊丹大臣の意見は、わたしが聞いています。不思議なこともあるもので、ほぼ同時に検事総長と警視総監からも、二人にいろいろ相談が入ったようです」

「知りませんでした」

　父が低姿勢に応じて、言葉を待った。当然、指揮権発動に関する相談なのだ。

　湯浅も間を取り、視線を上げた。

「単刀直入にうかがいましょう。お孫さんのためを思って、当然、記者会見を開くつもりなのでしょうね」

「無念ですが、ほかに手立てはありません。ただ……正直なところ、何をどう打ち明けるべきか、まだ大いに迷っております」

湯浅は何も答えず、目で先をうながした。

「――と言いますのも、恥ずかしいことに、この宇田清治郎、過去をあらためて思い起こすまでもなく、いくつか法に触れる罪を犯したことは間違いないからです」

「自覚がおありなのですね」

「はい。わたしが記者会見で罪を打ち明けた場合、当然ながら世間の非難が沸き起こるでしょう。その際、我が党と多くの先生がたに迷惑をかけるわけには参りませんので、事前に離党させていただきたいと考えております」

「やむをえないご決断でしょうな」

「ご配慮、痛み入ります」

小菅が言って、申し訳ばかりに頭を下げた。その程度は織りこみずみ、と驚きもしない目が語っていた。

「こちらが考える以上に世間の非難が高まった場合は、潔く身を退くことも考えねばならないと、覚悟はしております」

「そういう結果にならなければいいのですが」

本心とは思えないほど事務的な口調で、湯浅が相づちを打った。まだ手の内を見せようとはしてこない。

父があらためてカードを切るように背筋を伸ばした。

「わたしがこのタイミングで記者会見を開けば、誘拐事件を知っている記者はともかく、多くの国民が今問題になっている上荒川大橋の建設計画についての発表だと思うでしょう。ですので、たとえわたしが過去の罪を告白したにしても、記者からは上荒川大橋の件に関する質問が投げかけられるに違いありません」

湯浅は表情を変えない。小菅は平静さを保とうと、両手をしきりに組み替える動きを見せていた。父が言葉を継ぐ。

「その手の質問に、わたしがこれまでと同じ回答をくり返したのでは、誰も納得してはくれないものと考えます。実りのない会見を開くぐらいなら、証人喚問を受けて立て、という攻撃的な意見も出てくるものと思われます」

「野党の息がかかった記者はいますからね、あちこちの社に」

小菅がへつらうように言った。が、父は目も向けず、湯浅だけを見て続けた。

「犯人の真の目的がどこにあるのか。警察も判断がつきかねています。そういう状況では、柚葉のためにも、事実を語るしかないのでは、と考えます」

「君は今まで事実を語ってこなかった、と？」

白々しくも初耳だとでも言いたげに、湯浅が訊いた。官房長官が事実を聞かされていないはずはないだろうに。

「おっしゃるとおり、わたしには隠してきたことがあります。――どういう経緯だったか失念はしましたが、最初の予定地から少し離れた川沿いに、総理のご友人が経営する会社の倉庫がある。そう耳にした記憶があるからです」

「それを認めると――」

言うわけではないでしょうね。言葉の先を省略して、小菅が身をわずかに乗り出した。

「認めるしかない、と思います。どこかのパーティー会場で聞かされた話だったかもしれません。その場合、周囲に同じ話を聞いた者がいたかもしれず、このまま隠していたのでは、危ないことになってくる可能性もあります。今は様子を見て口をつぐんでいる者も、何かの拍子に気が変わり、総理の側近を売ろうとする不届き者に変節しないとも限りませんので」

憶測を重ねて不安をあおるような言い方だった。総理の側近のみでなく、内閣の事務を統轄する官房長官にまで影響が出かねないと脅すような論法に聞こえた。

いよいよ駆け引きの本題に入ったのだ。

「わたしが正直に事実を打ち明けてしまえば、あらぬ疑惑がより広がりかねないおそれがあります。総理の周囲はもちろん、党や国会、並びに多くの法案提出に尽力してきた官僚や財界関係者、さらには橋の工事を進めている建設会社もふくめて、多大な影響が及びかねません」

「各方面が迷惑を被った場合、君一人が離党して収まる話ではないだろうね」

おまえにすべての責任が取れると思っているわけではないだろうな。その先の行動をうながすために、湯浅は言っていた。

百も承知で、父は話を進めているのだった。

「多くの関係者に迷惑をかけないためには――わたしがすべての責任を被るしかないものと考えます」

ほう……と小菅の口が動いた。そっちから言いだしてくれるのであれば、ありがたい。本音が見え隠れする。

「わたしは、総理の友人が建設予定地の近くに土地を持っていることを知っていた。だから、事業を進める県の幹部にも、その事実を伝えた。総理の友人を手助けできれば、確かな恩を売ることができる。将来の大臣就任にもつながるはずだ。そう、わたしはつい考えてしまった。職務権限がないために、たとえ多くの関係者に協力を要請したところで、あとで問題になることはない。政治家として、恥ずかしい罪と言える」

「少し確認させてもらえるだろうか」

湯浅が慎重な訊き方をした。隠された本音を探りにかかってくる。

「はい、何でもおっしゃってください」

「君は事実として、県の関係者に圧力をかけてきたんだろうか」

「いいえ。具体的な要請はまったくしていませんでした。ただ、候補地はほかにも考えられる。そういう話はしたと思います」

「その話を何人が聞いたのだろうか」

あとで記者が確認に走る。もし事実でなかった場合、問題は収束しない。

「県の職員に罪はありません。誰に話したのかは覚えていませんが、彼らがどう受け取るか、結果を期待して打ち明けたわたしにこそ罪がある。そう話すつもりでいます」

誰に話したのかは覚えていない。記憶にない。苦し紛れの言い訳として、政治家や官僚がよく使う手法だ。

記者が確認に動こうと、県の職員たちは誰も認めようとしないだろう。ここは否定していいのだぞ、という逃げ道を彼らに与えるための言い回しなのだった。

すべては宇田清治郎が将来のポストを期待して動いた結果だ。県の職員にも、総理の側近にも、罪はない。

「いかがでしょうか、官房長官」

この問題を無理なく収めるには、ほかに方法はないはず。

湯浅の側も、似た腹案を抱いていたに違いなかった。宇田が罪を被ってくれれば、万々歳。

「わたしは潔く罪を認め、離党させていただきます」

「先生がほかにどういう罪を告白なさる気でいるのか。その中身によっては、検察もいろいろ対応ができるかもしれない、と言っておりました」

小菅が横から進言した。指揮権という具体的な言葉は使わなかった。つまり、話は出ているが、罪の種類によっては、捜査を見送ることまでは難しい。

湯浅がつけ足して言った。

「我々もできる限りの手は打ちたいと思っている。総理も同じお考えだった」

すでに話は総理にも通っているので、尽力はする。

湯浅たちにもわかるよう、晄司は大きくうなずきながらメモに取った。一言一句の狂いもなく。あとでなかった話にはさせないぞ、との意をこめながら。

「感謝に堪えません。ありがとうございます」

「しかし――」

湯浅の声音が固さを増した。

「――君が言うように、世間の反応とはわからないものだ。打ち明ける罪にもよるだろうが、君の離党で問題が収まるか、一部に不安視する者が出てくるかもしれない」

一部の政権幹部に、だった。

父の耳に、総理の友人が持つ土地の一件を吹きこんだ者が、確実にいるはずなのだ。党の中枢に。

「罪の中身いかんによっては、離党届を受理するのはどうか、と言われかねないケースも出てくるだろう」

離党ではなく、党籍の剝奪もありうる。

一時しのぎに党を離れ、いずれ復党する気でいるのだろう。そう会見前に話がまとまっていたとも考えられる。総理の関与を隠すための下手な演技ではないのか。メディアは疑り深い。

「実を言いますと、事件のことを知った一部の野党議員が、指揮権発動を考えているのではないか、と伊丹大臣に難癖（なんくせ）をつけてきたとも聞いているのでね」

晄司は驚愕（きょうがく）した。脅迫の中身が、すでに噂となって広がり始めている。

警察発表はされていなかった。政権中枢の議員にのみ、情報は上げられている。野党にまで本当に情報が流れるものなのか。父を切り捨てるための方便、とも考えられる。

宇田の離党だけでは、不安が残る。ここは潔く身を退かせてはどうか。会見ですべての罪を認めたうえで議員辞職を表明すれば、世間は納得して囂々（ごうごう）たる批判までは起こらないだろう。問題が尾を引く可能性を、さらに少なくできる。

「わたしは罪を認め、国民と地元の有権者に心よりの謝罪をさせてもらいます」

父は抵抗を示すために言った。小菅がわざとらしく難しい顔を作ってみせた。

「確かに、官房長官がおっしゃるとおり、罪にもよるかもしれませんね」

野党の目もあるため、指揮権発動を認めるにしても限度はある。だから、先に身を退いてはどうか。政治家としての責任を取る方法は、ほかにはないだろう。

卑怯な論法だった。自ら議員辞職を切り出さない限り、協力は難しい。そう悟らせるため、わざわざ官房長官が会いに来たのだぞ。このまま外堀をじわりと埋めていこうとする気なのだ。

父は湯浅から視線をそらさなかった。

「わたしの犯した罪は、わたし自身が責任を負っていかねばならないものです。どういう形で責任を取るにしても」

ついに父が、最終的な責任の取り方を認めるような言い方をした。もはや抵抗する道はないと、踏ん切ったわけなのだろうか。

「伊丹大臣ともお目にかかって相談差し上げたかったのは、その責任の行方について、確かめておきたかったからなのです」

「どういう意味かね」

湯浅が真意を測りかねるような目を見せた。

「国民の前で罪を告白するのですから、責任を取るほかはありません。ただし、宇田清治郎の犯した罪であって、本来、家族に責任はないと言っていいはずなのです。とはいえ……長男の揚一朗は、上荒川大橋の建設事業を発注する埼玉の県会議員を務めているので、今後も苦しい立場に置かれるでしょう。ですが、優秀な男なので、きっと自力で乗り越えていってくれると信じています」

「我々も、県連に働きかけることはさせてもらおう」

湯浅は「県連」と限定して言った。

父と同じ罪に関わっていたかもしれない長男では、次の衆院選での公認は難しい。が、今の立場を保てるよう、力は貸そう。そう教えるための言葉だった。議員辞職を迫っておきながら、息子を支える気はない、と表明するに等しかった。

「ありがとうございます。娘婿の恒之も、まだ若輩なので、国政は考えていないでしょう」

晄司は耳を疑った。党の言いなりになって、ただ辞職するつもりなのか。

小菅が正直にも目に安堵を浮かべていた。これで話はまとまる。すべての罪は宇田が背負ってくれる。

「わたしが仮に辞職するしかなくなった場合、直後の補選は、我が党から誰が出ても厳しい結果になるものと思われます。勝負ができるのは、その次の選挙でしょう。その際には、この晄司を担ぐつもりで、わたしはおります」

父が振り返り、手を差し向けてきた。

寝耳に水の話に、理解が及ばなかった。湯浅と小菅が息を呑んでいる。

「ここにいる次男は、五ヶ月前まで店舗デザインと内装工事の会社を経営しておりました。今回の問題とはまったく無縁です。わたしの政治手法に疑問を持ち、支援者にもそのことを公言し、距離を取ってもきました。この男であれば、次なる世代の新しい政治を有権者に示していけるものと確信しています」

初めて湯浅の目が向けられた。品定めを隠さない、不躾(ぶしつけ)な眼差しだった。

すべての罪を被る。だから、将来の公認を保証してくれ。

真意を読み取った湯浅が、わずかに口元をゆるめて言った。

「気持ちはわかりますよ。できる限りのことをさせてもらいましょう」

「まことに失礼ながら、一筆したためていただけますでしょうか」

「何を言いだすんですか、宇田先生！」

小菅が目をむき、唾を飛ばした。が、父の視線は揺るがなかった。

「お願いいたします、湯浅先生」

言葉で懇願しながらも、父は頭を下げなかった。

ここで断るのであれば、罪は被らず、事実をありのままに自白するしかない。

総理のライバル派閥には、きっと感謝されるだろう。今ここで望んでいた回答が得られないとわかれば、直ちに幹事長の下へ馳せ参じて、同じ相談をしてもいい。あなた自身も将来の総理の座を狙っているはず。いずれ安川総理から禅譲される道を探るのであれば、息子の公認ぐらいは簡単なものだろう。

父と湯浅の間で、見えない天秤が揺れていた。

傾く先は決まったらしい。湯浅が息をつき、父を見つめ返した。

「総理に相談してからで、かまわないだろうね」

「はい、ありがとうございます」

父が席を立ち、体をふたつに折って頭を下げた。

16

リストをじっくり眺めて最初に選んだ支援者は、草川庄一（くさかわしょういち）、八十一歳。先代の宇田政司が県議に初当選したあと、自ら興した建設会社を譲り渡した男だ。真誠（しんせい）工務店という地元企業の社長だった男で、長く清治郎の名誉後援会長を務めてきた。

平尾は覆面パトカーで大宮まで出た。四年前に社の会長職も辞した草川の自宅を訪ねて話を聞いた。

「……いやね、政司さんから、息子を頼むと言われたんですよ。あれは、長期の入院になると知らされて、顔を見に行った時のことでしたかね。彼は古い仲間の一人で、たまたまあの人の会社も引き受けさせてもらってましたもので」

県議を務めながら建設会社を経営するのでは、有権者に要らぬ疑惑を抱かれる。国政を視野に入れていた政司の提案を呑む形で、吸収合併がまとまったという。

「けどね、わたしは名誉がつく後援会長でしたから、名ばかりでして。人前で挨拶するぐらいしか役に立ってないんですよ、後援会では」

「しかし、選挙の際はお手伝いをなさったのですよね、会社ぐるみで」

「ええ、応援はしましたよ。けど、社として献金は問題ありなんで、どうしても陰ながらの応援にはなりましたね」

企業は、議員の資金管理団体に直接の献金はできない決まりだった。が、個人での寄付と、政党への献金は違法になってはいない。

さらに、政党の政治資金団体から、議員個人の資金管理団体への寄付は許されている。つまり、政党を迂回することで、企業献金が可能になる仕組みなのだ。草川の話は鵜呑みにできない。

「そうは言っても、草川さんと宇田先生の関係を、地元の同業者は羨ましく思っていたようですね」

すでに業界から話は聞いているのだ。そう鎌をかけて質問を広げていった。

「いやいや……。なまじっか縁があると、いろいろ制約も出てくるんですよ。我々のような中小では、政治家の先生たちより、大手ゼネコンに頭を下げて回ることのほうが多いくらいでして」

のらりくらりと矛先をかわしてしまう。

清治郎の女の噂は聞いたことがない。恨みを持っていそうな者にも心当たりはない。誘拐事件の捜査と言えないこともあって、相手の口は重かった。社のためにも迂闊な話はできないと思っているのだ。

「考えてもみてくださいよ、刑事さん。埼玉には今、衆参合わせて十六人もの与党議員がいるんですよ。いくら宇田君が元建設官僚でも、彼だけの力で公共事業が回っていくものですか。昔と違って、今は政府が多くの権限を握り、采配を振るケースが多いんですよ」

難しい時代になったと言わんばかりに、草川は大げさに嘆いてみせた。

「なるほど。だから宇田先生は、総理の友人を利する計画をまとめ上げて、地元に大規模公共事業をもたらしたわけなんですね」

「そうね……。どんな手を使ってでも、地元に利益をもたらす。もし世間が言うような裏事情があったとしても、わたしは別に驚きはしませんよ。政治家が地元のために、官庁へ働きかけるのは大切な仕事のうちですからね。法は犯していないとなれば、よくやってくれた、と言ってもいい」

その見方が、地元の業者と有権者の共通認識なのかもしれない。我らが先生は頼りになる。だから、選挙を応援し、献金もする。

平尾は食い下がるため質問の方向性を変えた。

「しかし、建設予定地が急に変更されたわけですから、当てが外れた企業もあったのではないでしょうか」

「そりゃ当然だろうね。地元十区の若鷺(わかさぎ)先生が、マルコー辺りとずいぶん頑張ってたらしいという話は聞いたけど……。あの先生はそもそも農林族でしょ。だから、新競艇場の建設には、意地でも反対してるらしいとか」

マルコーとは、建設大手の丸産(まるさん)興業だとわかる。競艇場は戸畑市内の荒川緑地にあったと思うが、移設の話でも出ているわけか。

「おや、刑事さんもまだ捜査が進んでませんね」

冷やかすような笑みとともに言われた。食えないジジイだ。

「戸畑競艇場は、前の東京オリンピックの時に整備された施設なんで、老朽化が激しくなってってね。で、ちょっと離れた荒川沿いに、遊水池も兼ねた公園がいくつもある。実はそのひとつに、県の第三セクターが運営する園芸体験施設ってのがあってね。子どもらが利用できる研修センターも作られてるんだけど、こちらも老朽化が進んでる。ね

——わかるでしょ」

研修センターを取りつぶして、競艇場を移設する計画らしい。

埼玉県下に住んでいながら、まったく知らない情報だった。自治体は、いつも計画が固まってからでないと、発表はしない。水面下で話が進められているのだ。

「研修センターは施設も古く、ろくに利益が出ていない。税金の無駄遣いになっている。だもんで、競艇場をそこに移設したほうがいい。で、今の競艇場の跡地は、駅にも近くて、絶好の立地なんで、複合商業施設と集合住宅にしてはどうか、という話が出てるんですよ」

競艇の所轄官庁は、国交省だったはずだ。つまり、国交族の宇田清治郎が関係している。

「刑事さん、ここだけの話、研修センターの開設工事を手がけたのがマルコーさんだったとかで、今も近隣の公園と施設内の整備や管理も請け負ってる。ほら、第三セクターとの随意契約だから、その額が問題で、赤字の主な原因じゃないかって、揚一朗さんが議会で指摘したもんで、マルコーと若鷺先生はずいぶんとご立腹だったらしいからね」

長男の揚一朗までが登場してきた。戸畑市内での再開発ともなれば、市議の恒之も関係していそうだった。

平尾はメモを取りながら確認した。

「若鷺先生は丸産興業と何かよほど深い結びつきがあるわけなのでしょうね」

「そりゃ当然だよ。マルコーの三代目の奥さん、若鷺先生の妹だもの」

全身の血が脈打った。とんでもない情報が飛び出してきた。

ここにも政治家と業界の政略結婚が隠されていた。週刊誌が知れば、すぐに飛びついてきそうな話だった。

上荒川大橋の一件で、宇田チームと若鷺チームが鍔迫り合いを演じてきた。そのうえ、研修センターを閉鎖して戸畑競艇場を移設する話までが浮上している。同じ与党の中でも、仕事の奪い合いがあったのだ。

次も宇田チームが勝利すれば、若鷺チームは二度続けて苦杯をなめることとなる。

もし今のこの時期、宇田清治郎が記者会見を開いて罪を自白すれば、どうなるか……。うまくすれば、宇田親子が推し進める研修センターの閉鎖話を回避でき、過去の恨みも晴らすことができる。立派な動機になりうるだろう。

平尾は興奮を押し隠して質問を続けた。

「上荒川大橋の建設に続いて、こちらもかなり大規模な事業になりますよね」

「そうだねえ……。もし競艇場の移設が決まれば、総事業費で六百億円ほどになるって言われてるらしい。県は四分の一程度の負担ですむそうだから、そりゃ願ってもない話だよね」

大規模工事で地元に金が落ちる。新競艇場と複合商業施設に客を集めることで、県と戸畑市は税収アップが見こめる。新たな雇用も生まれる。地元にはいいことずくめの計画だった。

「ほかにも宇田先生が推し進める公共事業をご存じでしょうか」

すでに動きだした案件は、彼らのホームページを見れば、実績として取り上げている。注目すべきは、密かに進行中の案件だった。

「清治郎先生は、先代よりやり手だよね。埼玉五区は、ずっと改革党が議席を握ってきてるでしょ。その選挙区内にゴミ処理集中センターを新設しようと、揚一朗先生と一緒に動いてたんじゃなかったかな。野党じゃ、大きな仕事は持ってこられないからね。これが八十億円規模。あとは――荒川治水事業と秩父に農業用の小規模ダムを造ろうという話もあって、地元の神坂先生と組んで頑張ってたはずだし……」

治水事業が五十億円。ダムと農道整備で五百億円。自分の業績を自慢でもするように、次々と具体的な額が飛び出してきた。

偽りなく地元の公共事業は、政治家たちの実績なのだとわかる。その秀でた政治家を長く支援してきたのだから、地元企業の代表として自分も責任を立派に果たしてきたのだ。そういう自負が、草川にはあるようだった。

礼を告げて草川邸を出た。その玄関先で本部の浜本に報告を上げた。

「……おいおい。二百億の上荒川大橋に、六百億の競艇場移設かよ」

「さらに大きな公共事業が密かに進んでいたとは知りませんでした」

「要するに、宇田が失脚することになれば、多くの事業が中断、もしくは変更になるって見こみが立つわけだな」

「ええ。怨恨と金銭。ふたつの動機がからんでいる可能性も見えてきます」

メディアでは今、上荒川大橋の建設計画が大きく取り上げられていた。総理の関与に注目が集まっているからだ。

その疑惑のさなかに宇田の孫が誘拐されれば、警察の捜査も上荒川大橋をめぐる疑惑に向けられる。真の動機を隠すカモフラージュとして利用できる。

「こうなったら、宇田本人に問い合わせたほうが早いかもしれないな」

「お願いします。何としてでも口を割らせてください」

ほかにも大きな案件が水面下で動いているかもしれない。若鷺や丸産興業のように、負け続けてきた者がまだいる可能性はあった。

「わたしは丸産興業の埼玉支店に向かいます」

「待て。本丸だったら危険だぞ。乗りこむのは、上の意見を聞いてからにしろ」

丸産興業の周辺に犯人がいた場合、人質の身に危険が迫る。その可能性があるため、幹部は責任逃れの意見を出してくるに決まっていた。聞くまでもない。平尾は言った。

「すでに息子の揚一朗が、議会で経費の多さを問題視する質問をしてるんです。県職員との癒着を見すえた捜査に動きだしても不自然ではありません。二課の捜査だと必ず言いそえます」

「わかった。上を説得するから、少しだけ待て。絶対に早まるなよな」

17

「……本日午後二時から開催される予定だった衆議院予算委員会での集中審議は、与野党の国会対策委員長が会談し、明日以降への延期が決定されました。議事の進め方で、与野党の意見が折り合わなかったため、と見られています」

テレビのワイドショーで記者が国会前から中継していた。宇田清治郎の孫が誘拐された事実は、もはや与野党問わず周知の事実となったらしい。国会は今日一日、やむなき理由によって空転が決定したのだ。

父の指示で、大島が別室を取り、官房長官からの返事を待つことになった。その間に再び内海弁護士をホテルに呼び、自白する罪についての相談もしなくてはならなかった。

「父さん、おれは本気で言ってるんだ」

ニュース映像が切り替わったのを見て、晄司は話を蒸し返して言った。

父は窓際のソファに座ったまま頑なに首を振り続けた。

「いいから、おまえは黙ってろ。絶対、揚一朗には言うなよ。あいつだってばかじゃない。父親と一緒にあの橋の建設に動いた自分が、次の衆院選に鞍替えしたところで勝ち目はないとわかってる」

「でも、おれには、無理だ」

「とにかく今は黙ってろ。そのうち、嫌でも多くの意見が支援者から出てくる。その時に、おまえの正直な気持ちを口にしろ」

「断ってもいいんだな」

晄司が本音をぶつけると、父は平然と見返してきた。

「ああ。やれるものなら、やってみろ。何百人もの支援者が、続々とおまえの手を握ってお願いしてくるだろうからな。その手を一々振りほどいて、その気はないと冷たく言い放つ勇気があるならば、だ」

「狡い言い方をしないでくれ」

「どこが狡いんだ！」

部屋の外にも響きそうなほどの声だった。

「いいか。よく考えてみろ。我々宇田の家は、ずっと地元の有権者に支えられてきた。おまえが名のある大学を出て、会社を興せたのも、支援者が力を貸してくれたからも同じだろうが。しかも、おまえは仕事でしくじり、借金を抱えた。その返済ができたのも、多くの有権者がおれという政治家に票を投じ、今日まで仕事ができたおかげでもあるんだぞ。違うと、おまえは言えるのか!」

「けど、おれには無理だ。兄さんと恒之さんを応援していくと言ってきた手前もある」

――パパの団長、やってくれるんだよね。柚葉の笑顔までが目の前にちらついた。

横を向くと、父が席を立って回りこみ、顔前で吠えた。

「嘘をつくな! おまえはただ煩わしいことから逃げたがってるだけだろうが。確かに、政治の仕事は煩わしいことだらけだよ。けどな、人には、たとえ泥を被ってでも、果たさねばならん使命というものがある」

「父さんが好きで始めたことだろ」

「そうだ。おれは貧乏な家に生まれ育ったから、な。父親は小さな町のカスみたいな雑貨屋を営んで、いっつも算盤を弾きながら帳簿とにらめっこして仕事を続けてた。そのあげく、体を壊して四十二歳で早死にだよ」

何度も聞かされてきた話だった。奨学金を手にするため懸命に努力し、東大へ進んだ。税金から拠出された援助で道を切り拓くことができたのだから、官僚となって世間に恩返しをしたい。政治家となって、世の中に尽くしていきたい。

志を貫徹し、国会議員になったのだから、素直に頭は下がる。尊敬できると言ってもいい。しかし――政治は肌に合わない。

「いいか、晄司。政治家として自分の志を果たすには、力が要る。金を使わなきゃならない時だってある。中には、金集めにばかり腐心してる政治屋もいる。ところが、志のない政治屋でも、金を持つと力を蓄え、のさばり始める。そういう奴らと渡り合っていくには、仕事の中身にいくら力をそそごうと無理なんだ。なぜなら、世間には政治家の仕事が見えにくいからだ」

その中で、はっきりと見える仕事が地元の公共事業だった。

「よく周りを見てみろ。有権者が地元に落ちる金にしか興味を持たないから、政治家も金を追いかけていく現実がある。鶏も卵も一緒くたになって、日本の政治は回ってるんだ」

悲しすぎる達観だった。

国民が地元の利益しか見ずに政治家を選んできたから、国は天文学的な借金を抱え、財政破綻の一歩手前まで追いこまれている。

だが、そういった現状を打破したくとも、力をつけねば国政の舵取りには加われないのだ。その椅子取りゲームに打ち勝つため、また税金が使われて、破綻へのチキンレースが続く。

「揚一朗は真面目な男だ。いい息子を持ったと、おれは心底から思ってる。でも、あいつに金集めができるか？　恒之は野心だけで、信念がない。麻由美はこの先、ずっと苦労するはずだ。目つきと態度に卑しさが出てる。おまえも予感はしてるだろ」

晄司は答えなかった。姉が変わってしまったのは、明らかに夫のせいだ。けれど、面と向かって夫婦仲について指摘はできない。

「とにかく今は黙っていろ。おれもまだ生き残る道を探るつもりだ。内海君が来たら、おまえは席を外せ」

「待ってくれ。道を譲ろうと考えてる息子にも聞かせたくない罪が、そんなにあるのか」

「当然だろうが。いいから、おまえは何も知らずに生きてきた呑気な次男坊の立場でいろ。あとはおれの問題だ。おれが自力で突破してみせる」

それきり父は腕組みをしてソファに腰を落とし、固く口を閉ざし続けた。

二十分後に、牛窪がまた内海弁護士を連れてきた。昨夜に続いて鳥飼というリスク管理アドバイザーをともなっていた。どこまで二人の知恵が役に立つのか、晄司には疑問だった。彼らは常識的な法解釈にとらわれており、政界の不条理さとは無縁な善人だからだ。

「あまりホテルの中をうろつくなよ。おまえはもう充分に顔が知れ渡ってるんだからな、メディアの連中に」

父に声をかけられたが、振り返らずに廊下へ出た。牛窪がすれ違いざま、小声で呼びかけてきた。

「先生お一人に罪を背負わせることは絶対にいたしません」

晄司は息を止めて振り返った。

牛窪まで一緒に罪を被る気なのだ。秘書は一蓮托生。少しでも父の災禍を減らすのが務め。そう目が語りかけてくる。

「だめだ、いけない。牛窪さんまで犠牲になる必要はない」

「いいえ。秘書たるもの、議員と一心同体になって仕事をしてきたはずなのです。相応の責任があり、わたしにも疑いなく罪がある。そう自覚しております。先生のおかげで、興味深い仕事を続けてこられたと思ってもいます。あとは、晄司さんたち若いかたに託すのみです」

牛窪は決然と言い切って、深いお辞儀とともにドアを閉めた。

一人、廊下に立ちつくした。そこまで父のことを思ってくれる。今日までともに追いかけてきた夢のようなものが、強く結びつけてきたのだろうか。

晄司は姿勢を正し、ドアに向かって頭を下げた。父のため、宇田家のために働いてきてくれたことに感謝の念しかなかった。

こういう人たちに、ずっと支えられてきたのだった。後援会の中には、善意のボランティアとしか思えない人たちも多くいた。とても自分では、その期待に応えていけない。

あらためて無理だと思わされた。牛窪のような腹心の秘書を持てるわけがなかった。友と信じてきた者に、あっさり裏切られた男なのだ。

打ちのめされた思いで、人気のない廊下を歩いた。非常階段の前でスマホを握った。気を落ち着けるため、母に電話を入れた。

「おはよう。お疲れ様です。お父さんは大丈夫よね」

「おれよりも体力のある人だよ。今、内海先生と打ち合わせをしてる」

深い吐息が耳に伝わった。

「……どうも警察は頼れそうにないみたいよ。お父さんだけじゃなく、恒之の女関係まで、しつこく秘書に聞き回ってる。政治家の周辺には手を出せそうにないから、被害者の身内を疑うしかないんでしょうね」

「姉さんはどうしてる？」

「今は横になってる。あの子は、お父さんより、あなたのほうに期待してる。意味はわかるわよね」

「ああ……」

政治から距離を置いてきた。家族がそれを許してきたのだから、あなたには父を説得する義務がある。柚葉を救い出すには、父に罪を語らせるしか方法はない。

「あの人のことだから、自白を出し惜しみするかもしれない。気をつけなさいよね」

「ああ……」

「そこに揚一朗はいる？」

「いや、今は呼び出されたホテルに部屋を取り直して、官房長官からの返事を待ってるんだ。兄さんはまだ会館にいる」

「あの子は頑張ってる。でも、ずっと無理をしてきた。だから、あなたを呼び寄せたのよ」

晄司は口をつぐんだ。母までが父と同じ話を振ってくるとは思ってもいなかった……。

唇を嚙んでから、言った。

「政治は――そんなに甘いものじゃないよ」

「あなたは、昔からお父さんに逆らってばかりいた。学校の先生にもよく不満をぶつけてた……。相手を怖れずに自分の意見を堂々と表明できる人というのは、必ず周囲の信頼を集められる。わかるわよね」

兄は周りを傷つけない落としどころを探すのがうまい人だった。優等生すぎる行動に、友人の一部から批判が出た、と中学の先輩から聞かされた覚えがある。意見を集約して、妥協点を見出していく。政治の役割でもあると思えた。

強いリーダーシップを発揮して、人々を導いていくタイプの人では、兄はなかった。世間は強いリーダーを求めたがる。

「どうして柚葉が誘拐されないといけなかったのか、本当に腹立たしくてならない。お父さんも悔しいとは思う。でもね、晄司。――柚葉を必ず助け出して、宇田の家を守るのよ。あなたなら絶対にできる。お母さんは、そう信じてる。お願いよ」

柚葉を救うことは大前提なのだ。けれど、その後のことも今から考え、行動していけ。母の願いは身に染みて伝わった。

「柚葉のために頑張るよ。姉さんにも伝えてくれ。じゃあ……」

生返事で通話を終えた。

父に負けず、母も強い人だった。生半可な覚悟で、政治家の夫を支えていけるわけもなかった。多くの支援者に頭を下げ、父に代わって地元の集まりに顔を出してきた。時に幼い晄司と姉を連れて、宴席の梯子(はしご)もした。夫のため、家族のため、地元のために、母も懸命に走り続けてきたのだった。

その期待はわかる。母は兄を思って、恒之に宇田の姓を与えなかった。同時にそれは、晄司のためでもあったのかもしれない。

窓の外に朝の議事堂が見えていた。多くの期待が重くのしかかる気がして、すぐに指が動いた。美咲の番号を呼び出し、押した。

「――あ、もしもし、今大丈夫なの」

気を落ち着けたかったにもかかわらず、張りつめた声に息が急いた。

「何か、あったのか？」

「木美塚幹事長の側近が番記者に言ったそうなの。今日中に、あなたのお父さんが記者会見を開くそうだって。どういうことなの？」

幹事長サイドが洩らした……。

安川総理に請われてその座に就いたが、木美塚壮助はライバル派閥の会長だった。次の総理の椅子を狙う一人でもある。

父が官房長官と話をしたがっているとの情報が伝わり、入れ知恵する者がいたのだろう。総理への根回しが終わらないうちに、会見の事実を先に広めてしまう手はある。もし総理サイドが慌てて指揮権発動の手配に動こうものなら、馴染みの記者にリークして取材に走らせればいい。こちらの動きを知って、指揮権発動に踏み切ることをためらうのであれば、追いつめられた宇田が危険な自白に出る可能性はある。どちらにしても、総理の評判はさらに落ちる。そう企んだのではなかったか。

安川総理を追いつめることができれば大成功。宇田の孫の命など二の次。そう考える連中が、日本の政治の中枢にいる。

「何てやつらだ。卑劣すぎる……」

「どういう意味。側近たちのスタンドプレーだって言いたいわけ？　でも、こんな時に記者会見なんて……」

美咲がまだ何か言っていた。が、晄司は電話を切り、父のもとへ駆けだした。

18

十時十一分。浦和の官庁街に、丸産興業埼玉支店はあった。県警本部とは直線距離で二百メートルほどしか離れていない。

支店長はまだ三十代にしか見えない痩せた男で、刑事の訪問にも驚いた素振りは見せず、物静かに語った。

「はい、おっしゃるとおり、戸畑の青少年研修センターと緑地公園の各種メンテナンスは、うちが昭和三十五年の開設以来、引き受けさせてもらってます」

「センターを閉鎖する話が議会で取りざたされ、困惑されているのでしょうね」

「いいえ。うちの造園部が請け負っておりますが、取引額は少ないうえ、ほぼ下請けに任せておりますもので、今は冷静に議会の判断を待っているところです」

物腰は落ち着き払ったままで、草川の話とはかなり印象が違った。

「しかし、真誠工務店の関係者に言わせると、今取りざたされている上荒川大橋の建設でも、マルコーさんは惜しくも大魚を取り逃がしたとか……」

支店長は少しも表情を変えなかった。長い足を組み替えて微笑んだ。

「大橋のほうは本社が動いた案件ですね。うちは、バイパス整備道の一部を村岡建設さんとのジョイントで請け負わせてもらっています」

意外な話に首をひねった。橋では負けたものの、高速をつなぐバイパス道の建設を落札していたというのだった。これでは話が違う。

平尾が困惑していると、支店長が淡々と続けた。

「我々の業界は、地元業者同士で受注を争うことが多くなってしまいます。ですので、他社を貶(おとし)めるようなことを言いたがる者が多くて、困っております」

歳は若くとも、こいつは狸だ。平尾は直感した。

宇田親子について調べている、と目の前の刑事は言ったものの、頭から信じたのでは危険だ。他社がつつかれたら、芋づる式に不正が暴かれてしまうケースもある。たとえライバル関係にあろうとも、談合での結びつきは考えられた。そう簡単に口を割ることはなさそうだ。

参考までに、上荒川大橋の入札を担当した者の名前を訊いた。本社に特務チームがあり、支店からは二名が参加したという。研修センターと緑地公園のメンテナンスは、下請けの造園会社にすべて発注しており、社の書類で確認が取れた。

支店長の話を聞くうちに、草川邸での興奮が冷めていった。

橋のほかに周辺整備の工事も計画されており、実は多くの地元企業が受注してもいたのだった。県は工事を細分化してそれぞれ入札することで、特定業者に利益が偏らないよう配慮したものと思われる。

研修センターの閉鎖は、多少の痛手にはなるかもしれない。しかし、新競艇場と再開発事業でも、同じように多くの地元企業に受注のチャンスが生まれる。宇田と親密な会社のみが潤うわけではないのだった。

念のために、県下で進行中の大規模事業についても尋ねてみた。

「確かにうちは、若鷺健太郎先生との縁がございます。しかし、県下の業者はどこも、宇田先生に感謝していると思います。今回の大橋の件も、先生が懸命に動いてくださったから計画が実現したわけであり、県民の多くも理解はしていることと思います」

与党の有力代議士を敵に回すことは許されない。彼ら業者は互助会となって政治家を守ろうとする。贈収賄事件を捜査する難しさが、ここにある。

残念ながら収穫は得られなかった。やむなく礼を告げて席を立った。

応接室を出ると、廊下に二人の男が待っていた。一人が平尾に一礼して言った。

「わざわざ足をお運びいただき、ありがとうございます」

「あ、宮田君。別件で刑事さんはお見えになったんだ」

見送りに出てきた支店長が後ろから部下に告げた。

「そうでしたか。てっきり見つかったのか、と思いまして、つい――」

二人の男が気恥ずかしそうに顔を見合わせた。

平尾が目で問いかけると、頭を下げた小太りの男が苦笑を浮かべてみせた。

「担当者の私物も中に置いてあったものですから。ジャケットや水筒とかの、そう値張る物ではないんですが……」

中に私物が置いてあった――。

刑事の直感で、訊かずにはいられなかった。

「まさか、つい最近に盗まれたのではないでしょうね？」

「はい、ご迷惑をかけて申し訳ありません。もう十年以上も使ってる古いものでしたので、つい油断してキーをそのままに――」

「車なんですね！」

勢いこんで問い返した。また二人が顔を見合わせた。

「いつです。白い軽自動車じゃないでしょうね！」

先週の金曜日の午後だったという。

営業一課の若い社員が白の軽自動車で、戸畑の研修センターへ向かった。梅雨時に向けて、緑地公園の花壇と樹木を整えておく必要があり、下請け業者との打ち合わせに現場まで出向いたのだった。

いつものように公園の外周を車で回り、補修が必要な箇所がないかを見ていった。その後、研修センターの裏にある管理事務所の専用駐車場に車を停め、職員たちとの会議に入った。

おおよそ三十分後、駐車場に戻ってきたところ、車が消えていたのだった。

関係者しか立ち入ることのない奥まった場所の駐車場だったため、その社員はキーを差したまま車から離れることが多かったという。

「当然、駐車場に防犯カメラは設置してありますよね」

「いえ、それが……。利用者に何かあるとまずいので、正面の玄関と駐車場を見通せる場所には設置してありますが、生憎と裏のほうにまでは……」

平尾がスマホに地図を呼び出すと、社員が見かねて営業フロアに案内してくれた。地元の地図が各種取りそろえてあった。

緑地公園は下水処理場に隣接しているため、その裏道から奥の専用駐車場に入るルートも確認できた。盗んだ車を人目につかず、持ち出すことは可能なのだった。

平尾は直ちに本部の浜本へ報告を上げた。

「すでにそちらの戸畑署へは盗難届が出されています。大至急、確認してください」

灯台もと暗しを地で行く話だった。浜本も驚きに声をなくしていた。単なる偶然とは思えなかった。地元の関係先で白い軽自動車が盗まれて、よく似た車が誘拐にも使われたのだ。

「ちょっと待てよ、平尾。届けが出されていたなら、盗難車のナンバーとして、すでに手配は終わってたはずだ。犯行時刻の前後に現場付近を通った車から、盗難車のナンバーは見つかっていない」

「わかっています。でも、これほどの偶然が起こるものでしょうか。ナンバープレートを細工したのかもしれません。直ちに現場を見てきます」

平尾は返事を聞かずに通話を切った。

戸畑青少年研修センターと緑地公園までは、車で二十分ほどの距離だった。住宅地と河川敷を隔てる土手を越え、東に位置する下水処理場の裏道から管理事務所の駐車場へと乗り入れた。

覆面パトカーを停めて降り立った。

研修センターは土手の近くに建てられている。河川敷を使った広い公園の中、二階建ての古びた屋舎が二棟。その裏手に専用駐車場はあった。

南に荒川が流れ、周辺の見通しはいい。心地よい早春の風が軽やかに吹きつけてくる。ところが、東には道を挟んで下水処理場のコンクリート壁が続く。北は研修センターの施設が建っている。西は開けているものの、公園の緑地が延々と続く。

唯一、土手の近くにはマンションが建ち、広大な河川敷を見下ろしていた。が、専用駐車場は、研修センターの裏手に当たるため、見通しは利かない。防犯カメラも設置されておらず、死角のような場所になっているのだった。

もし犯人が軽自動車を盗んだのであれば……。

土地勘があったに違いなかった。平尾は確信した。

さらに言えば、丸産興業の担当者がいつもこの駐車場に車を停め、キーを差したまま離れることも知っていた。そう考えられる。

平尾は再び本部の浜本を呼び出した。

「偶然とは思えませんよ。河川敷でありながら、この駐車場だけ見事な死角になってるんです。近くに五階建てのマンションが並び、研修センターと公園のほうの駐車場は見通せます。けど、管理事務所の専用駐車場は裏手になっているうえ、対岸からも防風林で隠されている。車を盗む現場を何者かに目撃される心配はなかったでしょうね」

「先入観は危険だぞ。今、盗難車と同じ車種が誘拐現場の周辺を走っていなかったか、急いで確認させている」

「防犯カメラの設置されていないルートを選んで、緒形母子に近づいた。もしくは、ナンバーをつけ替える小細工をした可能性も考えられます。変造ナンバーについては、もう調査を終えたのでしょうか」

「まだに決まってるだろ。二十三ヶ所から映像を集めてきてるんだ。時間帯をしぼりこんでも、通りかかった白い軽自動車は二百台に近い。中にはナンバーの読み取りが難しい映像もある」

「作業を急がせてください。偶然だと片づけるわけにはいきません。近隣の聞きこみにも人を割いてください」

丸産興業の車を盗んだ者は、担当者がキーを差したまま離れることを知っていた可能性が高い。

そうなると、まず疑わしいのが、研修センターと管理事務所の職員だった。下請けの造園業者と、丸産の社員も対象外にはできない。担当者は、キーを差したまま車を停めていたことを誰にも口外していないと言ったが、酔った勢いで口を滑らすことは考えられる。

しかし、大きな疑問も浮かんでくる。

平尾がこうして気づいたように、盗難の事実が確認された時点で、センターの職員や丸産の社員も捜査の対象と見なされる。身近で盗んだ車を誘拐に使うのでは、犯人の側にリスクがありすぎる。

この河川敷の緑地公園に関係する者の犯行ではなかったとすれば……。

犯人は、盗むのに絶好の車があると、どこから知ったのか。

この駐車場は死角のような場所に位置する。たまたま盗むに好都合な車があると、幸運にも知ることができたわけなのか。それとも、外部からこの研修センターを観察でもしていて、格好の車を見つけたのか……。

平尾は裏道へ歩き、あらためて河川敷を見回した。

対岸にも緑地が広がり、テニスコートやサッカーのゴールが見える。その奥の土手を散歩する人たちがいる。川幅は優に三十メートルはあるだろう。河川敷を挟んだあの土手に腰を下ろしていれば、テニスやサッカーの応援だと思ってもらえる。オペラグラスを持っていても不自然には映らない。ただし、よほど倍率の高い望遠鏡でなければ、キーを差したままの車だとはわからないだろう。

左へ視線を転じれば、下水処理場の敷地内に建屋が並ぶ。あの屋上からなら、駐車場を見下ろせるはずだ。

たまたま職員が目撃し、盗めると判断したので犯行に使った。その可能性は捨てきれないが、勤務先の近くで車を盗むのは、やはりリスクが高い。

では――あらかじめ研修センターを観察していた可能性はないか。

宇田親子が、新競艇場の建設地にと目をつけた土地だった。立地は荒川の河川敷で、広さは充分にある。噂を聞いた者の多くが、視察に足を運んだことは想像できる。

犯人が一人で下見に来た際、たまたまキーを差したままの軽自動車に遭遇した。いや——違う。

偶然という僥倖に頼った犯行とは思えなかった。

単なる下見に来て、たまたま見つけたのではないはずだ。犯人は、何らかの理由からこの研修センターと管理事務所を観察していた。入念な事前調査のすえ、軽自動車を盗めると判断した。その観察の理由は、やはり新競艇場のほかには考えられない。

青少年研修センターを訪ねて、施設長から話を聞いた。

「この数ヶ月ほどの間に、センターを視察に来た者がいましたよね。閉鎖の話が出ていたわけですから」

「はい。丸産興業と若鷺事務所のかたが何度か見えましたが——」

「そのスケジュールをすべて詳しく教えてください」

支店の者が打ち合わせに来るタイミングに合わせて、本社からも人が訪れていたとすれば……。その際に、キーを差したままの車があることを目撃したのかもしれない。

駐車場から車が盗まれたなら、たとえ誘拐に使われていなくとも、研修センターの閉鎖話がクローズアップされてくる。その事実を宇田が知れば、犯人の狙いは新競艇場の建設と跡地再開発の妨害にある、と考えるはずだ。

当然ながら犯人は、宇田が競艇場の移設計画を進めていると知っていた。業界内の噂で、贈収賄に近い嫌疑があると耳にして……。

何か弱い気がした。

仕事上の恨みのみで、誘拐という犯罪に手を染める者がいるだろうか……。

よほど追いつめられた事情がなくては、いくら完璧に思える計画であろうと、なかなか実行には踏み切れないものだ。まだ見えていない真相が、どこかに隠されている。盗まれた車は目眩(めくら)ましだった、とも疑えなくはない。新競艇場の建設にからむ動機と見せかけておけば、真の目的を隠しとおせるからだ。

平尾は窓の奥に広がる公園の緑を見つめた。子どもたちが実習する畑の奥に、並木道が続いている。フィールドアスレチックのような遊具も見えた。休日にはきっと若い家族連れでにぎわうのだろう。緒形柚葉も訪れたことがあるかもしれない。

覆面パトカーへ戻りながら、思案する。宇田を脅迫して、最も利益を得られる者は誰か。考えれば考えるほど、堂々めぐりが続く。

犯人は本当にこの管理事務所の駐車場から車を盗んでいったのだろうか。

19

グラスが床で砕け散った。顔を朱に染めた父が拳で壁をたたきつける。

「あいつら、やりやがったな……。おれが総理と密約を結ぶと見て、揺さぶりをかける気だ」

父は身を反転させてスマホをつかむと、どこかへ電話をかけ始めた。

「……あ、おれだ。幹事長サイドがおかしな動きを見せ始めてる。すぐ官房長官の耳にも入れてくれ。おれが相談もせず、頭越しに動いたと知り、陰で動きだしたやつがいる。——このままだと、九條先生にも迷惑がかかりかねない」

幹事長は党務に絶大な権限を持つ。離党届を出す際には窓口となるし、選挙の公認権も有する役職だった。

父が湯浅と密かに会ったと聞き、その目的に察しをつけた者がいるのだ。離党と息子の公認、どちらの相談も幹事長に上げるのが筋だぞ。そう主張すべきと注進する知恵者がいたに違いなかった。

安川総理からの禅譲を期待する湯浅は、宇田と密約を結んで総理を守ろうと動くに決まっている。こちらはお見通しだぞ、と総理サイドに伝える意図があるのだった。

内海弁護士に事情を伝えていると、晄司のスマホが震えた。知り合いの秘書からの着信だった。その主は……。

「幹事長の秘書から電話が来ました！」

父に叫びながらスマホをタップし、声を作る。

「――はい、宇田晄司です」

「こんな時にすまない、斉藤だ」

「いつもお世話になっております」

横で固唾を呑む父たちと目を見交わし、まずは無難な答えで応じた。

「いろいろ話は伝わってきたよ。うちのオヤジが記者会見の段取りは引き受けると言ってる。会場も先に確保しておいたほうがいいだろうからね」

自分たちでリークしておきながら、今度は手を貸そうと申し出てくる。リークは不可抗力だという言い訳か。さらに恩まで売ろうという強かさだ。

お待ちください、と言って父に伝えた。

窓を睨みすえたまま父は荒い息づかいをくり返した。振り返って早口に言った。

「今、弁護士を交えて警察と協議中だ。その時には本人がお願いの電話をする。そう言っておけ」

迂闊な伝え方はできなかった。総理サイドからも同じ申し出があるかもしれない。どちらの顔を立てるか。答えは見えていようと、慎重な再吟味と駆け引きが必要だった。

「大変だとは思うが、頑張ってくれたまえ。我々はいつでも手を貸すので、遠慮なく言ってほしい」

思いのほか、あっさりと引き下がった。言い訳と様子うかがいが目的だったらしい。

こちらを心底から案じたのであれば、幹事長本人が電話をかけてきたらどうだ、と言い返したくなる気持ちを抑えて通話を切った。

　すると、また手の中でスマホが震えた。今度は県警の高垣部長補佐からだった。

「……もしもし、高垣です。今どちらでしょうか。大至急、宇田先生に相談したいことが出てきました。先週の金曜日、戸畑緑地公園の管理事務所で、丸産興業の所有する白い軽自動車が盗まれていたんです」


　午前十一時二十三分。桜田門から二人の私服がホテルの部屋にやって来た。五十代の男が警視庁特殊犯捜査係の係長で、もう一人の四十代が警察庁刑事局の理事官だった。

「どうなんだね、その盗難車が誘拐に使われたわけなのか」

　二人を部屋に招き入れると、父がソファから腰を上げて男たちにただした。

「今、懸命に確認しております。しかし、宇田先生がたが新競艇場の建設地に最適と考えておられる河川敷での盗難なのです。単なる偶然にしては、あまりにもタイミングがよすぎるように思えてしまいます」

　係長は断定をさけるためか、牽強付会(けんきょうふかい)とも取れる答え方をした。

「車を盗まれた丸産興業は、十区の若鷺健太郎先生と組んで、上荒川大橋の件でも受注に動いていたとの話を聞いています。さらに、丸産興業が開設工事を担当した青少年研修センターにも閉鎖の話が出されている。それらに関して、恨みを買いかねない事情がなかったか、をうかがいたいのです」

強引な手を使って、丸産興業サイドを出しぬいたのではなかったか。警察は宇田清治郎という政治家の仕事ぶりを、はなから疑ってかかっているのだった。

「若鷺君は、農水省の元官僚だからね。農水関連の事業には顔が少しは利いたんだろう。そのついでに色気を出して、丸産興業が若鷺君をそそのかしていたらしい、という噂は聞いたことがある」

父が鼻をすすり、あっさりと言った。そもそも彼とでは実績が違いすぎる。先方が受注をしくじろうと当然の結果にすぎず、恨みを買う謂われはどこにもない。多少の自負とともに相手方を過小評価する口ぶりだった。

「宇田先生のもとにも、新競艇場の建設とその跡地の再開発に関して、どこかの大手デベロッパーから協力依頼がきていたのでしょうね」

どこの建設会社と組んで動いているのか。理事官が穏当な言葉に代えて問いただしてきた。

内海弁護士は父の横で静観し、鳥飼は少し離れたベッドサイドの椅子から見守っていた。何も言おうとしない二人を見てから、父が口を開いた。

「もちろん、色々なアイディアを持ってきてくれる企業はあるがね」

「お教えください。丸産興業とライバル関係にある建設会社が一緒に動いているとなれば、先生を脅迫することで、一発逆転が狙えるかもしれない。そう目論む者がいなかったとは言えません」

晄司は父の横顔を見つめた。まったく想像もしていなかった動機が浮上してきた。

世間は今、上荒川大橋の用地選定に目を奪われていた。宇田清治郎が脅迫を受けたと聞けば、その関連をまず誰もが想像したくなる。

が、公共事業の予算は毎年次々と捻出され、確実に執行されていく。すでに水面下で多くの案件が動き出しており、そこにこそ真の動機が隠されていたのではないか……。

新競艇場の建設と跡地の再開発事業は六百億円規模と言われていた。もし建設に参加できれば、その後も長く各施設のメンテナンスを請け負っていける可能性もあった。緑地公園の整備を、丸産興業が長年手がけてきたのと同じ理屈だ。長期の安定した収入源となってくれる。

「いかがでしょうか、宇田先生」

係長が乗り出して視線をすえた。

父は答えず、唇を噛んでいた。晄司は横に立つ牛窪の表情を探った。彼までが頰を張りつめ、足元に目を落としていた。思い当たるふしがあるのだ。新競艇場の案件が飛び出してきたことに当惑し、答えに窮している。

晄司は迷うことなく事実を刑事に告げた。

「青柳(あおやぎ)建設が今、県と国交省にカウンタープランを作らせてもらいたいと申し入れているところです」

余計なことを、と言わんばかりの目を父が向けてきた。内海が席を立ち、鳥飼と何やら耳打ちを始めた。その様子に気づいた理事官が念押ししてきた。

「当然、宇田先生が県と国交省の仲介をなされたのでしょうね」

新米秘書にすぎない身なので、父や牛窪の動きまで詳しく承知はしていなかった。兄たちからも聞いておらず、代わりに答えることはできなかった。

内海が短くあごを引いたのを見て、父が重たそうに口を開いた。

「いや……いろいろ頼まれたので、少しは口添えをしたが。地元のためになればと働きかけただけだ」

「確か、青柳建設は三年ほど前、菖蒲ヶ原工業団地と東北道を結ぶ新バイパスの建設工事を受注してましたよね。その開通式のテープカットには、先生も出席されている。ほかにも青柳建設は埼玉県下で多くの仕事をしてきた実績がある」

理事官がメモを見るでもなく言った。彼らはすでに父の業績を細部にわたってリストアップしているのだ。もはや隠す意味はどこにもなかった。

父が弁護士の顔色を見もせずに言った。

「そうだったね。いくらか助言はさせてもらったので、各方面から感謝はされたね。地元のかたがたからも……」

「青柳建設の皆戸謙作常務は、大学の弁論部の二年後輩だったと聞きましたが、間違いないでしょうか」

理事官が無表情に問いかけた。次々と爆弾情報が飛び出し、また内海と鳥飼が目を見交わした。

晄司は後ろから父に言った。

「父さん。どうして黙ってるんだ」

口を真一文字に結んだまま、父は腕組みのポーズを変えなかった。

係長が前のめりになる。

「宇田先生、どうかよくお考えください。あなたと青柳建設の間で、表に出してはならないご関係がありはしないでしょうか」

「では……そのことが、罪の自白になるのだと――」

晄司は父の横に進み出て、刑事たちに訊いた。理事官が短く首を振った。

「わかりません。それを最もご存じなのは、宇田先生なのかもしれません」

「どうなんだ。何も言い返さないのは、図星だからじゃないだろうな」

「先生……」

後ろで牛窪が姿勢を正し、小声で催促するような呼びかけをした。晄司は身をひるがえして、前に迫った。

「牛窪さんは知ってるんだな」

「いえ……。皆戸さんとお目にかかったことがあるだけで……」

絶対に違う。牛窪は知っている。声の震えようが物語っていた。

「父さん、罪を認めてくれよ。柚葉を助けるためなんだ。犯人は父さんと青柳建設の関係を知って、脅迫してきたのかもしれないじゃないか」

横から父の肩を揺すぶった。力なく体が揺れた。その肉づきのなさに、戸惑いが胸を埋めた。

晄司の知る父の肩は、もっと大きく逞しかった。それもそのはずで、小学校に上がってからは、父の仕事が嫌で自分から抱きつくようなことはなくなっていた。家族で旅行に出かけた時も、姉と二人で母のそばにいたものだった。

懸命に働き、父は歳を重ねてきた。いつしか老人の体つきになっていたのだ。

皺とシミの浮き出た横顔から目をそらして、言った。

「なあ、牛窪さんも、知っていたんだよな。答えてくれよ」

牛窪が助けを求めるように内海を見た。

「皆戸常務と会ったことが、具体的な請託（せいたく）につながる証拠とは言えないものと――」

役にも立たない法律論を言いかけた内海をさえぎり、晄司は言った。

「会見は開くしかないんだ。今ここで隠し立てしたところで始まらない。そうだろ、父さん。柚葉を助けたくないのか」

「申し訳ありません……」

牛窪が視線を床へ落として頭を下げた。

ついに認めた。表に出せない関係が、やはりあったのだ。

父が傍らの弁護士を見てから、声をしぼるように言った。

「刑事さん……。必ず柚葉は助かりますよね。わたしが罪を潔く自白すれば、絶対に」

二人の警察官は視線を交わすことも、うなずき返すこともしなかった。理事官が淡々と言った。

「全力をつくします。ですから、ほかに自白すべき罪があれば、一刻も早くお教えください。柚葉さんのために」

20

「宇田がついに自白したぞ！」

時刻は早くも十二時半になっていた。丸産興業埼玉支店で部下と合流した直後、本部の浜本から連絡がきた。

平尾はメモの用意を整え、肩と耳でスマホを挟んだ。会見のタイムリミットまで早くも四時間半を切っていた。

「よく聞け。まずひとつ目が、例の井上清晴への暴行だ。事務所の金に手をつけたと知り、拳で数発殴って怪我を負わせた。一時的に視力が落ちるほどだったらしい。くすねた金を不問にふすことで手を打ったという」

「その金の出所は訊きましたよね」

「もちろんだとも。個人的にパーティー券を水増しして企業に売りまくり、その半分を着服したらしい。総額で四百万円弱。ほかにも余罪はあったかもしれない、と言っていた」

あったに決まっている。着服したとすれば、どれも表に出せない金だ。が、秘書がくすねて資金管理団体の金庫に入らなかったため、その額を収支報告書に記載せずにいても、たぶん罪には問えないだろう。

「次が、大学で仲の良かった後輩が常務を務める青柳建設からの金だ」

「認めましたか」

平尾は隣で聞き耳を立てる部下にうなずき、訊き返した。

「もう隠しても無駄だと観念したんだろうな。青柳の子会社に、栄進恒産という建設設備会社がある。六年ほど前、産廃施設を作ろうとした際、埼玉県の許可がなかなか下りなかったので、宇田の秘書が県の職員を何度も地元事務所に呼び出している。その三ヶ月後には、晴れて許可が下りた。そのお礼にと、副社長が二百万円を持ってきたが、政治資金収支報告書には載せず、ライバル候補のスキャンダルを探すための資金にしたという」

「子会社ですか……」

当てが外れた。しかも六年も前の話になると、すでに時効が成立している。

「青柳本社とは何もなかった、というんですかね」

「焦るな、まだあるぞ。福島県いわき市で、復興予算を使って常磐道への新バイパスが建設された際、青柳の子会社が経営する駐車場がそっくり買い上げられてる。その働きかけに、復興副大臣だった宇田自ら動いたそうだ」

「待ってくださいよ。友人の会社が持つ土地を買い上げるだなんて、上荒川大橋と同じ手法じゃないですか」

「そのとおりだ。要するに、上荒川大橋もやはり宇田が入れ知恵して計画が練られたってことだろうな」

あきれた錬金術だ。国の予算を使って友人の会社に利益を与え、同じ手で総理の友人も厚遇したのだ。

宇田がこの罪を語れば、メディアは色めき立つ。過去に同じ罪を犯していたのだから、今回の上荒川大橋でも首謀者は宇田だったのだと誰もが考えてくれる。

総理の関与はなかった。そう主張するための自白にも思えてくる。

なぜなら、逆も真なりではないからだ。総理周辺がどこからか福島での宇田の手法を知り、彼に働きかけて橋の建設地を変えさせた可能性は残る。それを打ち消すような自白を宇田がした場合、真相はさらなる闇の中へと隠されていく。

「しかし、課長。友人の関連会社を優遇したとしても、背任などの容疑に問えるものでしょうか」

「検察の判断次第かもしれない。ただし、秘書もふくめて頻繁に青柳から接待を受けていた事実は認めている」

過剰な接待とセットになった便宜供与。贈収賄に問えるケースなのか、線引きは難しい。政府が幕引きを狙い、指揮権を使って検察側を抑えにかかる可能性も考えられた。

「それで終わりじゃないでしょうね」

「ああ、まだあるから安心しろ。先ほどのスキャンダル探しと似た話だよ。政権交代が合い言葉のように連呼されてた総選挙の時、埼玉十五区から立候補を予定していた改革党の候補に女性スキャンダルが発覚して、公認取り消しの事態になってる。知り合いの記者に金を渡し、調べさせた結果だそうだ」

噂にはよく聞く話だった。政治家が関与を認めたケースは過去になかった。

「まさか、美人局ではめたわけじゃ――」

「そこまではやってないと言っている。ただ、秘書が領収書を集めて金を作り、政治資金から取材費を工面したのを、宇田も黙認したわけだ。政治家としては、立派な罪だと言っている」

これまた線引きの難しい罪だった。しかも、秘書の責任とするような認め方でもあった。

時効になった政治資金規正法違反。友人の関連会社への厚遇。秘書の犯した罪の黙認。道義的な責任は問われてしかるべきだ。しかし……。

「どれも仰々しく指揮権発動を持ち出すまでもない罪に思えてなりません。まだ絶対に何か隠してるでしょうね」

「幹部の意見も同じだ。総理や法務大臣サイドの了解がまだ出ていないようだからな」

耳を疑った。犯人が通告したタイムリミットまで四時間ほどに迫っていた。いつまで総理サイドは様子見を続ける気なのか。

あまりに動きが遅かった。宇田に罪を自白させねば、動機の面からの捜査に遅れが出る。そうわかっていながら、指揮権発動の御墨付きをいまだ与えずにいる。政権は警察の捜査に何も期待していないのだ。守るべきは人質より、総理と政権。そう表明するようなものだった。

「記者会見の準備は進んでますよね」

「新民党の本部で慌ただしい動きがある。幹事長に離党届を出したあと、議員会館のホールで会見を行うらしい」

時間は残されていなかった。部下と捜査に戻り、丸産興業埼玉支店の担当者が緑地公園を訪れた日時をすべて調べ直してもらった。本社の者が視察に来た日も確認していく。照らし合わせるまでもなかった。

本社から人が来たのは、たったの二回だったのだ。支店担当者の来訪日時と重なってはいなかった。

「となると……若鷺事務所の者が単独で来ていたんでしょうか」

部下に問われて、首をひねった。イレギュラーの訪問まで疑いだせば、あらゆる関係者に可能性が広がってしまう。

ほかに誰が緑地公園を密かに観察する必要があったのか……。

研修センターの閉鎖が決まれば、従業員の多くは仕事を失う。が、第三セクターの運営なので、当然ながら県が補償はするだろう。誘拐という大胆な犯罪を犯してまで、緑地公園と研修センターを守ろうとする理由はなかった。

残る動機は――やはり政界との関連になるのか。

後援会の聞きこみを続ける遊軍班から、めぼしい情報はまだ上がってきていない。が、宇田の支援者であれば、研修センターをつぶす計画は周知の事実だったはずだ。この近辺に必ず犯人が身をひそめている。

十三時十分。タイムリミットまで四時間を切った。どこかに見落としがあるのか。平尾は胸に問いながら、次の聞きこみ先へ覆面パトカーを走らせた。

21

午後二時を回った。じりじりと時間だけがすぎていく。総理に相談を上げると言った官房長官からの連絡は、依然としてきていない。

すでに父は、青柳建設の子会社から金銭を受け取りながら収支報告書に記載しなかった事実を警察に打ち明けている。その情報は、内閣危機管理監の役職にある警察官僚を通じて、総理にも伝わったはずなのだ。過去の手法を今回も使ったことから見て、すべては宇田清治郎の責任だとアピールするための自白。そう総理サイドも判断できたに違いなかった。

ところが、指揮権発動の御墨付きも、将来の公認を約束する一筆も、まだ届かない。父と牛窪は、それぞれ青柳建設の関係者と連絡を取り続けていた。自白した内容を会社としてどこまで認めるか。誰が社内での責任を被るか。今後の影響を少なくするため、内海たちと打ち合わせながら、すり合わせの意見交換に余念がない。

晄司は備えつけの冷蔵庫から水のペットボトルをぬき出した。美咲に電話を入れて、新たな情報がないか、尋ねたかった。水をひと口飲むと、父たちから離れてスマホを握った。

画面に指を添えた時、部屋のチャイムが鳴った。慌ててドアへ走ってスコープから廊下をのぞいた。

「兄さん……」

ロックを解除してドアを開けた。

兄が無言で部屋へと入り、晄司を振り返った。手にした白い封筒と便箋を差し出した。

ホテルの部屋にも備えつけの便箋はあったが、牛窪が事務所に連絡して、新品を持ってくるように指示したものだ。兄自ら届けに来るとは考えてもいなかった。

「ごめん。使い走りのようなことをさせて」

「話はついたのか。教えてくれ」

見つめる視線の強さから、心中は想像できた。牛窪から電話はきたが、父と弟は連絡をよこしもしない。自分一人のけ者にするつもりか。家族の命を救うため、じっと待つしかない身はつらい。

兄の耳元に身を寄せ、晄司は言った。

「父が引退するしかなくなった時、次は無理でも、その次の総選挙には、うちの誰かを公認してもらいたい。その確約を交換条件として提案したんだが、まだ返事がこない」

「そうか。身内の誰か、と父さんは言ったわけだな」

兄も声を低め、じっと見返してきた。

「いいか。おまえも覚悟は決めておけよ」

「え……?」

驚きに声がつまった。電話する父たちを見ながら、兄が低い声で続けた。

「こんなおれにも、多少の野心はある。おまえに譲ろうなんて気は、さらさらない。けど、悔しいかな、今のおれの足場は父さんと同じでかなり危うくなってる。父親に指示されて、県に働きかけてきた息子も同罪だ。そう有権者が見てるからな。もちろん、これからの仕事で県民の信頼を取り戻すべく、汗を流していくつもりだ。けど、選挙までの期間が短くなった場合、どこまで挽回できるか、不安はつきまとう。ともに罪を犯したに違いない二世では、残念ながら支援は集められそうにない。そう党が判断するケースもあるだろう。だから父さんは、〝うちの誰か〟という言葉を使った気がする。それくらいは、おまえにもわかるだろ」

「けど……」

「父さんはまだ恒之君を信頼しきってはいない。ここだけの話だが、あいつは麻由美の目を盗んで女とちょくちょく遊んでる」

初めて聞く話だった。なぜ兄が知っているのか、疑問が浮かんでくる。

「田島から相談されたんだよ。おれからも強く釘は刺しておいた。けど、心底から反省したかどうか、おれは疑わしいと思ってる」

「でも、父さんたちを怒らせたら、宇田の名前を継ぐどころか……」

「普通なら、そう考える。けど、父さんも人のことはあまり言えない身だ。あいつは女関連を探らせたんじゃないか。そうおれは疑ってる。でなきゃ、実の息子の前で、父さんの女の件を匂わすような言い方をするとは思えないからな」

驚きを通り越して、声を失った。

義父が愛人を作っているから、自分もちょっとした遊びくらいは許されていい。姉の気持ちを蔑ろにする身勝手な理屈だった。

「母さんも、かなり疑ってた。だから、あいつの女が誘拐したんじゃないか。そう警察にはおれが伝えておいた」

「まさか……」

「おれも本気で疑ってるわけじゃない。でも、父さんが罪を自白して議員を辞めることになれば、子どもを誘拐されたあいつには同情が集まる。幸いなことに、宇田の姓も名乗ってはいない」

兄までが陰謀論に心を奪われていた。政治の世界に権謀術数はついて回る。県議として党の仕事も果たしながら、醜い身内の泥仕合を見せられてきたからだろう。

「信じたくはない。そこまで彼もばかじゃないと思う。けど、おれも父さんと同じで、まだあいつを心から信頼しきれずにいる。だから、もしもの場合におまえも少しは備えておくんだ。父さんがこの時期、おまえを秘書にしたことには意味がある。おれの仕事ぶりを見て、迷いが伝わったんだろうな。そうおれは睨んでる」

県に公共事業を引っ張ってくるため、兄は父の命を受けて懸命に走り回ってきた。中には表に出せない話もあったのかもしれない。母も似た不安を口にしていた。

「わかるな。宇田の家に生まれた者としての務めだ」

晄司は身を引きしめて、うなずき返した。覚悟する、と伝えたのではない。先を見すえる兄の目は確かだと思えたのだ。

「だから覚悟はしておけ。この先何が待っているか、予測はできない。いいな」

兄は生真面目に家のことを考えていた。そうまでして代議士の議席を守っていくのに意味があるのだろうか。

父は官僚から転身して今日まで、多くの種を地元に蒔いてきた。せっかくの実りを、縁もゆかりもない者に奪われたのでは、祖父の代からの苦労が水の泡となる。その気持ちはわかるが、地元にもたらされる利益に違いは、そう出ないだろう。父が動かずとも、別の与党議員が公共事業の推進に奔走するはずだからだ。一族で議席を死守する。その先に何が待っているのか。身内から大臣が出れば、多少は誇らしく感じるだろう。地元も喜び、宇田の名声はさらに高まる。

だが、それだけのことではないか。

新たな大臣は組閣のたびに次々と誕生する。わずかな期間のみ、栄誉を感じ、プライドが少し満たされるにすぎなかった。そう考えたくなるのは、政治の持つ力を見くびっているからなのか。

父が電話を終え、ペットボトルに手を伸ばすのが見えた。兄が歩み寄って言った。

「晄司から聞いたよ。返事が遅れていようと、記者会見は開くしかない。準備は進めておこう」

「言われなくてもわかってる」

青柳建設と折り合いがまだついていないようだった。父が当たり散らすように言った。

「どいつもこいつも、調子のいい時だけすり寄ってきやがって……」

電話の相手は責任逃れに終始したのだろう。不安を覚えて、晄司は訊いた。

「ひょっとすると、青柳側は罪を認めないと言ってるわけじゃ……」

「余計な心配はするな。事実は動かしようがないんだ。やつらは引責辞任と入札の指名停止のペナルティを怖れて、ごちゃごちゃ言い続けてる。尻尾を切れそうな小さなトカゲを捜すつもりだろう。記者会見の進め方についても相談させてくれ、と泣きついてきた」

「曖昧な表現で自白してくれ、ってことだろうな……」

兄が晄司を見て、同意を求めてきた。父に訊けば、さらに機嫌を損ねることになる。

「ある程度の具体性がないと、総理への疑惑は払拭できないと思う。話が違うと、総理周辺で騒ぎ出す者が出てきて、指揮権の発動や公認の御墨付きが危うくなるかもしれない。そうだよな、父さん」

晄司は父に言ってから、腕時計に目を落とした。あと三時間弱。そろそろ会場を決め、メディアに告知しなければならない。そろそろ幹事長サイドに依頼したほうがいい。

「もう時間がない。スマホを掲げて言った。直前に離党届を渡しておく必要もある」

父が手にしたペットボトルをサイドテーブルへと力任せに置いた。その勢いに水が飛び出し、辺りを濡らした。

「孫の命がかかってるのに、どこまで愚弄する気だ……。揚一朗、晄司、よく覚えておけよ！」

額に血管が浮き立っていた。父が交互に見すえてくる。

「ぎりぎりまで答えを引き延ばし、力の差を見せつけて恩を売り、離党したあともおれをあごで使う気だ。息子たちのためには、必ず総理を守るしかない。一生、宇田親子は下僕も同じ。そう軽んじられてるんだぞ。おまえたちは悔しくないのか！」

身を震わせて憤る父を見て、晄司は確信した。これほど悔しく思うからには、総理の側近から要請に近い話があったのだ。

橋の場所を少し変えさえすれば、総理の友人が助かる。あなたの今後にもつながることだ。そう甘いささやきがあったとしか思えなかった。

その相手の戦術に、父は乗ったのだ。近い将来の大臣の座を射止めるために。

ところが、誘拐という突発事態が発生し、すべての罪を被るしかなくなった。

もしかしたら……。

「なあ、兄さん。ひょっとすると、こうなることが犯人の本当の目的だったんじゃないだろうか」

「何を言いだすんだよ……」

兄が眉を寄せ、目を移ろわせた。父が怒らせていた肩を落とし、表情をなくす。成り行きを見守っていた内海たちも驚きに顔を見合わせた。

「だって、そうじゃないか。父さんに罪を自白しろと脅迫する。けど、息子も県会議員を務めているから、親子共倒れにならないよう、宇田清治郎は絶対、総理を守ろうと動く。息子を将来必ず公認すると確約を与えてやれば、トカゲの尻尾を見事に務めてくれる……」

「ふざけやがって！」

父がペットボトルを手で払いのけた。窓際へ飛んで、カーテンに染みが広がった。それだけでは収まらず、ソファのクッションをつかんで振り上げた。サイドテーブルのインターフォンめがけて振り下ろした。二度、三度。受話器が飛び、プラスチックの砕ける音が響き渡る。見かねた牛窪が後ろから制止にかかった。

「先生、どうか気を落ち着けてください」

「うるさい。おれに指図するな！」

クッションを振り回して牛窪にたたきつけた父が、急に晄司を振り向いた。

「何してる、晄司。さっさと高垣に電話を入れろ。犯人は総理の近くにいる。そう教えてやれ。絶対に突き止めて、総理もろとも刑務所送りにしてやるんだ。ほら、早く電話をかけろ！」

「父さん、悔しいけど、証拠はない」

兄が苦しげに首を振った。

「どこかにあるはずだ。見つけないでどうする。揚一朗、晄司、この恨みを絶対に忘れるな。宇田の力を結集して、目にもの見せてやるんだ。総理が裏で動いてるに決まってるだろうが！」

「気持ちは、おれも同じだよ、父さん」

晄司はスマホを胸の前に引き寄せ、そっと語りかけた。

「でも今は、記者会見を開くしかない。総理を守るかどうかは、父さん自身が決めることだ」

「何ぃ？」

「悔しくても、犯人の本当の狙いを決めつけるわけにはいかない。今のところは、要求を呑んで、罪を自白するしか方法はない。真実を語らなければ、たぶん柚葉は戻ってこない……」

父の全身から力がぬけた。わかっているのだ。柚葉のために、できることは限られている。

「先生……」

くずおれるようにひざを折った父を、牛窪が横から抱き留めた。

晄司のスマホが震えた。期待しながらチェックすると、小菅和則の秘書からだった。官房長官からの伝言に違いない。

「――はい、宇田晄司です」

「たびたび、すまない。小菅だ。湯浅先生の代理で電話させてもらっている」

秘書ではなく、本人だった。目で父たちに告げ、声を作った。

「お待ちしておりました、小菅先生。父は今、離党届の準備を進めています」

「申し訳ない。実は——国会がストップしたとのニュースを見たフィリピン大使から、六月に迫ったASEANフォーラムの事前準備をしたいという連絡が急に入ってしまった。秘書官と担当官僚だけですむ話ではないらしく——総理と官房長官がその打ち合わせに出席する必要ができたんだ」

嘘だ。ありえなかった。

議員の孫が誘拐されるという前代未聞の事件が起きたというのに、呑気に会議の日程を調整するとは正気の沙汰ではなかった。

「そんな話を信じろと言うんですか、小菅先生」

荒れる息づかいを抑えて、言葉を継いだ。相手が議員であろうと、ただささずにはいられなかった。

「本当なんだ。事件の情報は、一部の議員にしか伝えられていない。だから、外務省が勝手に総理のスケジュールを押さえにかかってしまった。秘書官もすべてが事情を知らされているわけではなかったらしい。ただし、総理と湯浅先生が先に官邸で話している。了解はまもなく取れるはずだ」

これまた嘘だ。官房長官は総理のいる官邸に部屋を持つ。ノックひとつで総理と会えるし、電話一本でも話はすむ。時間はたっぷりとあったはずなのだ。

「宇田先生と別れた直後に、総理へ連絡は行っている。だが、伊丹大臣が難色を示したようで、その条件を煮つめる話し合いを、城山先生がしてくださっている。指揮権発動を公に認めることはできないので、法務省の官僚を言いくるめる算段に入ったと知らせを受けた。だから時間がかかってるんだ。信じてほしい」

「では、指揮権発動は無理なのでしょうか」

「悪いが、宇田先生からの聴取はさせてもらうことになる。その際、検察に呼び出すような失礼は、絶対にしない。話を聞いたあと、時間を置いてから起訴猶予にする手はずだという。ただ――」

小菅が意味ありげに声を低めた。

「警察から入った情報を聞き、法務省サイドが強く言っているそうなんだ。秘書と青柳建設側に関しては、保証できかねると」

ここでもスケープゴートが必要なのだ。政治資金規正法違反で秘書が裁かれるのは、この手の事件でよく見られる構図だった。

晄司の顔色を読み、父が近づいた。スマホに手を伸ばす。

「貸せ」

「青柳と秘書の保証はできないと言われました」

「わたしなら、覚悟はしております」

牛窪が胸を張るように進み出た。父が横で口惜しげにうなだれる。

「本当にすまない。会見までに、例の一筆は届けられそうにない状況だ。しかし、総理は必ず請け合うはずだ。湯浅先生を信じてほしい」

空手形に終わるおそれはないのか。

自白によって政治生命が絶たれる宇田に目をかけたところで得るものはない。そう狡賢く、政界の者であれば考えるだろう。晄司は言った。

「わざわざありがとうございました。わたしにも馴染みの記者が多少はおりますので、いずれ外務省に探りを入れさせていただくこともできるでしょう。ですので、今は先生がたを信じさせていただきます」

調べて事実と違う事情が出てきたら、あとですべてを暴露することも、こちらは厭わないのだぞ。政治家を真似て、言葉の裏に本音を隠して脅しをかけた。

「何を君は……」

スマホを通して、狼狽する様子が伝わってきた。秘書風情のくせに、代議士を脅すとは何事か。

柚葉の命がかかっているのだ。もし空手形と時間稼ぎに外務省を動かした者がいたのであれば、絶対に復讐してやる。人の命を軽んじる者は、何があろうと許しがたい。晄司は声に力をこめた。

「では、柚葉を救うため、記者会見を開かせていただきます。ご面倒をおかけしました。ありがとうございます」

22

戸畑緑地公園の管理事務所から白い軽自動車が盗まれたのは、単なる偶然だったのか。何度も考えるが、断じてありえなかった。刑事は常に偶然を排除したがる癖がついている。絶対に犯人の仕業だ。誘拐とつながる深い意味が隠されているはずなのだ。

平尾は遊軍班のすべてに電話で指示を出した。

「悪いが少し軌道修正をさせてもらう。戸畑青少年研修センターの閉鎖と新競艇場の建設計画。それらの話がどこまで噂に上っていたか。情報をほしがる素振りを見せた者はいなかったか。その二点にしぼって聞きこみを続けてくれ。すでに話を聞いた者にも再確認を取れ」

平尾はまた部下と別行動になって、リストを手に後援会の幹部を訪ねた。

本部の了解は得ずに、独断で方向性を変えて、息子の支援者を回ることにした。揚一朗も父親の指示を受けて、新競艇場の計画に動いているに違いないのだ。

大宮駅の近くで五十年にわたって不動産屋を営む二代目社長を訪ねて話を聞いた。

「ああ、いろいろと噂にはなってますね。うちの系列もぜひ競艇場跡地の再開発に参加させてもらいたいけど、もう大手でジョイント組むって話が進んでるみたいで。せめておこぼれには与りたいけど……」

「青柳建設が中心ですよね」

「さすが刑事さん、よくご存じですね。あとは猪俣(いのまた)工務店と杉下産業らしいですよ」

「その二社も、宇田先生とは長いつき合いなのですね」

「猪俣さんは選挙でもよく協力してくれてますね。もちろん、みなさんボランティアですけれど」

進んで選挙違反を犯すほど、建設会社は素人ではない。そういう煙幕も社長は忘れなかった。

「この半年ほどで後援会に顔を出すようになり、新競艇場の計画に強い関心を示す人はいなかったでしょうか」

「そりゃ、たくさんいたに決まってますって。新たな金づるに近づこうと、同業者は目の色変えてますから。再開発にはマンションも計画に入ってるとかで、水回りや内装関係の業者まで、県を越えて挨拶に来てるとか……」

内装、という言葉が耳に残った。

宇田の次男は店舗デザインと内装工事の会社を経営していたはずだった。

「次男の晄司さんはかつて内装関係の会社を切り回していたと聞きましたが」

「そうでしたね。ファッション性の高い店をプロデュースしてたらしいけど、人扱いはうまくなかったのかもしれないよねえ。信頼する部下が一緒くたに辞めていったとかで、身売りするしかなくなったって話を聞きましたから」

倒産寸前に追いこまれたところを、清治郎が見かねて引取先を見つけたのだという。晄司が友人と設立した会社の名は、コウ企画。引き取ったのは、株式会社ブルーエコー。またも青柳建設傘下のデザイン事務所なのだった。

息子の不始末を、友人が役員を務める会社に尻ぬぐいさせたらしい。

「どうして一度に部下が辞めていったのでしょうか」

「さあ、どうなんでしょうかね……。清治郎さんみたいに目配りができなかったのかな。二世さんは、ほら、ちょっとした誤解から、少し態度が大きくなったりしがちでしょ。あの人は若いころから、清治郎さんに逆らってばかりで、そういう気の強さが裏目に出たのかもしれませんね。その点、揚一朗君は目配りできて、度量もある男ですよ、本当に」

礼を言って不動産屋を出た。本部の浜本に電話を入れた。次男坊の会社を辞めていった部下たちの行方を追って、何が出てくる」

「……おいおい、どういうことだ。次男坊の会社を辞めていった部下たちの行方を追って、何が出てくる」

「晄司が秘書になったのは五ヶ月前です。新競艇場の計画が噂に出始めたのが、去年の秋。その時期がちょっと近いように思えてきませんかね」

「何者かが、部下に独立をそそのかして会社を破綻に追いつめた、と言いたいのか」

「本当は、次男の会社を抱きこんで、再開発の計画に食いこもうと考えた。宇田の息子の会社であれば、大手も必ず仕事を発注しているはず。けれど、次男は父親と距離を置いていたため、父親の関連する仕事の受注に動くことは絶対にない、とあとでわかった。その腹いせもあって、部下に独立をそそのかした……」

「どうして誘拐につながる？」

「動機は別にあると思われます。おそらく新競艇場や再開発とは関係がないんでしょう。ただし、犯人は再開発話の近くにいて、緑地公園の周辺を密かに観察し、丸産興業の軽自動車を盗めそうだと当たりをつけられた。再開発の近くにいたから、宇田晄司の会社にも接触することとなった。そう考えれば、つながりが出てきても不自然ではありません」

強引な見立てかもしれない。が、宇田清治郎の近くにいて、動機を持つ人物が犯人なのだ。新競艇場の建設にも関心を持つ立場にあった。そういう者であれば、宇田晄司の会社に接触していても不自然ではないのだ。

「ほかには出てきてないのか。後援会に近づいて、新競艇場の情報を集めていった者は……」

「今のところ業者ばかりです。まだ捜してはみますが」

「よし。ひとまず次男坊には問い合わせてみよう。それと――ようやく会見を開くと、新民党から正式に発表された」

今は十五時五十分。ついにタイムリミットまで一時間ほどになっていた。犯人も必ずどこからか宇田の記者会見を見るはずだった。

時間はもう残されていない。平尾は次の後援会幹部を訪ねた。遊軍班の部下からは、収穫なしとの報告しか上がってきていない。

水道整備の会社幹部から話を聞いたが、こちらも収穫はなし。本社の入ったビルを出たところで、浜本から連絡が来た。十六時十七分。

「次男坊から話は聞けたぞ。どうして自分の会社のことを調べるんだと、しつこく訊かれたようだ。で――大学の同級生で、副社長を任せていたのが、八木孝（やぎたかし）。八本木に孝行息子と書く。そいつが二人の設計士と二人の営業マンを率いて独立した。社長が八木だから、株式会社エイトツリー。そのまんまの社名だよ。事務所の所在地は四谷三丁目。

上から警視庁に協力を要請してもらったところだ。じきに報告はくる」

自分で飛んでいきたかったが、大宮から四谷三丁目駅まで一時間近くかかる。あと四十分ほどで宇田清治郎の記者会見が始まってしまう。

犯人につながりそうな糸口すらまだ見つかっていない。おそらく人質の解放は、宇田が自白する罪の中身次第になるだろう。犯人の目的はどこにあるのか。

次の聞きこみ先に向かうため、平尾は支援者リストを手にアスファルトを蹴った。

23

午後四時四十六分。タイムリミットの五時まで十四分。電話がつながった。

「――あ、もしもし、姉さん。準備ができたよ。今から父さんが会見に向かう。あと少しの辛抱だ」

「柚葉、きっとおなかすかせてるだろうね……」

すすり泣きが胸に刺さる。

「まだ三歳なのに、食いしん坊だからな。姉さんに似て」

「恒之に似たのよ。つまみ食い、好きだからね、あの人ときたら……」

こんな時まで、夫の素行を話題にしてくる。姉の耳にまで入っていたのかと思い、あとで義兄を必ず殴る、と晄司は決めた。

「姉さんこそ、食いしん坊だったろ。高校に上がっても、ずっと母さんにお弁当を作ってくれって、ねだってたじゃないか」

「だって、学食のランチ、ちっとも美味しくなかったんだもの」

「母さんも、ホントよくやってくれてたよなぁ。支援者との会食で夜中まで父さんの代わりにつき合わされたりしてたのに、毎朝早起きして必ずおれの弁当まで作ってくれてたんだから」

「お母さん、ずいぶん前に言ってたことある。せめてもの罪滅ぼしだって。だから、父さんの仕事も理解してあげてくれって。凄いよね、お母さんも」

「姉さんもだぞ。どんなに忙しくなったって、柚葉に手作りの弁当を持たせてやらないとな」

「無理かもしれない……」

「何言ってんだよ。柚葉は父さんが助ける、必ずだ」

「そうじゃない……。わかるでしょ。わたし、けっこう無理してきたもの。もう苦しくて、笑顔なんか作っていけそうもない」

「大丈夫だよ。柚葉が笑えば、自然と笑える。母親ってのは、強いんだから。母さんを見てきたから、よくわかるだろ」

「……ごめんね。急に冷たくしたりして」

「こんな時に気を遣うなよ。まあ、こっちもいろいろ言いたいことはあるけど、あとで姉さんの亭主とさしで話をつけることにするよ」

「ごめん……」

「もう言うなって。必ずいい知らせを届けるから、待っててくれよな」

「ありがと。父さんにも、そう伝えて……」

「今、横でうなずいてる。そろそろ時間だから、行くよ」

「お願い、柚葉を……」

涙をこらえて通話を終えた。父と兄と目を見交わした。会館一階の多目的ホールへ親子三人で歩きだした。

次々とフラッシュが焚かれて、会見場が目映い光に包まれた。おびただしい数のカメラが待ち受ける中、父が内海弁護士を連れて記者たちの前へ進み出た。

用意したテーブルには何十ものデジタルレコーダーとマイクが置かれ、十台を超えるテレビカメラが遠巻きに囲む。集まった記者は優に百人を超えていそうだ。が、会見場は異様なまでに落ち着いていた。

ここに集まるほぼすべての記者が、宇田清治郎の孫が誘拐された事実を知っているからだった。誘拐犯から脅迫を受けた代議士が、記者を集めて何を語る気なのか。この直前に党本部を訪ねて木美塚幹事長と会った理由は何か。

晄司は兄と二人、ホール横の事務室でモニター画面を通して会見を見守った。夕方のニュースの時間帯に当たるため、各局が生中継を行っていた。間違いなく犯人も、この放送を見ているはずだ。

マイクスタンドの前に父が立ち、静かに頭を下げた。またいっせいにフラッシュがまたたき、青ざめた顔が白く照らし出された。

「……本日はお集まりいただき、ありがとうございます。ただいま、木美塚幹事長に離党届を提出し、受理されましたことを、ここにご報告させていただきます」

再び父が頭を下げると、目を射るほどに光の明滅がくり返された。

会場が静まるのを待って、父が用意した便箋を開いた。大きく息をついてから読み上げた。

「……離党届を出させていただいた理由を申し上げます。ひとつ。わたしは七年前の八月十日、地元秘書を務めていた井上清晴君を殴り、全治一ヶ月の重傷を負わせました」

突然の告白に、会場が大きくどよめいた。遅れてフラッシュの洪水が父を呑みこんでいく。

「わたしの代議士生活十五周年を祝う会が開かれた際に、井上君が無断で入場券を水増しして発行したうえ、その売上金三百万円と、ほかに支援者からいただいた貴重な献金八十五万円を事務所スタッフの誰にも報告せず、着服していたと知ったからでした。もちろん、彼の行為は犯罪の範疇に入るとは思いますが、暴力によって制裁を加えていいわけがなく、わたしも罪を犯したと言えます。今は深く反省する次第です」

あらためて姿勢を正した父が深々と頭を下げた。

フラッシュの光が続く中、視線をまた便箋に戻して先を続けた。

「ひとつ——。六年前の七月、株式会社栄進恒産が埼玉県下で産廃施設の建設を計画した際、許可が下りず、わたしの事務所に相談がまいりました。地元のためを思い、わたしの秘書が県の職員を地元事務所に呼んで意見交換をさせてもらいました。役所の意向を取り入れて計画をまとめ直して提出した結果、三ヶ月後に許可が下りたのですが、そのお礼にと、栄進恒産の副社長が二百万円の献金をご持参くださいました。ありがたく受け取らせていただきましたが、その全額を政治資金収支報告書に記載をいたしませんでした」

ため息とも、うなり声とも取れるざわめきが広がっていった。

まだ便箋を手に口を開こうとする父を見て、すべての者が息をつめる。

「秘書がやったことではありますが、わたしにも責任があります。なぜなら、知り合いの記者に依頼し、ある候補のスキャンダルを探す資金に使うと知っていたからでした」

ホールの中が騒然となった。苦渋に満ちた顔をとらえようと、フラッシュが連続する。

会場が静まるのを待たずに、父が続けて言った。

「ひとつ――。四年前、福島県下で常磐道へのバイパス道が復興予算で作られた際、株式会社青柳建設の地元子会社が持つ駐車場を買い上げるルートへと変更するよう、県に強く働きかけました」

会場が揺れるほどに記者がどよめき立った。隣の事務室にいながらも、コンクリートの壁を通して地鳴りを感じさせる響きが伝わってきた。

「復興副大臣の時ですよね。どうして駐車場を買い上げさせたんですか。怒号に近い質問が矢継ぎ早にくり出されてくる。父は便箋のみを見つめて続けた。

「その理由は……当時、青柳建設の幹部から、福島の子会社が人手の確保に困り、人件費がかさんで苦境にある、と聞かされていたからでした」

「質問に答えてくださいよ。青柳建設からも献金を受け取ったんですね。すべてを聞き取るのが難しいほど、多くの記者が色めきながら発言していた。

父がまた頭を下げながら、小さく手を上げて記者たちを制するポーズを取った。

「……多くの混乱を引き起こした責任は、このわたしにあります。安川総理と党にも多大なご迷惑をおかけいたしました。今後は日本新民党を離れ、支援者のかたがたから多くのご意見をちょうだいし、己の政治活動を見つめ直していきたいと考えます。本日はお時間を割いていただき、まことにありがとうございました」

父は便箋をたたむと、テーブルに額がつくほど頭を下げてみせた。後ろから内海弁護士が、うながすように手を背中にかけた。会見が終わる。そう見て取った記者の声がヒートアップする。質問に答えてください。総理の関与はなかったと言うわけですか。議員辞職を考えているんでしょうか。

内海の合図を受けて、会館の衛視たちがいっせいに動きだした。記者たちの前へ進み、ドアまでのルートを確保にかかった。父がうつむいたまま、足早に歩きだした。待ってくださいよ。逃げる気ですか。怒号が飛び交い、フラッシュの光が交錯する。

モニターを見ながら、晄司は冷や汗を流した。興奮のあまり、誘拐に関する質問を口走る記者がいるのではないか。不可抗力であろうと、犯人がどう受け取るかはわからなかった。

頼む。これで犯人の要求には応えたはずだ。今すぐ柚葉を解放してくれ。

「行くぞ」

兄が席を立った。父を迎えるため、ドアへ走った。衛視に守られて、父と内海が事務室へと戻ってきた。

会見場の興奮は収まらず、まだ何か叫び続ける声が聞こえていた。テレビカメラの前で高ぶったままレポートする記者がいるのだろう。

「父さん、大丈夫だよ、絶対。犯人もテレビを見てたはずだ」

兄が父の肩を抱くように迎え出た。

「さあ、こちらへ」

私服の警察官が奥のドアへと手を差し向けた。多くの衛視がガードを固める中、通路を進んでエレベーターへ駆け入った。

「お疲れ様でございました」

四階の事務所に戻ると、牛窪たち秘書が沈痛な面持ちで待っていた。

今の会見が有権者にどう判断されるか。誘拐の被害者となった政治家を、メディアがどこまで辛辣にたたこうとするか。辞職せずに、議員の座にしがみつくことが許されるか。状況はまったく読めなかった。

父が兄の手を振りほどくようにして、議員室のソファに身を沈めた。あとは祈るのみだった。

藤沢美和子が父の前に氷を浮かべた水を運んできた。

「ありがとな……」

父がグラスへ手を伸ばした時、牛窪の携帯が鳴った。

「木原です！」

牛窪が叫びながらスマホをタップして耳に当てた。戸畑事務所につめる木原からとなれば――。

「犯人からか！」

兄が問い返して、父が席を立つ。

牛窪の目が見開かれた。呆然と声が漏れる。

「何だって……」

震える声を聞いて、晄司は胸の芯が冷えた。いい話ではありえなかった。父も兄も問いかけない。藤沢美和子が胸を押さえてかがみこむ。

「……先生。犯人から次の脅迫です」

「記者会見は開いたじゃないか！」

唇を震わす父に代わって、兄がうめくように言った。

「はい。しかし、犯人がウェブサイトにまた書きこんできました。まだあるはずだ、と。午後十時までに再び会見を開いて、おまえの罪をあらいざらい、すべて国民の前で自白しろ、と――」

24

犯人の要求どおりに記者会見は開かれ、罪が自白された。テレビ各局は報道特別番組に切り替わり、ニュースを続行した。会見の五分後には早くも、青柳建設の常務が宇田清治郎と東大弁論部で二年をともにした仲だと伝え始めた。

平尾は覆面パトカーの車内で、本部から送られてきた新たな写真と文面を見つめ直した。

三枚目の写真も、車の荷台らしき背景に変わりはなかった。憔悴しきって虚ろな目をする緒形柚葉の姿が痛々しい。今度は画面の端に、中央新聞の夕刊が写りこんでいた。今回も合成写真ではないだろう。今日の夕刊が巷(ちまた)に出回るまで、人質は確実に生きていたのだ。犯人は約束を守る意志を持つ、と考えていいようだった。

『記者会見は見せてもらった。だが、要求は果たされずに終わった。おまえにはまだ罪があるはずだ。五時間後の午後十時まで待とう。それまでにもう一度記者会見を開き、おまえの罪を洗いざらいすべて国民の前で自白しろ。要求が満たされない場合、人質は二度と帰らない。』

今度のIPアドレスはカザフスタン。新たな手がかりらしきものは何ひとつなかった。

この文面を頭から信じていいものか。

平尾は刑事としての癖で疑うことから始めた。記者会見で目的は果たされたが、真の動機を隠すため、新たな要求を書きこんできた可能性はあった。

このまま次々と要求が続いたなら、宇田清治郎の身はまず持たないだろう。倒れるまで要求がくり返されれば、宇田への復讐と思わせることができる。

そう考えるならば、怨恨の動機は薄くなってくる。

そもそも、愉快犯でも復讐でもない、と思わせたほうが、犯人にとっては都合がいいのだ。政治上の理由が真の動機だと見なされたなら、警察の捜査にも支障は出やすい。総理周辺の政治家をしつこく尋問して回るのは困難だからだ。

この犯人は怖ろしいほどに知恵が回る。行動力もある。緒形母子の日常を見張り、緑地公園の管理事務所を観察する時間も作れる者だ。

会社員ではありえなかった。個人商店。フリーランスの業種。もしくは学生……。

平尾は本部に連絡を取り、新たなリストを取り寄せた。次は緒形恒之の後援会だ。戸畑の市議なので、地元の商店主が幹部に名を連ねていた。

本部から新たな指示は入らなかった。タイムリミットがいくら延長されようと、犯人の足がかりを地道に探って歩くしかないのだった。

戸畑の駅前に急ぎ、後援会長を務める不動産屋の社長を訪ねた。店舗はまだ営業中で、多くの社員がテレビのニュースを食い入るように見ていた。

「……ええ、そりゃもう刑事さん、地元は競艇場跡の再開発話で持ちきりですよ。けど、肝心の宇田先生が離党に追いこまれたとなると、計画が本当に進むのかどうか、心配ですよね。揚一朗さんには、まだ業界をまとめる力はないし、恒之君は経験が浅すぎるし……」

奥の応接室で話を聞けた。七十歳に近いと思われる社長は、度の強い眼鏡をしきりに上げ下げして言った。平尾が何を訊こうと、再開発が心配だとくり返すのだった。

「しかし……どうしてまた急に、青柳さんとの関係をわざわざ会見で発表したりしたんでしょうかね。まったく意味がわかりませんよ。せっかく軌道に乗りかけてきた新競艇場と再開発を、自分で潰そうとするようなものですから」

「新競艇場の計画が潰れて、喜ぶ人がいるのでしょうか」

「何言ってんですか、刑事さん。喜ぶ者なんか、一人もいやしませんよ、この戸畑には。地元の経済効果は計り知れない。我々業界は特需に潤う。競艇ファンだって、新しい施設でレースを楽しめる。商業施設はできるし、公園も新たに整備されて、キャンプ場も作られるって話なんで、市民も大喜びですよ」

「しかし、誰もが願っている計画であれば、たとえ宇田先生が失脚しても、ほかに尽力する人が出てきて、推進していくのが普通ですよね」

「そりゃ、そうだけど……。ほら、戸畑市は宇田家の牙城でしょ。よその選挙区の議員さんには、なかなか手出しはできませんよ。一部、建て替えのほうが費用も安くすむって、騒ぐ野党の連中もいるし、与党の中にも宇田さんを妬んで反対派に回るって話もあるし。大橋の件もあるから、県や国交省も怖じ気づいてるようで……。揚一朗さんにどこまで押さえられるか。恒之君も頑張ってもらわないとね」

早くも期待は息子たちに向けられていた。離党だけですむ話なのか。選挙を応援してきた幹部も、そう不安視する状況なのだ。

「そうですねぇ……。興味がありそうな顔をしながら、後援会に入らず去っていった者ですか。いや、心当たりはありませんが」

「ライバル候補の関係者が、新競艇場の情報をつかもうと、近づいてきていた形跡はないか、と思いまして」

「どうなのかなあ……。後援会に入らなくたって、恒之君も揚一朗さんも、商店会とかの集まりには、こまめに顔を出してましたからね。その時には必ず新競艇場の話題は出たと思うんですよ。情報だけなら、いろいろ入手する機会はあるんじゃないのかなぁ……」

新競艇場と跡地の再開発は、すでに地元では誰もが知る事実になっていたようだった。情報を集めるため宇田の周辺に接近する必要が、どこまであったか。

覆面パトカーに戻って、次の一手を考え直していると、本部の浜本から着信があった。

「――おい、今回もまた、写真を合成した痕跡は見つからなかったそうだぞ。それと、どうも次男坊の会社関係からは何も出てきそうにないな。八木孝に話を聞いたが、ずっと独立を考えて、資金を貯めていた、そう言ったそうだ。まだしつこく外を回る気か」

迷いを払って、平尾は答えた。

「もちろんですよ。宇田親子が閉鎖を進言し始めた研修センターの駐車場から、誘拐に使われたのとよく似た軽車が盗まれてたなんて偶然が、あるわけないですからね」

「なあ、こうは考えられないか。犯人は、我々警察が必ず捜査に動くと考え、動機を別方向へねじ曲げる材料を探していた。たまたま新競艇場の計画を聞きつけて、その周辺を調べてみた。すると、軽自動車を盗めそうだと、偶然にも気づくことができて、実行した」

「要するに、材料は何だってよかった。戸畑競艇場の近くで別の車を盗んだとしても、犯人の目的は果たされた、と……」

「そのとおりだ。まんまとおまえが犯人の陽動作戦に乗ってしまい、無駄な捜査に時間を割くはめになってしまった。認めたくはないだろうが、な」

理屈は通る。可能性はなくもなかった。

だが、偶然にも盗めそうな車を見つけられたのでは、犯人にとって幸運すぎはしないか。

そもそも、捜査の方向性をねじ曲げる必要が、どこまであったか、も疑問だ。

匿名化ソフトを使ってアドレスを隠し、金銭の受け渡しもない。現に平尾たちは、動機を測りかねて、いまだ捜査の方向性すら見出せずにいるのだ。ねじ曲げるよりもっと先から、犯人の知力は警察をリードしていると言えた。

「いいか、平尾。犯人はいずれにしても、新競艇場の計画を知る者だった。つまり、宇田親子と戸畑に近い者と見ていいだろう。平日に誘拐を実行する時間を持ち、それなりの学歴を持つと思われる」

「プロファイリングですか……」

事件の状況。犯人心理。手口の解析。それらを詳細に分析し、過去の犯罪データと照らし合わせたうえで、犯人像をしぼりこんでいく手法だ。

「埼玉県下に住んでいて、詐欺など知能犯罪の前歴を持つ者をリストアップし終えたところだ。中には、あきれるほど高学歴の者も見つかっている」

「無駄ですよ。それこそ方向性が違いすぎます」

お勉強には強く、手堅い考え方をしたがる警察官僚がすがってみたくなる捜査手法だった。平尾は一蹴した。

「ネットを駆使して大金をせしめようとする誘拐だったら、まだ可能性はあるでしょう。しかし、いまだ動機さえはっきりしていないんです。浜本課長が言ったように、陽動作戦で車を盗んだのなら、犯人には動機を隠そうという意図があったことになります。つまり、その動機がわかってしまえば、犯人にとっては不利になる。そう考えたとは言えないでしょうか」

匿名化ソフトを使って自分の身元を消す。動機を隠すために車を盗み、捜査陣の目を新競艇場の計画へと向けさせる。もしくは、捜査陣ではなく、宇田の目を新競艇場に向けさせるため、とも考えられる……。

「あの次男坊も、実は似たようなことを言ってきたよ。本当の目的は、逆に総理を守ることにあったのではないか、とな」

宇田清治郎が罪を自白すれば、世間の非難が集中する。議員辞職にまで追いこまれる可能性もある。やむなく身を退くこととなった際は、息子に議席を譲るため、党に将来の公認を確約させたいと考える。そのためには、自分がすべての罪を被って総理を守ろうと尽力するはず——。

確かに、こちらも筋は通る。面白い見方ではある。

犯人は、宇田が過去に、友人の会社が持つ駐車場を福島県に買い上げさせた手口を知っていた。だから、今回も同じ手を使えないかと宇田に相談し、上荒川大橋の建設予定地が変更された。

ところが、今になって総理の友人の会社が持つ土地の件が報道されてしまったため、政権が危うくなってきた。福島県での宇田の行為を明らかにすれば、すべての責任を背負わせることができる。

平尾はこれも一蹴して言った。

「ありえませんね。陰謀論がすぎますよ。わざわざ誘拐という犯罪まで実行する必要があるとは思えません。宇田の過去の手口を知り合いの記者にでもリークして、大々的に記事を書かせればすむ」

「本部でも同じ意見が、当然ながら出た。しかし、その場合は、宇田が火消しに走るはずだ。自分の罪を認めず、秘書に責任をなすりつけようとするだろうな。それでも非難が宇田本人に集中した場合は、総理サイドから要請があった事実をぶちまけてしまうおそれが高くなる。違うかな」

これも理屈はわかる。けれど、事件は誘拐なのだ。三歳の罪もない女の子をさらって縛り上げ、監禁したうえで冷酷に写真を撮る。宇田の家族を恐怖の底へと突き落とす。

もっと強い、切実な動機がなくてはならないはずだ。

総理の座を守るために、誘拐という重罪に手を染める者が本当にいるだろうか。政治家が側近や知人の暴力団関係者に実行を命じたにしても、万が一の予測もしないミスから発覚しようものなら、日本の政治史に残る一大汚点となる。

宇田の次男は、半年とはいえ、父親の秘書を務めて、政治には権謀術数がついて回るとの実感があるのだろう。だから、総理の座への執着を過大視していると思えた。

国を代表し、政治を司る総理の任は確かに重い。が、今の安川総理が退陣に追いこまれようとも、次の者がすんなりと代わりを務め、日本の政治は滞ることなく動いていくのだ。

総理の座をめぐる闘いは激しく、醜くもあるのだろう。しかし、そのために誘拐事件を企てる者がいるとは、どうしても思えなかった。

政治上の動機ではありえない。そう平尾は強く思う。だが、犯人の切実なる真の動機がまったく見えてこないのだ。

「申し訳ありません。まだ遊軍班と捜査を続けさせてください」

絶対に、偶然などではなかった。ここまで完璧に練られた計画なのだ。

犯人は、何かしらの必然から、白い軽自動車を盗んでいった。そうに違いないのだ。

宇田の会見でタイムリミットは再設定された。あと五時間弱。犯人を挙げるまで、信じる捜査を続けるほかはなかった。

25

新たなタイムリミットが通告された。犯人はなぜあの記者会見に納得しなかったのか。

「父さん……」

ソファに身を沈めたまま動こうとしない父の前に、晄司は立った。

「思い当たる罪は本当にもうないのか」

「晄司。父さんを責めるような言い方はよせ」

兄が窓前で振り返り、珍しく声をとがらせた。言いたいことはわかるが、父の心中を気遣っている時ではなかった。柚葉がこの先まだ五時間も死の恐怖にさらされるのだ。

「なあ、牛窪さんなら思い当たることがあるんじゃないのか。もう包み隠さずに言ってくれよ」

ドア横でうなだれる牛窪に眼差しを振った。父に負けず、顔が土気色になっていた。

「また同じことをくり返したのでは、お叱りを受けるかもしれませんが……。先生ほどの議員歴を持つかたが、犯罪の範疇に入ると取られかねない行為に手を出すことは絶対にないと言えます。わたしどもも、怪しいと思われる陳情には追加の詳しい資料を求めたうえで入念に選別を重ねてから、先生に報告を差し上げるのが常ですから」

「でも、青柳からの献金を申告しなかったじゃないか」

「はい。しかし、会見でも先生がおっしゃったように、本来は秘書であるわたしと、会計責任者である米森の責任なのです」

「でも、父さんの指示があったから、申告しなかったわけだよな」

「ですから先生は、正直にご自分でお認めになり、会見でそうおっしゃっています」

「青柳の子会社を優遇したことは、罪に当たるんですよね」

国会答弁に近い玉虫色の説明に苛立って、晄司は父の向かいに座る内海に言った。その視線が落ちる。

「……判断はかなり難しいと思います。青柳建設の皆戸常務とは旧知の仲であり、過剰と判断されかねない接待を、ご夫妻で受けてこられた面は確かにあります。ですから先生は、柚葉さんのためを思って、会見で認めておいたほうがいいだろうと判断なされたわけなのです」

「判断が難しい程度の罪なのに、どうして指揮権発動を期待したりしたんだよ」

「当然じゃないか。考えてみろよ、晄司」

兄が言って、目の前に歩み寄ってきた。

「青柳建設は、長く父さんやおれたちを支援してくれた。選挙やパーティー券でも、世話になってきた。その会社のために、国交省や県の職員に圧力をかけたと見なされれば、たとえ金銭を直接は受け取っていなくても、斡旋収賄罪と認定されかねない。しかも父さんは当時、復興副大臣でもあったんだぞ。職務権限があると確実に見なされてしまう。おまえも政治家の秘書なら、もっと法律に詳しくなれ！」

知識の頼りなさは恥ずかしく思えた。しかし、兄が放った今の言葉に、違和感を覚える自分がいた。

そうなのだ。何かがおかしい……。

納得できない部分が、ある。

違和感の正体を見つめるため、兄に向き直った。

「今の説明で、かなりはっきりしてきた気がする。父さんは当時、復興副大臣の任にあったわけだ……」

「わかりきったことを、あらためて言うな」

「違うんだ。待ってくれないか」

手を広げて兄を制しながら、放った言葉の意味を頭で反芻する。そう、父は復興副大臣だったのだ……。

朧気(おぼろげ)に見えてきたものを見すえて、視線を戻した。

「そうなんだよ、兄さん。復興副大臣の立場を使って、父さんは青柳の子会社に利益を与えた。けど、その時は表に出なかった。だから、父さんは会見で自ら打ち明けたわけだよな」

「今さら何を――」

「ところが、上荒川大橋の件では、総理の友人を厚遇した事実が明るみに出た。そのきっかけは何だったんだろうか……」

わざわざ兄に尋ねずとも、記憶にあった。問題の発覚は、野党議員による埼玉県議会での質問だった。

その後、メディアも調査報道をいっせいに続けた。その結果、正式発表される四ヶ月前まで、もうひとつの予定地で計画が進みかけていた事実を物語る県の文書が新聞紙上で公開されたのだ。以後、追及の火の手は国会にまで飛び火し、燃え広がった。

「おかしいとは思わないのか、兄さん。あの野党議員は、どこから建設予定地が変更になったことを知ったんだろうか」

「県の職員にも労働組合がある。あの党は、いつも組合関係者から独自に資料を手に入れている」

「待ってくれ。県の幹部たちは通常、労働組合に加入はしないものだよな」

民間企業でも、管理職は会社側の者と見なされる。組合に加入していた者であっても、昇進が決まった時点で脱退するのが普通だった。

県職員と仕事をしてきた兄が大きくうなずいた。

「まあ、公務員のほうが民間より顕著かもしれないな、最初から昇進を視野に入れてるエリートの幹部候補生は、そもそも組合に加入はしない」

「だよな。そこで疑問が出てくる。——例の買い上げた土地を持ってた新生ロジスティクスの社長と総理の関係は、県職員の間でも広まっていたわけなんだろうか」

福島では問題視されず、埼玉では野党議員に情報がもたらされた。その差はどこから生まれたのか、不思議でならない。

どちらも自治体の発注する公共事業という点では同じなのだ。

「正直に言ってくれ。兄さんたちが働きかけた県の職員は誰なんだ。あの時、国交省から出向していた官僚のほかにも、説得を試みた幹部職員はいたんだよな」

「いや……」

兄が頼りない返事とともに父を見た。どうやら兄は、県の職員に働きかけまではしていなかったらしい。となれば……。

「父さん、どうなんだ。県の職員に圧力をかけたのか。牛窪さんなら、知ってるだろ」

秘書は議員のスケジュールを管理する。誰を事務所に呼びつけ、いつ県庁に出向いてどの役職者と会ったのか。調べることはすぐにできる。

牛窪がちらりと父を見てから、言った。

「県の職員を事務所に呼び出したことは――なかったはずです。先生は、県の職員とともに国交省や財務省、それに官邸の秘書官を訪ねて、予算獲得の交渉をされてきました」

暁司はあらためて目を見張らされた。

父は圧力をかけるどころか、県に協力していたのだった。その詳しい訪問日時も、一部のメディアが報道していたと記憶する。

県にとっても念願の橋だったのだ。

「じゃあ、県に働きかけて予定地を変更させる役目を担っていたのは――」

当時、国交省から埼玉県の建設局に出向していた官僚がいる。埼玉出身で、財務省の予算がついた直後、国交省へと戻された。上荒川大橋の計画実現のために出向したような役人だった。

山本忠孝。

「信用が置ける男なんだろうな」

「何を言いたい」

父が顔を振り上げ、晄司を見返した。

「埼玉の出身だから、若いころから目をかけてた一人なんだよな」

父は元建設官僚なので、当然とも言える策だった。有望な若手官僚を手懐けておけば、のちのち便宜を図ってもらえる。

「父さんのほかにも、山本を手懐けてた議員がいたんじゃないだろうか。実力のある政治家から声をかけられたら、密かに情報を流すことぐらいは平気でする人種だよな、官僚という連中は」

彼らは知恵が回る。どちらの政治家についたほうが、のちのち自分のためになるか。

計算するまでもなく、日々の仕事の中で冷徹に見極めている。表向きにはどちらへもいい顔を見せながら、裏で密かに手を握りもする。

「あの山本が、おれを裏切ったというのか……」

父の瞳が大きく揺れた。よほど目をかけ、信頼してきた男なのだろう。

だが、すべての事情を知る者でなければ、疑惑の全体像は見通せなかった。予定地の変更。新生ロジスティクスが持つ土地。その社長が総理の友人。

事件が表面化した今だから、世間は全体像が見えている。が、当時の県の職員たちに、どこまで見通せていたか疑問は大きい。

晄司はスマホを握り直し、美咲に電話を入れた。父や兄たちの目を気にしてはいられなかった。二度のコールで美咲が出た。

「もしもし、今、大丈夫か」

「……社で噂が広がってる。犯人の脅迫があったから、突然あんな記者会見を開いたんじゃないかって」

「ごめん。大至急、別件で頼みたいことがある」

「何？　遠慮なく言って。事件と関係あることなのよね」

「山本忠孝という役人がいたよな」

「……ええ、国交省から埼玉県に出向してた人でしょ」

「彼の経歴と親類縁者を徹底的に調べられるか」

「どうして今、そんなことを……？」

「父のほかに、もっと関係の深い議員がいたんじゃないか、を確認したい」

彼女も記者の端くれなので、たちまち答えを見出したようだった。わずかに息を呑むような間のあと、ひそめた声が返ってきた。

「わかった、やってみる。県議会で質問した野党議員にリークしたんじゃないかって疑ってるわけね」

「頼む。誘拐と関係があるかどうかはわからない。でも、納得がいかない。なぜ埼玉では発覚したのか。すべての情報を知る者は限られてる」

「ＯＫ。全社を挙げてでも調査してみせる」

礼を言って電話を切った。

兄が真っ先に疑問をぶつけてきた。

「おい、山本を調べて何になる？」

「わからないのか、兄さんは。もし山本が別の新民党議員とつながっていたら、どうなると思う」

「わかるさ。山本が埼玉に出向すると聞いて、何かあると、その議員が勘づいた。山本は父さんとの関係が深い」

「その議員がもし野党に追及材料をリークしたのであれば、総理のスキャンダルを表に出す意図があったことになる。つまり、安川総理と父さんたち九條派議員のライバル派閥の者だってことだ」

晄司の指摘に、兄が身を揺すって言った。

「だから、そんなことはわかるに決まってるだろ。どうして山本の裏にいる議員を今、捜す必要がある。次の記者会見で何を打ち明けるか、を考える時じゃないか」

「そうなんだよ。次こそ総理サイドの関与を自白するしかなくなってしまう。なあ、父さん、そうだよな」

深い吐息とともに父の両肩が力なく落ちた。これまでの状況を見る限り、晄司には断言できた。父は次の大臣の椅子という餌をぶら下げられでもして、総理の友人に手を差し伸べたのだ。

ほかに自白する罪がなければ、総理サイドから要請があった事実を認めるほかはなかった。

「ここまで言えば、兄さんにもわかるだろ。山本を裏で操ってたやつの正体がつかめれば、保険に使える」

「晄司、おまえ……。この土壇場で総理を裏切って、ライバル派閥の側につけ、と言う気か」

恩ある派閥からぬけることを、生真面目にも裏切りと考える兄は、弟の不実さを責める目を向けた。晄司は当然の顔で言った。

「ほかに何ができる。柚葉を助けるには、総理の罪を暴くしか、もうない気がするだろ。けど、決定的な自白をしてしまえば、安川総理を支える政権首脳に睨まれるのは確実だ。将来の公認も望めなくなる」

「だから、保険なのか……」

腹の底を探る目を寄せた兄を、そっと見返した。

「山本に情報を上げさせ、あえて野党にリークした議員がいたとすれば、絶対に次の総理を狙う側の者のはずだ。その正体を暴いたうえで、取引を持ちかける。あんたがリークさせた事実には口をつぐもうじゃないか。総理の座に就きたいのなら、手も貸そう。その代わり、次の総選挙には宇田の家族を公認すると約束してくれ」

思惑どおりに密約が結べたなら、父は総理と政権に与える影響を斟酌することなく、すべてをありのままに自白できる。柚葉を救い出せる公算が高くなる。

「晄司……」

「おまえ、とんでもないことを……」

父が驚きを見せながらも、希望を託すように言って身を起こした。兄は寒気を払うように肩先を振っている。牛窪はただうなずくのみ。コーヒーをそそいでいた藤沢美和子は動きを止め、息を吞んでいる。内海ははっきりと晄司から目をそらした。見てはいけないものを目にした時、人が取ってしまう態度に思えた。が、どう受け取られようと、かまわなかった。

宇田の家のためなのだ。柚葉を救い、地元のために祖父や父が流してきた汗を無駄にしないためには、ほかに方法はなかった。

やるしかないのだ。この政界で、与党の中で、生き残っていくためには——。

自分にうなずき、スマホのアドレス帳を表示させた。まだ半人前の秘書でも、若手官僚の知り合いは何人も作っていた。

山本は、ほかの議員が主宰する研究会にも参加していたはずだ。どの議員から呼ばれることが多かったか。一人の若手官僚に電話を入れた。

「もしもし、宇田晄司です、お疲れ様。今、大丈夫かな」

「あ、はい——宇田さんこそ」

「ここだけの話だ。誰にも言わないでくれ。実は、姉の三歳になる娘が誘拐された」

「え……?」

「父は、誘拐犯から脅迫を受けたので、仕方なくあの記者会見を開いたんだ。あとで必ずわかることだから、信じてほしい」

三歳の女の子を助けるためなのだから協力してくれ。そう泣きつくしか手はなかった。

「山本忠孝について情報がほしい。父以外に、親しくしていた議員がいるはずだ。噂に聞いたことはないだろうか」

「でも、ぼくとは年次が離れているので……」

「頼む。誰かに訊いてもらえないか。同期の者に知り合いぐらいはいるはずだろう。姪の命がかかってるんだ」

「しかし……」

答えをもらえるまで、手当たり次第に電話をかけ続けるつもりだった。

26

宇田の自白会見は、緒形恒之の後援会幹部にも動揺を与えた。水道設備会社の会長を務める老人の自宅を訪ねたが、何を訊いても首をひねるばかりだった。

「……まったくわけがわからないですよね。なぜあんな記者会見を開いたのか。恒之君にも、とんでもなく影響が出てしまいかねない。刑事さん、あなたたちが宇田先生を追いつめてるせいじゃないのかね」

「おそらく、その影響はあるでしょうね」

平尾はあえてふてぶてしく認め、聴取を進めるために利用させてもらった。新競艇場と再開発の情報を集めるため、後援会に近づいてきた者がいなかったか。ライバル陣営が探りを入れにきたケースも考えられる。そう重ねて質問していく。

「そりゃあ、計画が噂に上ってからは、うじゃうじゃ近づいてきましたよね、あちこちから。恒之君も地元だから張り切ってはいたけど、競艇の運営は、埼玉県都市競艇組合っていう、近隣の自治体による管理組合が請け負ってるんですよ。なので残念ながら、戸畑の一市議でしかない恒之君では、意見を通すことも、ちょっと難しいんで、揚一朗さんのほうが最近は、会員を増やしてたとか聞きましたけどね」

揚一朗の支援者からは出てこなかった話だ。自慢と思われて、警察に目をつけられたのでは困る、と考えたのだろう。

「あとは……おっしゃるとおり、ライバル陣営もちょこちょこおかしな動きを見せてましたね」

「ライバルとは、野党の議員ですか」

「そう。戸畑の市議と県議たちが、ね。上荒川大橋のスキャンダルが出てきたから、ここぞとばかりに宇田先生たちの動きを探ろうと、一部の記者たちとつるんで、あちこち野良犬みたいに嗅ぎ回ってましたよ、こそこそと」

平尾はその場で舌打ちをしていた。ライバル陣営とは盲点だった。

埼玉十五区は、宇田帝国と言われるほど盤石な地盤だった。野党は切歯扼腕（せっしやくわん）してきたに違いない。が、上荒川大橋のスキャンダルが浮上し、風向きが変わりつつある。この機を逃さず、宇田親子のさらなる悪事を暴き出したい、と彼らなら考えたはずなのだ。

「では、新競艇場と再開発の件でも、メディアと組んで調査を進めていたわけですね」

「県はまだ認めてないものの、地元は勢いづいてましたからね。けど、肝心の宇田先生があんな会見をしては……。橋の問題も大きくなっているし、この先、計画がご破算になるんじゃないか、って不安でなりませんよ。おまけに刑事さんまで動いてるんじゃ、県の役人たちも絶対に怖じ気づくだろうし……」

「取材に力を入れていたメディアは、どこなのでしょうか」

「地元の埼玉新報は、いつも経営陣と組合が揉めてるんです。改革党と結びつきの強い組合幹部がいるものでしてね」

野党第一党の立憲改革党。

埼玉の選挙区で、野党の議席を唯一維持する議員が改革党の党首だった。その周辺にも、新競艇場と再開発の計画を知る者が集まっていたに違いない。

どうして今まで気づかずにいたのか。

選挙に私財を投じる候補者は少なくなかった。そのあげく、宇田親子に負け続けてきた者がいたとすれば……。

財産を失うどころか負債まで抱えた場合、宇田親子を逆恨みしてもおかしくはなかった。選挙に出ようと考えるのだから、それなりの知識や学歴は有して当然。宇田の悪事を暴こうと、緑地公園へと足を運び、白い軽自動車に気づいた可能性も考えられる。

時間が足りなかった。二十二時の次なるタイムリミットまで、すでに三時間を切っていた。

遊軍班の二人を、直ちに改革党埼玉県連本部へ向かわせた。宇田に負け続けて、全財産を失うかして苦境にある者がいなかったか。平尾も覆面パトカーを走らせた。

宇田清治郎が、選挙に強い与党の議員であり、上荒川大橋のスキャンダルも起きていたため、恨みを買う材料には困らないだろう——そういう先入観がありすぎたのだ。埼玉県下ではあまり力を持たない野党の関係者を、まったく眼中に入れていなかった。捜査本部を固める警察官僚たちも、普段から与党の動向には目を配りつつも、野党になどは注意も払ってこなかっただろう。

何たる失態なのだ……。与党一強の政治状況が、警察の先入観まで生んでしまったらしい。

ハンドルを握りながら、本部の浜本に電話を入れた。新たな可能性を口にすると、デスクをたたきつける物音が鼓膜を打った。

「確かに言えるな。野党の連中になど何もできやしない。だらしない姿ばかりずっと見せられてきたからな。けど、野党こそ、宇田を心底から恨んでいて当然じゃないか

「……」

「時間がないうえ、我々遊軍班だけでは人手も足りません」

「焦るな。次のタイムリミットがすぎようとも、捜査は続けるしかないんだ」

「上を説得してください」

「そんな時間があるものか。うちの署の捜査員をすべてそっちに回す。自由に使え！」

「了解です」

27

午後八時。次なるタイムリミットまであと二時間。

手分けして知り合いの官僚へと電話をかけたが、すべて空振りに終わった。しつこく仲間に訊いてくれと頼んだものの、いくら待とうと誰の電話も鳴らなかった。重苦しい時間だけがじりじりとすぎていく。

総理と官房長官にも、次のタイムリミットが通告された件は報告されたはずだ。が、公認を確約する一筆はまだ届かなかった。宇田が次にどんな罪を自白する気か。その動きが読めないため、政権側は様子見を決めこんでいるのだった。

「仕方ない。そろそろ会見場を押さえて、メディアにも告知しておいたほうがいい。会館の正面口も閉鎖になる時間だからな」

兄がソファから立ち、横の事務室で待機する牛窪へ向けて言った。

「わかりました。先生、また会館のホールでよろしいでしょうか」

呼びかけられても、父は言葉を継ぐ気力さえないようだった。青ざめた顔であごをわずかに引き、また大きく息をついた。疲れのためか、顔色が古びた土壁より黒ずみだしている。

牛窪は折り目正しく一礼してから、一人で事務所を出ていった。会館の職員から記者クラブに連絡を入れれば、会見の告知はできる。同時に衛視の手配もまた必要だった。

「父さん。そろそろ腹を決めよう」

晄司は責め立てる口調にならないよう気をつけて言った。父が目だけで見返してきた。遅れて、嗄(しわが)れ声が押し出された。

「ああ、そうだな……。ほかにも献金を申告していなかった。そういったお手軽な自白をしたところで、状況が好転するはずもないだろうし。母さんを裏切ったことも、罪になるとは思えんからな……」

憔悴する父を見ていられなかった。枯れ枝のような指先が小刻みに震えていた。

「なあ、どうだろうか、内海君。不貞というのは、自白すべき罪だと考えるかね」

「法に反する罪ではない気がします」

当たり障りのない言い方だった。父の目が見開かれた。

「だったら、総理の件も、法律には反していないじゃないか！」

急に声を荒らげ、後輩の弁護士を睨みつけた。誰かに当たり散らすしか、今はできることがない。

内海が真っ正直にうなずいた。

「大変難しい判断だと思います。宇田先生に、上荒川大橋の建設予定地を変更させる権限は確かになかったと言えるでしょう。しかし、総理の名をちらつかせて県の職員を恫(どう)喝(かつ)した場合、恐喝罪に当たる可能性はあるかと……」

「おれは恐喝などした覚えはない！　断じてないぞ！」

ソファのひじかけを拳で何度もたたきつけた。兄が腰を浮かし、なだめに入る。

「わかってるよ、父さん。内海先生は訊かれたから法解釈を口にしたまでだ。父さんが相手を脅したとは、誰も思っちゃいない。けど、そう受け取る人がいたかもしれない。もしかしたら犯人も、似たことを疑ってるとも考えられる……」

「くそっ！　どこのどいつが柚葉を……」

昨日から何千何万回と心で叫んできた言葉だった。足で床を幾度も踏みつけ、両手で顔を覆った。

もう道は残されていなかった。柚葉を助けるには、総理サイドの関与を新たに打ち明けるしかなさそうだ。が、事実をつまびらかに告白した瞬間、おそらく宇田清治郎の政治生命は終わりを告げる。党の重鎮たちに睨まれ、身動きを封じられる事態が待っている。兄たちも党籍を剝奪されるかもしれない。

「父さん……。おれもこの際、党を離れるよ。恒之君も説得する。みんなで一からやり直していこう」

兄の提案に、父が顔を振り上げた。怒声が放たれた。

「ばかを言うな！　無所属でなどやっていけるものか。日本新民党の看板があったから、官僚たちも話を聞いてくれたんだろうが。だから、業界もおれたちに手を貸してきた」

「それでも、地元のために働いていくしかないだろ。大臣の座をつかもうなんて野心は、そもそもおれにはない。でも、地元のためにまだ働けることがあると信じてる」

「ばか者が……。男だったら、野心を持て。優等生の意見なんか口にするな。だからおまえは、有権者に頼りなく思われてるんだぞ。もっと自覚しろ！」

「おやめください、先生」

藤沢美和子が父のそばへ走り寄った。体を折るようにして言った。

「先生を勇気づけるために、揚一朗先生はおっしゃったんです。今は先生たちでいがみ合っている時じゃありません」

「うるさい。利いたふうな口をたたくな。おれがどれほど歯を食いしばって闘ってきたと思ってる。息子なら、代わりに大臣の座をつかんでみせると言わないでどうする、この親不孝者めが！」

父が身を起こして叫んだ時、晄司の手の中でスマホが震えた。

画面に美咲の名が表示されていた。素早くタップし、口元に引き寄せる。

「――おれだ。何かわかったか」

「見えてきたわよ。山本は埼玉出身だけど、東京の名門高校を卒業してる。その一学年上に、篠井恭一（しのいきょういち）がいたのよ」

決まりだ。間違いない。

木美塚派の若頭と呼ばれる威勢のいい若手議員だった。神奈川九区の三回生。急に視界が開け、からくりが一気に見えてくる。

「父さん。山本が今どこにいるか、急いで国交省に問い合わせてくれ」

「山本の……どうしてだ？」

総理に矢を放った議員の口を割らせるのは困難だろう。

官僚も口は堅い。だが、脅しは必ず効く。彼らは政治家ほど、駆け引きがうまくはない。

「藤沢さん。大島に車の準備をしろと伝えてくれ！　父さん、早く！」

「山本をつかまえて何する気だ」

「決まってるだろ。あいつにも罪を自白させるんだよ」

エレベーターケージを出て、地下駐車場へ走った。大島が車の前で待っていた。乗りこむと同時に、スマホが震えた。父からだった。

「……山本はまだ省内にいるぞ。おれの記者会見で省に影響が出ないよう、幹部で密談を始めてるらしい。環境課の相楽（さがら）という課長代理から聞きだした」

議員会館から桜田門前の国交省まで一キロもない。

戦術を練る間もなく、五分で到着した。秘書の身分証を掲げて通用口を突破した。省内にはまだ多くの職員が居残っている。八階のフロアに上がり、環境課の部屋へ駆け入って大声で叫んだ。

「宇田清治郎の秘書だ。相楽課長代理はいるな」

「あ、はい……」

窓際の幹部席で五十代とおぼしき小太りの男が立ち上がった。

「案内しろ。山本はどこにいる！」

「いや、しかし今は……」

うろたえる男の肩先をつかんで引きずった。小声で脅しをかける。

「早く案内しないと、この省内に警察が乗りこんでくるぞ。ことは総理まで関与する大規模な斡旋収賄罪だ。おれの父親が開いた記者会見を、あんたも見ただろ。ほら、急げ」

周りの目は気にしなかった。あとで必ず幹部が厳しい箝口令を敷くはずなのだ。

課長代理は色を失いつつも、あたふたと歩きだした。幹部たちの集まる局長室に案内してくれた。

ノックもせずにドアを開けた。三人の官僚が何事かと驚き顔を振り向けた。まだ四十代半ばの山本は、下座の席にいた。

「宇田清治郎の秘書だ。山本以外は退席してくれ。父が関与を疑われてる斡旋収賄罪の件で尋ねたいことがある。ほら、あんたたちはさっさと出ていってくれ」

「突然何を言いだすんだね、君は」

何度もテレビの国会中継で見た顔の局長があごを突き上げて言った。もう宇田清治郎など怖れるに足りない、と態度で表してきたのだとわかる。

「いくら代議士の秘書さんでも横暴がすぎますよ」

隣の眼鏡が憤然と表情を固めながらも、丁寧な言葉遣いを保って抗議してきた。

「あんたたちのために言ってるんだ。この場にいるのは自由だが、じきに乗りこんでくる刑事に、この山本と同じ容疑で取り調べを受けることになるぞ。ほら、さっさと部屋から出ていけ！」

警察と罪状を盾に、脅しをかけた。

二人の官僚が急に浮き足立って腰を上げた。山本までが席を立ったのを見て、逃がさないようにと、目の前に立ちはだかる。

今にも泣き出しそうな顔になった。責めを受ける心当たりがあるからだった。

背後でドアが閉まった。晄司は山本の襟元に手をかけた。

「ななな、何をするんです……」

こういう頭のいい連中には、多少の手荒な真似が効く。彼らは若いころから勉学に明け暮れ、粗暴な連中とのつき合いがない。

「いいか、すでに証拠は挙がってる。あんたは高校の先輩に当たる篠井議員と通じて、おれの親父が上荒川大橋の計画で何を企てたか、木美塚幹事長に注進したよな」

「何のことだか……」

しらを切ろうとする男の襟元をしめ上げた。そのまま壁に押しつけてやる。

「何も聞いてないなら、教えてやるよ。親父の孫娘が誘拐された。おれの可愛い姪っ子だよ。だから、親父は犯人の要求に応えて、あの記者会見を開いたんだ」

「え……誘拐……？」

「三歳の女の子の命がかかってるんだ。おまえに責任が取れるのかよ。もし柚葉が犯人の手にかかろうものなら、おれはおまえら一家に一生つきまとってやるからな。単なる脅しじゃないぞ。わかるか。おまえに子どもはいるか」

がくがくと、力ないうなずきが返された。

「だったら、わかるだろ。想像してみろ。三歳の女の子が今も手足をロープで縛られ、猿ぐつわをはめられてるんだ。どれほど怖ろしい思いをしてると思う。もしもの時には、おまえが責任を取ってくれるんだろうな、おい！」

「あ、いや……」

「だったら、おまえも罪を自白しろ。親父の要求に応えておきながら、篠井を通じて木美塚派に情報をリークしてたよな」

「……でも、それは……篠井先輩に泣きつかれたからで……。申し訳ないとは思っています……」

認めた。

晄司は襟元から手を離し、山本の鼻先にスマホを突きつけた。デジタルレコーダー機能をオンにする。

「さあ、もう一度、今と同じことを言え。柚葉の命がかかってるんだ。それと、篠井に直接つながる電話番号を教えろ。知らないとは言わせないぞ」

「父さん、山本が今、自白したぞ！」

まだ虚脱したように呆然とする山本を前に、父へ真っ先に報告を上げた。

「あの若造めが……」

「今すぐ木美塚幹事長に連絡を取ってくれ。ただし、なるべく内密に、だ。おれは篠井をつかまえて直撃してやる」

「晄司……。よくやってくれた。おまえを秘書にして本当によかった」

「喜ぶのはまだ早い。幹事長に話をつけるのが先だ。父さんが幹事長に連絡を取ったとわかれば、総理サイドが邪魔立てしてくる可能性だってある」

「確かにそうだな。九條先生にも迷惑がかかる問題だからな」

派閥の趨勢に直結する事態になりかねないのだ。多くの議員が血眼になって動くはずだった。

「よし、最後の力を振りしぼるさ。おまえたちの将来にもつながることだからな」

「あとのことは任せてくれ。必ずおれたちが宇田の家を守る」

議席を守るのではなかった。懸命に仕事をすれば、必ず有権者の目に留まる。その姿勢を見せ続けることが、宇田の家を支えていくはずなのだ。

タイムリミットまであと一時間を切っていた。絶対に話をつけてみせる。

山本から連絡先は聞き出したが、登録にない番号からの電話に、代議士が出るとは思えなかった。山本の前に迫って、手を突き出した。

「借りるぞ、おまえの携帯を」

身体検査をするまでもなく、机の上にまだスマホが置きっ放しになっていた。素早く奪って、番号を押していく。

「……もしもし、わたしだ。こんな時間にどうかしたか」

短いコール音に続いて、男の低い声が答えた。

「初めまして。宇田清治郎の秘書をしております、宇田晄司です」

「何ぃ？」

「今、国交省で山本局長から、大変興味深い打ち明け話を聞かされました」

「誰なんだ、おまえは……」

「ですから、宇田清治郎の次男ですよ。あなたが高校の後輩を頼って、総理のスキャンダルを探り、幹事長に報告を上げたと山本局長が認めました。断っておきますが、この電話は切らないでくださいよ。あなたの行動いかんで、我が党はもっと大きなスキャンダルに見舞われて、野党が大喜びする事態になりますからね」

「何を言ってるのか、わからんな。勝手なことを言うのであれば、切るぞ」

「やれるものならやってください。すでにあなたと山本の関係は、中央新聞の記者が嗅ぎつけてます。口止めをしてほしいのであれば、わたしの話をよく聞くことですね」

「貴様、秘書の分際で何を――」

「誤解しないでいただきたい。わたしは父の命を受けてあなたに電話をしてるんです。当然ご存じでしょうが、父は孫を誘拐されて、警察に協力せざるをえない状況なので、わたしが代理として動き回っているわけです。おわかりですね」

返事はなかった。状況をまだ呑みこめずにいるのだろう。その程度の器しかない政治屋なのだ、この男は。

「お尋ねします。今、幹事長はどこにおられますか」

「そんなことを、どうして、おまえに……」

「もし逃げるつもりであれば、わたしどもが握っている情報は、すべて官邸に伝えられることになるんですよ。総理が知れば、激怒されることは間違いありません。官房長官も同じでしょう。政権を敵に回す結果になり、木美塚先生は間違いなく幹事長の座を追われ、あなたはもう二度と総選挙で党の公認を受けることはなくなるでしょうね」

「おれを脅す気か……」

「いいえ。あなたなど脅したところで何の価値もありません。政治家として、対等の交渉をしたいのです。今すぐ木美塚先生に直接お目にかかり、ご相談申し上げたい。セッティングしていただけますよね、早急に」

ようやく事態を呑みこめた篠井が慌てふためいて承諾したのち、電話を切った。彼は党に影響する約束を反故(ほご)にできるほどの度胸はなかった。おおよそ三分後にスマホが震えて、返事があった。

木美塚サイドが指定してきた場所は、虎ノ門アークホテルの別館だった。永田町周辺のホテルは多くの記者が張りついており、察知される危険があるからだろう。

もはや一刻の猶予も許されなかった。議員会館から移動するのでは、道路の混み具合にもよるが、少なくとも往復に二十分近くはかかってしまう。会見の時間に間に合わないおそれが出てくる。

大島の運転でアークホテルへ急ぎながら、父へ電話を入れた。

「父さん、残念だが時間がない。あとは任せてもらえるか」

「わかった、やってみろ。どっちにしろ、柚葉のためには会見を開くしかないんだ。覚悟はしてるよ。あとはおまえたちの未来のためでもあるからな」

「必ず話をまとめてみせる。吉報を待っててくれ」

永田町から少し距離があるため、記者らしき者の姿はホテルの周辺に見当たらなかった。教えられたとおりに地下駐車場へ車を入れて、大島と二人で十一階へ上がった。

エレベーターの扉が開くと、廊下に若いホテルマンが立っていた。名前を告げると、奥まった一室へと案内された。

「お連れ様がご到着です」

「入りなさい」

木美塚壮助の声に間違いなかった。大島とうなずき合って、ホテルマンが開けたドアをぬけた。

会議室のように広い部屋だった。中央に大きな円卓が置かれ、革張りの椅子が囲む。夜景の広がる大窓の前に、木美塚壮助が一人で待ち受けていた。

六十九歳。身長は百五十五センチと低いが、胸から首へかけての肉づきがよく、その体型と猪突猛進タイプの性格から、小型重戦車と昔から呼ばれてきた。元大蔵官僚で経済通と言われながらも、財務大臣の経験はない。副大臣だったころ、消費増税を推し進める官僚と激しく衝突した過去を持つためだった。その直後、証券会社から借用書なしで一億円を借りていた事実がメディアにすっぱぬかれたが、財務官僚によるリークだともっぱらの噂だった。以来、長く不遇の時をすごしたが、着実に失地を回復し、安川総裁の誕生とともに幹事長の座まで上りつめていた。

木美塚が一人で待っていたのを見るなり、大島が後ろへと身を引いた。あとはお願いします、と言うように晄司へ目配せしてから、廊下へ出ていった。晄司が単なる秘書ではないと、木美塚に伝える意図も感じられた。政治家同士、腹を割って話し合ってほしい。そう大島は、晄司の背を強く押してきたのだった。

仲間の心遣いに、自然と背筋が伸びた。あらためて木美塚を見つめ、深く腰を折った。

「貴重なお時間をちょうだいいたしまして、ありがとうございます」

「いろいろと話は耳に入ってきているよ。突然の災難に、宇田君もさぞや心を痛めておられるだろう。噂では——官房長官や伊丹法相と内密に連絡を取り合っているとも聞いたが……」

ありきたりな見舞いの言葉に続いて、早くも本題に触れてきた。話の主導権を握るための、先制攻撃なのだ。晄司は隠し立てをせずにうなずいた。

「はい、誘拐された姪を助けるためです。犯人の要求に応えるべく、全力をつくすほかはありませんので」

木美塚の頰に、なぜか笑みが刻まれた。

「実は、篠井から電話をもらったあと、どういうわけか、総理秘書官の本郷君からも電話があってね。何を訊かれたと思うかな」

意外な問いかけに、回答がすぐには浮かばなかった。言葉に迷っていると、木美塚が言った。

「不思議なこともあるもんだよ。なぜか、君の電話番号を知っているかと問われてね」

「わたしの……？」

「もちろん、知らないと答えはしたがね。総理は以前、九條派に所属していたんだから、宇田君の仲間とも親しい関係にあるはずなのに、なぜか幹事長のわたしに、君の電話番号を尋ねてきたわけだ。意味はわかるね」

　答えを探して、言った。

「……忠告ですか」

「そのとおりだよ。おそらく、君が国交省で山本を問いつめたのを見聞きした何者かが、慌てて官邸に報告を上げたんだろう。で、山本と篠井の関係を知る者がいて、君と同じ結論にたどり着いた。だから、篠井の親分であるわたしに、わかりやすい忠告を与えておこうと考えたわけだ」

　すでに行動を読まれていたのだった。

　九條派の議員は、総がかりで父の会見を邪魔立てしてくるだろう。総理を守るために。

　木美塚が笑みをたたえたまま続けて言った。

「つまり——君が何を考えているか、党内にはもう、ほぼ筒抜けになっていると判断していい。それでも、わたしに相談したいことがあるわけなんだろうかね」

「はい、もちろんです」

　晄司は迷わなかった。眼下に広がる東京の夜景をバックに、静かに微笑む木美塚の目を見返した。

「たとえ筒抜けであろうとも、木美塚先生が認めずにいてくだされば、黒は白になります。先生には、それだけのお力があると信じております」

木美塚の笑みが口元から顔全体へと広がった。

「いい度胸をしてるな。さすがは宇田君の息子だ」

礼を言おうとしたが、左手に握りしめていたスマホが震えだした。

失礼は承知でも、着信をチェックしないわけにはいかなかった。視線を落とすと、連絡係を務める高垣部長補佐からだった。

「申し訳ありません、警察から電話が入りました。大変失礼とは思いますが、姪に関することかもしれませんので、受けさせていただきます」

深く頭を下げながら、晄司は壁際へ身を反転させて、スマホをタップした。

「――はい、晄司です。何かありましたか」

「官邸がおかしな動きを見せてるんです」

意味がわからず、声が出てこなかった。総理サイドが警察に何かを働きかけてきた、ということか……。

「たった今、総理秘書官から、あなたの電話番号を知りたいと警察庁の幹部に連絡が入りました。意図はわかりませんが、ある幹部が教えたようです。事実として、お伝えしておいたほうがいいと思いましたので」

予測が的中し、つい木美塚の表情をうかがっていた。目で問われたが、すぐその場での返事はできず、高垣に礼を言って通話を終えた。

おそらくは、こちらにも忠告の電話が――入るのだ。

木美塚に向き直る間もなく、続けてスマホが身を震わせた。

「遠慮はいらない。出なさい」

木美塚に礼を返して画面をチェックした。登録にない携帯電話からの着信だった。予感を覚えながら、電話に出た。

「――はい、宇田晄司です」

「大変な時に申し訳ない。安川です」

反射的に姿勢を正していた。誰もが知る声を聞き間違えようはない。

安川泰平総理大臣直々に電話をかけてくるとは思ってもいなかった。

晄司は一度だけ挨拶をさせてもらったことがある。あの時は、頑張ってくれたまえ、とありふれた激励の言葉をかけてはくれた。派閥の同志の息子でなかったら、秘書になど声もかけてくれなかったに違いない。

「父がいつも大変お世話になっております」

晄司の緊張ぶりで、木美塚は電話の相手に見当をつけたようだった。油断なく表情を固め、痛いほどの視線をそそいできた。

「宇田先生に電話をしても、なかなかつながらないので、君のほうにかけさせてもらった」

おそらく父には九條派の議員から立て続けに電話が入っているのだろう。悪くすると、事務所に押しかけてきていることも考えられた。

「そちらに、宇田先生はいるだろうか」

「まことに申し訳ありません、総理。父はすでに次の記者会見の準備に入っております」

木美塚にも伝えるため、〝総理〟とひと言つけ足して答えた。やはりそうか、とばかりに木美塚がうなずいてくる。

「――大変な時でしょうが、折り入って話したいことがあって、電話をさせてもらったんです。すぐに折り返しの電話をもらえるとありがたい」

一国の総理が、新米の秘書風情に丁寧な物言いを心がけていた。少しぐらいは下手に出ても、早急に決着をつけねばならないと考えているのがわかる。

「はい、承りました。わざわざ電話をいただき、恐縮です」

「しつこいようだが、急いでほしい。君も大変だろうと思うが、宇田先生をしっかり助けて差し上げるんだぞ」

大きなお世話だった。どうせ父にすべてを背負わせるつもりで、電話をかけてきたのだ。

「では、頼んだからね」

押しつけがましく念押ししてから、通話は切れた。

総理自ら動くとは、切迫した事態になっているとの自覚があるからだろう。ここまでくると、現政権においての指揮権発動は難しい、と自ら伝えるようなものに思えてならない。公認の件も、官房長官が一筆認めればすむ話で、総理がわざわざ秘書に電話をかけてくる必要はないはずなのだ。

いい話であるわけがなかった。そう予見ができてしまうため、こちらがますます幹事長を頼るほかはないと考える結果を呼ぶだけの気がしてしまう。それでも、ここは形振り構わず、あらゆる手段を講じてでも、強引に説得すべしと考えたらしい。総理サイドの慌てぶりがうかがえる。

晄司はスマホを下ろして、木美塚に向き直った。

「大変失礼いたしました」

「どうした、すぐ宇田君に連絡しなくていいのかね」

動こうとしない晄司を見て、木美塚が問いかけてきた。多くの意味を持つ言葉に聞こえた。

晄司は迷わずに答えた。

「はい。木美塚先生との話が終わってから、じっくり考えたいと思います」

「いいのかな、総理直々の電話だったんだろ？　無下にしたのでは、あとで問題になるんじゃないのかな」

冗談めかした口調だった。

晄司も口元に笑みを作って言葉を返した。

「仕方ありません。早々とその座を追われる人より、未来の総理とお話しできる機会のほうが遥かに大切ですので」

木美塚の表情が崩れ、肩が大きく揺れた。やがて野太い笑い声が広い部屋に響き渡った。

28

二度目の記者会見を、平尾は立憲改革党埼玉県連本部で見ることとなった。

テレビ中継が始まると、まだ居残っていた職員は視線を釘づけにし、刑事の質問に答え返そうとしてくれる者はいなかった。

アナウンサーが最初に興味深い事実を告げた。

「今日二度目になる会見は、午後八時三十二分、宇田清治郎議員の事務所関係者から記者クラブに連絡が入りました。ところが、今から三十分ほど前になりますが、なぜか新民党本部から、会見は開かれないとのアナウンスがあったのです。多くの記者が驚き、宇田清治郎議員の事務所に再確認を取ったところ、記者会見は開く、党が発表したのは何かの手違いだろう、と正式なコメントが出されました。これはどういうことだと思われますか」

話を振られた解説員が、もっともらしくうなずいてみせた。

「党内でかなりの混乱があったようです。九條派の若手議員が真意を問いただそうと、議員会館内の宇田事務所を訪れて押し問答のようになり、衛視のみならず警官まで呼ばれたことがわかっています」

「警察までが出動する事態とは、非常に珍しいのではないでしょうか」

「興奮した若い議員の一人が騒ぎ出したため、中にいた女性秘書が不安になって、通報したと聞いています」

「それは、よほどのことですね」

「ええ。ただ、宇田議員本人は事務所にはおらず、すでに会見場の隣にある控え室に入っていたようです」

「どういうことなんでしょうか。何か若手議員のかたが、宇田議員に会見されては困ると思い、事務所へ押しかけたようにも見えてしまいますが」

「いずれ詳しい経緯はわかってくると思われます。まずはこの二度目の会見に注目しましょう」

無難な話に終始していたが、予測するまでもなかった。

ついに宇田は覚悟を決めたのだ。

その動きを察知した九條派の議員が説得にかかろうとした。彼らがどう出てくるか、動きを読んでいたから、宇田は先に会見場に入っていたのである。

「今度こそ認めるんじゃないのかな、総理の関与を」

「さっきは記者の質問にまったく応じず、逆に不信感を与えたようなものだったからな」

県連の職員たちも口々に感想を言い合い、テレビの前から動かなかった。

カメラがスタジオから議員会館のホールに切り替わった。二十一時五十三分。奥のドアが開き、宇田清治郎が現れた。

夕方に比べても、かなり疲労の色が濃く見えた。目は落ちくぼみ、髪は乱れ、唇のかさつきも目立つ。

「何度もお集まりいただき、まことにありがとうございます。こうして本日二度目の会見を開くべきと考えましたのは、夕方にわたしが発表した事実のみでは、あまりにも言葉足らずであり、国民の皆様に多くの誤解を与えかねないと思ったからであります」

息を継ぐと、カメラのフラッシュが明滅し、宇田の姿が見えにくくなるほどだった。

「夕方の会見でお話しさせてもらったことに、少々補足させていただきます。わたしにはもうひとつ、政治家として犯してはならない罪がありました。今、世間をお騒がせしている上荒川大橋の建設事業の件であります。当初は、現在の建設地である上尾市川岸より五キロほど北の桶川市内に建設される予定で計画は進んでおりました。最終的に事業プランが固まる二ヶ月ほど前のことでした。わたしはある議員から相談を受けたのです。その議員とは、わたしが所属しております水明政策研究会の筆頭幹事、九條哲夫先生です」

テレビ画面が揺れた。会場を埋める記者らが驚きに身をいっせいに揺すったからだ。九條派の会長。前厚労大臣で、安川総理の後見人。

「九條先生は、わたしが福島で友人の会社に便宜を与えた手法を聞いた、と言っておられました。そして、安川総理の友人の会社が、上荒川大橋の建設予定地から少し南に下った川岸に――」

沸き立つ記者たちの私語で、宇田の声がきこえなくなった。宇田がマイクに顔を寄せ、話を続ける。

「――大きな倉庫を持っている。その会社は近年業績が悪化し、総理も大変心配しておられる。君の力で、橋の建設地を変えることができれば、次の内閣改造が楽しみになる。そう言われたのでした」

黒幕は、派閥の長、九條哲夫だった。

宇田が九條と謀って、安川総理に逃げ道を作ってやった可能性は考えられる。九條から相談を受けたのだと自白すれば、総理の関与を曖昧にできる。あとは九條の証言ひとつにかかってくるからだ。

が、二度目の会見で隠し立てをするのは危険すぎた。誘拐の発生からもう三十時間がすぎようとしている。女の子の体力は限界に近いだろう。

「――わたしが今日まで代議士として働いてこられたのは、九條先生のお力添えがあったからだと言えます。その先生に相談を受けて、わたしは断ることができませんでした。が、わたしに上荒川大橋の計画を変更させる権限はありません。そこで国交省に日参し、多くの働きかけをしてきました。職務権限はなかったとはいえ、最初から特定の業者を優遇させるも同様の予定地に変更すべきと、国交省の官僚に話をつけ、説き伏せたのでした。今思えば、将来の大臣ポストを期待するあまり、恥ずかしいことをしたと猛省するほかはありません。関係する事業者、自治体、地元の方々、果ては国民の皆様に多くのご迷惑をおかけいたし、申し訳ありませんでした。わたしは真実をありのままに、すべて打ち明けさせていただきました。以上です」

この会見で犯人が納得してくれるだろうか。

要求どおりに罪をすべて自白したことで、おそらく宇田清治郎の政治生命は絶たれ、彼ら一族がかかわる公共事業の多くも見直しになっていく。安川総理の座も危うくなるに違いなかった。

平尾はせつに祈った。今度こそ人質が解放されることを。憎むべき犯人に、人としての血がわずかでも流れていることを。

「そろそろいいですよね。我々の質問に答えてください」

まだテレビに目を奪われている県連幹部に呼びかけた。

次なる模倣犯を防ぐためにも、この犯人だけは、絶対に逮捕しなければならないのだった。

29

衛視にガードされて車に乗りこみ、議員会館の地下駐車場から出た。四階の事務所に戻ったのでは、また九條派の議員連中が押しかけてくる。

会見の三十分も前から、晄司たちのスマホは鳴りっぱなしだった。九條派の議員と秘書があらゆるコネを使って電話攻勢をかけてきたからだ。

今もなお着信音は鳴り止まない。会見は終わったのに往生際が悪い。が、警察からの連絡がいつ入るかわからず、チェックは欠かせなかった。

「来ました！　木原からです」

助手席で牛窪が叫んだ。戸畑事務所から電話がきたのだ。

「どうした。……そうか。犯人からだな」

ついに新たな書きこみがあったのだ。頼む。晄司は神に祈った。

「先生。犯人からです！　日の出町緑地を探せ、そう書いてきました！　荒川の下流、都内だそうです」

「大島、急げ！」

晄司は運転席のシートをつかんで命じた。戸畑から荒川を下った都内の河川敷だ。父は疲れ切った表情のまま、呆然となっている。

「警察には伝えたな」

兄の確認に、牛窪が声を張る。

「事務所にいた刑事が本部に報告ずみです」

ついに柚葉が解放された。犯人の要求は満たされたのだ。

頼む。どうか無事であってくれ。警察よ、一刻も早く現場へ駆けつけ、柚葉を見つけてやってほしい。

土橋インターから首都高へ乗り入れた。幸いにも、深夜の渋滞はなかった。大島は次々と車線を変え、遅い車を追いぬいていった。晄司は姉に電話を入れた。

「姉さん、大丈夫だよ。警察からは聞いたよな」

「うん……早く、柚葉を……お願い、早く」

「今おれたちも向かってる。もう警察は現場を探してるはずだ」

「お願い、柚葉を……」

姉はもう声にならず、横から母の励ます声が聞こえた。大丈夫。柚葉はきっと無事よ。

「見つけたら、また連絡する。絶対に大丈夫だよ。警察から電話がくると思うんで、いったん切るからね」

ひとまず通話を終えた。誰も何も言わなかった。ただ心中で柚葉の無事を祈っている。早く警察よ、見つけてくれ。電話が着信を告げても、知り合いの秘書や記者ばかりで、警察からの連絡は入ってくれない。

堤通インターまで、十五分もかからなかった。が、河川敷はあまりに広い。カーナビには長く川沿いに伸びる緑地が表示されている。大島はとにかく土手を目指してハンドルを切った。

やがて、前方の夜空を照らす赤い光の明滅が見えてきた。土手にパトカーが何台も停車しているのだ。

晄司のスマホがまた鳴った。今度こそ高垣部長補佐からだった。

「見つかったんですね！」

「はい、無事です。意識はあります。手足を縛られたまま、河川敷に倒れていました。

大きな怪我はしていないようです！」

「無事だ。生きてる。解放された！」

晄司は歓喜の叫びを上げた。隣で父が両手に顔を埋めた。兄が握った拳を突き上げる。

「今すぐ駆けつけます。もう土手の近くに来ています」

スマホを牛窪に渡した。正確な場所を聞き、大島に告げる。少し土手を大回りしたが、パトカーの前に立つ制服警官が誘導してくれた。

救急車が一台、土手の下に停まっているのが見えた。あそこに柚葉が——いる。車が停まると、父を支えながら降り立った。兄も反対側に回り、三人で柚葉のもとへ走った。

「柚葉、おじいちゃんだぞ！」

父が力の限りに叫んだ。救急車のハッチが開いたままになっていた。その前に立つ救急隊員が中へ手を伸ばすのが見えた。隊員が体を引き戻す。その腕に柚葉が抱き留められていた。

柚葉は無事だ。まだ恐怖が続いているのだろう、ひしと隊員に抱きつき、怯えた表情のままだった。涙は涸れ果てたのか、引きつる表情だけで泣いていた。

「柚葉！」

父が晄司たちの手を振りほどいた。歩み寄る隊員ごと両手で受け止めた。晄司は後ろから父を支えて抱きしめた。

「おじいちゃん……」

「もう大丈夫だぞ。すぐ母さんのところに帰ろう。おばあちゃんも待ってるからな」

柚葉が声を上げずに泣きだした。肩を震わせ、しゃくり上げるが、涙は出ない。

もっと泣いていいんだぞ、柚葉……。晄司は姪の肩先に頰を押し当てた。はっきりと命の温かみが感じられた。

子どもの泣き声とは、こんなにも愛おしいものだったのか、と晄司は初めて知らされた。

30

人質の解放から三日がすぎた。

平尾は上司の許可を取りつけると、地元署の捜査員を率いて戸畑緑地公園を訪ねた。

警察庁の判断で、管理事務所の駐車場から白い軽自動車が盗まれていた件はまだ伏せられたままだった。いまだ盗難車は発見にいたらず、誘拐との関連を裏づける証拠は出てきていない、との言い訳からだ。

もし発表すれば、新競艇場と再開発の計画までがメディアによって掘り起こされ、大々的に報道される。多くの記者が取材に走ることで捜査に支障が出かねない、と考える幹部がいたようだ。事件さえ解決に導ければ、多少の情報制限をあとで責められようと、現場の埼玉県警に責任は押しつけられる。

姑息な手だが、メディアに嗅ぎつけられるのは時間の問題だった。緑地公園を管理する第三セクターの職員はまだしも、いまだ丸産興業の社員から情報が洩れていないことには感心するしかなかった。

前代未聞の誘拐だったと発表されるや、メディアは狂奔状態におちいった。報道協定の解除とともに、深夜にもかかわらず街には号外が出て、テレビやラジオ各局は報道特別番組に切り替わった。

埼玉県警本部で開かれた最初の記者会見は大いに荒れた。

事件の詳細が初めて語られ、脅迫の内容がこれまで正確に伝えられていなかったことが問題視されたのだ。協定違反に当たると、記者はいっせいに反発し、警察庁に正式な抗議書が寄せられる騒ぎになった。

犯人の要求によって自白が行われた事実を伏せておく必要があったため。そう警察庁はいまだ突っぱねているが、メディアの怒りは収まる気配がない。

彼らの怒りの矛先は、政治家にも向けられた。

安川総理は記者に囲まれたが、誘拐は許されない、と当然かつ凡庸なコメントを発したのみで、上荒川大橋のスキャンダルには触れなかった。官房長官も同様で、事件の早急な解決を望むとくり返して、記者からの執拗な質問を受け流した。

芝里国家公安委員長は、上荒川大橋をめぐる計画の職務権限を再び問われたが、検察の判断にゆだねる、と従来の意見を述べることに終始した。

政権与党として疑惑を解明する責任と義務があるはずだ。メディアがあらゆる識者を動員して批判を連呼したため、内閣支持率はさらに急落した。

宇田に名前を出された九條哲夫は、政治家の常套手段で、翌朝には緊急入院した。九條派の議員には箝口令が敷かれたと見えて、何も知らないの一点張りで誰もが逃げに徹した。会見の当日、宇田事務所へ押しかけた若手議員の一人までが、地元にも帰らずに雲隠れする始末だった。

そんな中、記者からの質問をほぼ一手に引き受け、真正面から正論を唱え続けた人物が、一人だけいた。

新民党幹事長の木美塚壮助だった。

「親族の誘拐という苦難に耐えてこられた宇田清治郎議員に、まずはお見舞いの言葉を申し上げます。今後、模倣犯が出てきたのでは、日本の政治の根幹を揺るがす事態になりかねないため、警察には徹底した捜査を行ってもらい、卑劣な誘拐犯を必ず逮捕していただきたい」

「大変苦しい決断だったと想像します。しかし、お孫さんの命がかかっていたわけですから、宇田君は真実を語った可能性が高いと考えます。事実関係をはっきりさせるためにも、九條議員から話をうかがわないわけにはいかないでしょうね」

「党として正式な調査を進めるべきか、国会で特別委員会のような態勢を取ったほうがいいか、多くの意見を聞いて、判断していくべきだと考えます」

その踏みこんだ発言の意図は、メディアと識者が指摘するまでもなかった。

総理の後見人を自任する九條哲夫の関与が明らかになったことで、安川総理の座が危うくなると見て、早くも水面下で次の総裁の座をめぐる暗闘が始まったのだ。

孫を誘拐された宇田清治郎への批判も続いた。

犯人による脅迫がなかったなら、宇田はいまだ口を閉ざし、総理を守り続けていた、と思われる。離党だけでなく、議員辞職をするのが筋ではないか。野党とメディアによる指弾は日を追って増している。

長男の揚一朗も記者からの会見要請に応じず、沈黙を守り通していた。

宇田一族の中で唯一、緒形恒之がカメラの前に出て、捜査に携わった関係者への礼と、義父の不始末についての謝罪を述べた。

ただし、弁護士が書いたと思われる文章を読み上げたのみで、記者からの質問は受けつけずに退席したため、その対応への批判を呼ぶ結果になった。メディアは、被害者家族の生の言葉を望んでいたのだった。

人質に外傷はなかったとはいえ、三歳の女の子が受けた苦痛は計り知れなかった。まだ記者の前に出て行ける状況にないと、誰もがわかるのに、批判をさらに強めるのだから、メディアとは勝手なものだ。連日、ニュースやワイドショーに元刑事が登場し、好き勝手な犯人像を語り、一族のプロフィールと相関図が詳しく報道された。

この先、警察の動きや関係先の取材が進んでいけば、いずれ盗難車の件はかぎ当てられる。警察としては、石にかじりついてでも捜査を早急に進展させる必要があった。どんな情報でも血眼になってかき集めてこい。警察庁の幹部が日替わりで捜査本部を訪れては、目を吊り上げて檄を飛ばしたが、いまだ有力な情報はどこからも上がってきてはいない。

昨日も部下と関係先を歩き回った。公園内のメンテナンスを請け負う造園会社の社員から話を聞いたところ、彼らもよくキーを差したまま管理事務所の駐車場に車を停めていたことが判明した。誘拐犯が緑地公園を密かに監視していたのであれば、車を盗めそうだとますます確信できたことになるのだった。

平尾は揺るぎない確信を得た。どう考えても、犯人は何らかの理由から緑地公園の周辺を見張っていた、と思われる。その際、キーを差したままの車があると知り、犯行に利用できると考えて盗み出した。

その目的は、誘拐そのものに使うためではなかったろう。付近の防犯カメラやNシステムで捕捉される危険がつきまとうからだ。周到な計画を実行してきた犯人が、自らミスにつながりかねない行為に手を出すとは思えなかった。

それでも、宇田の仕事と関係する先から、あえて車を盗んでいったのである。新競艇場と再開発に関心を集める狙いが、犯人にはあったとしか考えられなかった。

確信は日々、強固になっていく。ただし、不可解な点がひとつだけ、ある。

本当に犯人が、新競艇場と再開発に注目を集めたかったのであれば、緑地公園から車が盗まれていた事実を、警察または宇田の一族に伝えてやる必要があったはずなのだ。

しかし、実際には平尾が緑地公園のメンテナンスを担当する丸産興業に足を運んだことで、盗難の事実が判明し、宇田に伝えられたのである。

犯人はいずれ、何らかの方法で車の盗難を教える計画だった、と思われる。

ところが、平尾たち警察が盗難の事実を先につかんだ。そのことを、犯人はどこから知ったわけなのか……。

警察が聴取に来た事実を、知人に告げた者はいないか。または、誘拐のさなかに連絡をしてきて、探りを入れるような行動を見せた者はいなかったか。職員を一人ずつ呼び出して確認していった。

再度の聴取にも、めぼしい収穫は得られなかった。人質が解放されるまで、彼らは淡々と日々の業務をこなしていた。取り立てて不審な動きは、どこにも見られなかったのである。

「若鷺事務所の関係者が、あの当日に何らかの問い合わせをしてきた事実はないでしょうか」

宇田の自白は、政界に大きな混乱を巻き起こした。誘拐事件と、どこかに接点がなくてはおかしいはずなのだ。望みを託した質問にも、職員たちはそろって首を振った。

どうにも解せない。だが、警察が車の盗難に気づいた事実を、犯人はどこからか絶対に知ったはずなのだ。でなければ、断じて理屈に合わなかった。

「もしかしたら盗聴器を仕掛けておいたんじゃないでしょうかね」

若手の一人が本気で疑う発言をしてきた。今やＩＣチップひとつで、クリアな音声を外部に送信できる。

「上はありうるとの判断だ。通信傍受班を手配した。先に管理事務所内のコンセントと電気機器を調べておけとのお達しだ。頼むぞ」

部下が本部へ報告を上げると、直ちに浜本課長が指示を伝えてきた。が、その口ぶりから、期待薄と見ているのがうかがえた。平尾も同感だった。が、警察庁の捜査方針にはしたがうしかない。

盗聴器の捜索を部下に託し、平尾は管理事務所を出て、川岸へ一人で歩いた。あらためて緑地公園と荒川の流れを見渡してみた。

今日も対岸の河川敷では子どもたちがサッカーの練習中だった。緑の広がる公園内には散歩を楽しむ若い親子連れと、老人たちのグループがいた。

背後を振り返ると、五階建てのマンションが並び、多くの窓が河川敷を見下ろしている。が、問題の駐車場は、青少年研修センターの裏手に当たり、土手方向からは死角になっている。向こう岸からも、防風林が盾となり、見通しは利かない。だから、軽自動車を盗んでいくことができたのだ。

しかし、警察が車の盗難に気づいた事実をどこから知ったのか……。謎だ。

緒形柚葉が解放された都内の荒川土手も、入念な捜査が続けられていた。が、土手の近くには住宅が建てこみ、大通りまでのルートはいくつもあった。防犯カメラが設置されている店舗は付近になく、犯人の足取りはまったくつかめていない。こういう立地をあらかじめ調べつくしたうえで、犯人は解放場所に選んだのだと思われる。すべて捜査は後手に回っていた。

平尾は質素な管理事務所へ目を戻しかけて、動きを止めた。

隣接する下水処理場の横へ続く路地に、一台の軽自動車が停まっていた。しかも、平尾が振り返ると同時に、車内へ人影が消えたように見えたのだった。

胸の鼓動が痛いほどに早まった。軽自動車の色はグレー。こんな河川敷の路地に車を停めて、何をしていたのか。

時刻は十六時十二分。どこかの記者が新競艇場の建設計画を耳にして、取材に来たのであれば問題はなかった。が、彼らなら、刑事の姿に気づこうものなら直ちに寄ってくるのが常だった。車内へ姿を隠した理由がわからない。

今日は通常の聞きこみなので、銃も特殊警棒も持ってきてはいなかった。平尾は警戒しながら、グレーの軽自動車に歩み寄った。

ナンバーを確認して、記憶のメモに留めた。地元の大宮ナンバーだった。

慎重に近づいていくと、意外にも運転席のドアが開いた。足を止めて反射的に身構える。

一人の男が降り立った。平尾に向き直り、声をかけてきた。

「お疲れ様です、刑事さん」

記者ではなかった。彼は愛想笑いどころか、挑むような目をぶつけてきた。

ゆっくりと歩みながら平尾は言った。

「連日の聴取にご協力くださり、ありがとうございます」

「警察というのは、ずいぶんと無慈悲な扱いをするものですね。被害者の家族まで疑ってかかるんですから」

宇田晄司が皮肉を笑うように言ったが、目は真剣そのものだった。

清治郎を始めとする宇田一族への恨みを持つ者をさらに洗い出すため、親族から詳しく話を聞け。決まりきった方針が上から出された。不当な扱いだと恨まれるのは、いつも現場の刑事たちなのだ。

「聴取に時間を取られたおかげで、なかなかこの場へ足を運ぶことができず、大いに困りましたよ」

平尾は見つめ返し、首をひねった。誘拐当日、戸畑事務所で相対した晄司は、新米秘書らしく控えめな態度を取っていた。が、今はまったく受ける印象が違った。

聴取をしつこく強行した警察への憤りがあるのはわかる。まぎれもなく脅迫の被害者となった父親に向けられる世間の批判も、承服しがたく思っているのだろう。けれど、刑事などは一公務員にすぎず、気後れする必要などあるものか——そういう気負いに近いものが、目と態度からあふれて見える。

誘拐の被害に遭ったうえ、世間の批判まで浴び、彼ら親子は窮地に立たされていた。このままでなるものか、との反骨心が太く大きく根を広げ始めているのだろう。

「あまり捜査が進展を見せず、ご迷惑をおかけしています。しかし、どうしてあなたが、こんな場所に足を運ぼうと考えたのでしょうか」

当然の質問をしたつもりだったが、また晄司の口元に皮肉の笑みが浮かんだ。

「では、こちらも訊かせてもらいましょう。どうして警察は、この管理事務所の駐車場から軽自動車が盗まれていた事実を公表しないんですかね」

「なるほど……。どういうわけか警察がひた隠しにしているので、その理由を自分の目で確かめてみようと思われたのですね」

「そうです。警察の捜査がなぜこうも進展しないのか、詳しい現状を知りたかったものでして」

ここまで底意地の悪い性格だとは思ってもいなかった。政治家の父に反発して家を出たと聞いたが、父親譲りの気骨ゆえに家族と衝突したのが理由だったのかもしれない。

こういう不遜さが、会社を傾かせた一因になっていたとすれば、納得はできた。

「この現場をご覧になって、捜査が進展しない理由がわかりましたでしょうか」

平尾も皮肉をこめて質問を投げ返した。

動じた様子もなく、宇田晄司は周囲をひと眺めしてから視線を戻した。

「もうひとつだけ、質問をさせてください」

「何か気づかれたことがありますかね」

「警察はいつ、どのようにして、この駐車場から白い軽自動車が盗まれた事実に気づいたのでしょうか」

不意をつかれて、返事に窮した。これほど核心を突く質問は予期していなかった。

晄司がまた口元に笑みを刻んだ。

「そんなに驚かないでくださいよ。メディアが知れば、同じ質問をしてくるのは明らかでしょう。すでに父が罪を自白したことで、埼玉県も国交省も競艇場の移設には及び腰になってきてます。何しろあなたがたが、新競艇場の件をあちこちで聞き回っているんですからね」

「犯人逮捕のためです。それにまだ競艇場の移設は決定されたわけではありませんよね」

彼らはどこかに責任を見出したいのだ。力をそそいできた大規模公共事業が潰れたのでは、宇田一族が再び浮かび上がるチャンスがなくなってしまう。

「この現状を見ると、どうも犯人は、動機が新競艇場の移設計画にある——そう警察やうちの父に思わせる意図を秘めて、車を盗んだようにも思えてきます。もし本当にその狙いがあったのなら、車が盗まれていた事実を必ず警察に教えておかなければならないはずなんです。世界に冠たる優秀な日本の警察であれば、必ず探り当ててくれる。そういった他力本願な計画で、誘拐という大罪を犯そうと決意する犯人がいるわけもありませんから」

非の打ちどころのない指摘に、言葉がなかった。被害者家族の一人として事件を見つめた結果だとしても、驚嘆に値する。

晄司は背後に続く土手を振り返ってから、平尾にまた質問を投げかけてきた。

「犯人から、何か遠回しの指摘でもあったのでしょうか」

「いえ……。わたしが関係先を訪ねて聞き出しました」

「どこを訪ねて話が出てきたのでしょうか」

「この緑地公園の造成工事を手がけ、各種メンテナンスも請け負う丸産興業の埼玉支店です」

聞き覚えのある会社名が出てきたからか、晄司の目がまたたき、中空の一点へとすえられた。

「すると……その話を聞きつけたので、慌ててここへ赴き、盗難の事実を確認した、ということでいいのでしょうか」

「慌てたりはしませんでしたが、わたしがこの足で確認に訪れたのは事実です」

平尾が答えると、晄司は広がる河川敷をまた悠然と見回した。

「それで少し見えてきましたね……。犯人は事件を起こしたあとも、この緑地公園を監視でもしていたんでしょうか。でないと、とても納得はできませんよ。あえて盗んだとなれば、その事実をあなたがた警察に伝えておく必要が絶対にあったはずですから。となると――犯人はよほどこの河川敷に愛着を持っているらしい」

「愛着かどうかはわかりませんけど、強い関心を持っていたのは確かでしょうね」

「いいえ、愛着ですよ。執着と言い換えてもいい」

自信ありげな口ぶりだった。刑事の前で臆する素振りもなく断言してくるのだから、いい度胸をしている。平尾は訊いた。

「興味深い発言ですね。なぜ犯人が、この河川敷に執着を抱いていたのか。その理由にも、心当たりがあるように聞こえましたが」

「たったひとつだけ、現場の状況から類推できる執着の理由が考えられます。ただし、証拠はまったくなく、蓋然性の問題になってきてしまいますが……」

本気で言っているのか。この男は何かまだ警察に伝えていない独自の情報を、父親から聞かされてでもしたわけか。

疑いの眼差しを向けると、晄司が驚いたように目をむいた。

「ひょっとすると警察は、まだ本当に、何も気づいていないんですか？」

平尾が無言を貫くと、晄司が夕空を見上げて大げさなまでに吐息をついた。

「あきれたな……。警察なら、地元の材料をたくさん持っているはずなのに」

地元の材料――とは何を意味するのか。

警察は日々、地域で発生する事件の解決に汗を流している。材料とは、過去の類似犯のデータを意味すると考えるのが普通だろう。当然ながら、警察庁が多くのデータを洗い直し、プロファイリングの作業を進めてはいた。

彼の言う材料を独自に集めでもして、犯人に近づく手がかりのようなものをつかめた、と信じているのか。

「参考のために教えてください。犯人はなぜこの河川敷に執着するのか」

自信に満ちた表情がやわらぎ、ふと表情が優しくなった。卑下でもするような微苦笑が浮かんだ。

「正直言うと、ほかに理由が思いつけず、困っていたんです。教えるのは、もちろん、かまいません。その代わりと言ってはなんですが、ぜひ協力していただけないでしょうか」

笑みを消し、正面から見つめてきた。

「何を……ですか」

「警察であれば、そう面倒なことではありません。もちろん、その目的はひとつ。――憎き犯人にも罪を自白させてやるんです」

31

警察からの正式な回答を待つ間に、晄司は四谷三丁目へ車を走らせた。かつての業界の知り合いから住所を聞き出し、株式会社エイトツリーの事務所を探し当てた。

古い雑居ビルの二階だった。ドア横には、デザインした店舗の写真が貼りめぐらされており、胸苦しさに襲われた。暁司が仲間と手がけた店の写真までが、エイトツリーの手柄のように飾られていたからだった。頼りとしていた八木孝も参加した仕事なので、誇大広告とは言えないだろう。

ドアを押して、事務所の中を見回した。

正面にバーのようなカウンターが作られ、奥で設計士が数人パソコンに向かっていた。その一人が顔を上げるなり、表情を凍りつかせた。

「よう。久しぶりだな、松岡。仕事は順調にいってるみたいで、安心したよ」

「……ご無沙汰しております」

できそこないのロボットみたいに、松岡勇はぎくしゃくと頭を下げた。暁司の知らない社員たちが何事かと視線を行き来させた。

「八木はいるよな。業界の知人に電話をかけてもらって、あいつのスケジュールは確認ずみだ。居留守は使えないぞ。そう伝えてくれよな」

最後はジョークのつもりで笑いながら言ったが、松岡は頬を引きつらせて直立不動になった。

「あ……はい、お待ちください」

また油の切れたロボットまがいの動きで松岡が内線電話をかけると、奥に見えた一枚板のドアが開いた。

八木孝は七年も仕事をともにしてきた元相棒を追い返そうとするほどの冷血漢ではなかった。何かを詫びでもするように、晄司を見つめて小さくあごを引いた。

「よく来てくれた。いろいろ大変だったな。姪御さんが無事で本当によかったよ……」

八木は、自分が出てきた社長室ではなく、カウンターの横に置かれた応接コーナーに晄司を誘った。社員たちの前でなら、取り乱さずに話を進めてもらえると計算したのだろう。

晄司は八木の向かいに腰を下ろした。窓から新宿御苑の緑が見える絶好のロケーションだった。

若い女性社員がコーヒーを運んでくるのを待ってから、うつむく旧友を見つめながら切り出した。

「恨み言をぶつけに来たんじゃない。話はすぐに終わる」

「何でも言ってくれ。言い訳はしない」

「警察の聴取にも、君はスポンサーの名前を教えなかったそうじゃないか」

八木はコーヒーカップから視線を上げなかった。晄司の顔を見た時から、訪ねてきた理由を予感していたように感じられた。

「でも、君は前の奥さんと別れたばかりで、会社を設立する資金はとてもなかったはずだ。なのに、よくこんないい場所に事務所を構えられたものだと感心するほかはない」

「いろいろ取引先に頭を下げて、少しは援助を受けたからな……」

「嘘はやめよう。警察には、自己資金で会社を設立したと答えたんだろ？」

「もちろん、設立登記の資金ぐらいは出せたさ。だから、警察の人にもそう説明したんだ」

「十年来の友人に嘘はつかないでくれよ。おれは今でも君を、大切な友人の一人だと思ってるんだ」

「すまない……」

「簡単に謝ってはもらいたくないな。なぜなら君は、目の前にいる十年来の友人のためを思って、独立を決めたんだろうからね」

八木はまだ視線を上げなかった。ひざの上で両手を組み合わせたままの姿勢を変えず、じっと耐えていた。

「おれの仕事の進め方に疑問を覚えて独立したのなら、刑事からの問い合わせに何ひとつ嘘をつく必要はなかったはずだ。けれど、君は自己資金で会社を設立したと、ありもしないことを言って、スポンサーの存在を隠そうとした」

誤解だ。そう即座に否定してほしかったが、八木は弁解の言葉を口にしなかった。優しい嘘は、かえって相手を傷つける。

「なぜ君は、警察にまで嘘をつかねばならなかったのか。その資金の出所は、何があっても隠しとおす必要があったからだよな」

八木はまだ口をつぐんでいた。仕方なく話を続けた。

「警察は、誘拐事件の捜査だという事実は告げずに、おれの父親の汚職事件を調べていると断って、君から話を聞いたと言っていた。おれは、父の関係先との仕事は絶対にさけてきたよな。なので君も、父と親しくしていた会社と取引ができていたとは考えられない。つまり、君が気を回しすぎて、汚職事件の影響が取引先にまで出たのでは申し訳ないと考えるあまり、資金の提供者を隠したわけでも、絶対にないはずなんだ。そうだよな」

「違うんだ……」

八木がたまりかねたように視線を振り上げた。が、また晄司から目をそらして、肩を落とした。

「何が違うのか、詳しく説明してくれ」

「……とにかく、君は何かおかしな勘違いをしてる。汚職事件の捜査だと刑事に言われてみろよ。関係はないと思えても、相手先に迷惑がかかるんじゃないかと不安になるのは当然だろうが」

「じゃあ、その心配をかけたくなかった取引先を、今ここで教えてくれないか。幸いにもおれは、父の秘書を務めてるんで、父や兄たちを支援してくれてる会社にはもれなく知り合いがいる。建設業界の知人だって多い。君に資金を提供したかどうか、すぐに確認はできると思う。さあ、教えてくれないかな」

心優しき男は口を閉ざし、横を向いた。

暁司はカウンターの奥で息をつめるように見ている元社員を振り返った。

「なあ、松岡。君なら聞いていたんじゃないのか。どういう取引先から資金提供を受けて、ここに事務所を構えられることになったのかを」

松岡までが、正直にも視線をそらした。社長の顔色をうかがっていた。暁司は続けて訊いた。

「頼むから本当のことを教えてくれないか。君も刑事に聞かれたはずだよな。ところが、君まで八木の自己資金だと刑事に言ったそうじゃないか」

「……はい。八木さんから、そう聞いてましたので」

申し訳なさそうに頭を下げられた。嘘が下手な連中がそろっている会社だった。

視線を友人に戻して言った。

「どうも解せないよな。君は腹心の部下にまで、資金提供者を隠そうとしてたのかな」

「それは……つまり、おかしな誤解を与えたくなかったからだよ。君のお父さんと親しい会社から援助を受けていたとなれば、君へのひどい裏切りになってしまう……」

「そう。おれは手ひどく裏切られた。その事実は動かない。だから、いまさら松岡たち腹心の部下にまで、君が事実を隠す必要があったとは思えない。ましてや、刑事の聴取にも嘘をつくのでは、たちが悪すぎる。刑事が捜査を進めて、もし嘘がばれたなら、君の立場が悪くなりかねないからだ。それでも君には、嘘をつきとおす必要があったらしいね」

八木は小さく首を振ったが、反論はしてこなかった。事務所の社員すべてが手を止めていた。晄司は続けた。

「では、誰のために、君は嘘をついたのか。父の関係先と君に取引があったとは思えない。ここで松岡に訊けば、すぐにわかる嘘でもある。見苦しい言い訳をしてでも、なぜここでも友人のおれに嘘をつこうとするのか……」

「よせ。もう言うな……」

八木が足元に向けて言った。晄司はやめなかった。友人を追いつめるのではなく、自分を責めさいなむために言葉を継いだ。

「君が資金提供者を刑事に打ち明けた場合、必ず元相棒だったおれに確認が行く。おれに知られたのでは困る相手から援助された金だったからだよな」

「わかってるなら、それ以上は訊くなよ」

八木が視線を落としたまま、苦しげに声を押し出した。

「おれは……まだおまえと仕事を続ける気でいたさ。けど、泣きつかれたら、無下に断ることはできなかった。おれにも少しは心苦しいところがあったからだ」

「どうして心苦しい……？」

八木が怒りを放つように目を上げた。

「――おまえを利用してきたからだよ。おまえが名のある代議士の息子だから、安心して仕事ができる。おまえの父親の名前をうまく使えば、仕事に困ることもないだろう。どうせそのうち、おまえは仕事を辞めて、父親の手伝いをすることになるだろうから、自動的に会社はおれのものになる。そう計算して、資金を出してもらったうえに、将来の仕事まで保証されるようなものだ。そう計算して、おまえと組んだからに決まってるだろ！」

見えていた答えだったのに、本人の口から聞かされると、頬を張られたような衝撃を感じた。

「なあ、八木。そう自分を悪く言うなよ。君は今でも友人思いじゃないか」

「違う。おれはおまえを裏切ったんだ。大学に入ったころからおまえに取り入り、利用してきたあげく、部下を引き連れて独立したんだよ！」

違う。彼は必死になって嘘をついていた。

父の名前を知って近づいてきた者は、確かに多かった。でも、八木は違った。家を飛び出した晄司を、半年以上もアパートに同居させてくれた。夜を明かして悩みを聞き、一緒に涙を流してもくれた。会社を興そうという晄司の提案に、彼は最初、反対もした。

利用する気があったのなら、ふたつ返事で話に乗ったはずだ。二人で慎重に計画を進め、信頼できる技術者を探して声をかけていった。卒業から四年遅れて、ようやく会社をスタートできたのだった。その後も、二人で必ず相談し、知恵を出し合い、大切に会社と部下を育ててきた。

晄司は甘く懐かしい思い出を嚙みしめながら、言った。

「違うな……。君は友人のためを思って、独立を決めたんだ。その友人には、家が決めた本来の仕事があった。自分につき合わせて、いつまでも吞気に遊ばせておいたのでは申し訳ない。元の道に戻してやることこそ、友人のためになる。だから君は、スポンサーからの提案に乗った。そして、刑事からの問い合わせにも、資金提供者を隠しとおした。友人の——父親からの、たっての願いだったからだ」

優しい友は首を振り続けてくれた。

「違う……そうじゃない。おれはおまえを裏切ったんだ」

「ありがとう。でも、安心してくれ。おれは、君も、父のことも恨んじゃいない」

八木が息を吞むように動きを止めた。上目使いに晄司を見つめてきた。

「本当だよ。おれは親父の気持ちがよくわかるようになったんだ。今回の事件を通して、多くを学んだからな」

「……晄司」

「自分が何をすべきか。柚葉が解放されてから、片時も休まず、ずっと考えてる」

「そうか……。やっと心を決めたか」

友の目にうなずいて言った。

「君は誤った決断をしたわけじゃない。そのことを伝えたくて、今日は会いに来たんだ。この先も大切な仲間を率いて、いい仕事を続けてくれ。おれも、自分で決めた職場で力一杯闘っていくつもりだ」

32

週が明けた火曜日の午後、大宮セントラルホテルのホールで、宇田親子による記者会見が開かれた。

時刻は二時半。テレビ各局がワイドショーを放映する時間に合わせてのスタートだった。脅迫の標的になった宇田清治郎に、解放された女の子の父親である緒形恒之も同時に出席すると事前に発表されたため、会場は報道陣で埋めつくされた。

司会に立ったのは、宇田晄司だった。清治郎と揚一朗の親子に続いて緒形恒之が右袖から進み出ると、並んで深く一礼し、そろって着席した。自白会見に負けないフラッシュの光が彼らを包み、二分近くもシャッター音はやまなかった。

「わざわざお集まりいただき、まことにありがとうございます。今日まで皆さんの前でご挨拶する機会が持てなかったことを、まず深くお詫び申し上げます。では、最初に、緒形恒之からお礼の言葉を述べさせていただきます」

晄司に手を差し向けられて、恒之がマイクを手に立ち上がった。

「おかげさまをもちまして、娘の柚葉は昨日、無事に我が家へ帰宅することができました。昨日は母親手作りのオムライスも口にしましたし、好きなアニメを見て、笑顔を見せてもくれました。今後は、心理療法士の先生と相談し、我々家族が手厚くケアしていくことで、柚葉も少しずつ立ち直ってくれると思います。警察並びに、報道を控えて捜査の進展にご協力をいただきましたメディア各社の皆様がた、また、父清治郎が記者会見を開く際ご協力をたまわりました日本新民党の皆様に、篤く御礼を申し上げます。本当にありがとうございました」

「続きまして、宇田清治郎よりご挨拶させていただきます」

人質の解放から一週間がすぎていたが、清治郎の顔には疲労がまだ色濃く残り、頬が落ちくぼんで見えた。議員辞職はしていなかったが、党籍を離れたことで、何か憑き物でも落ちたのか、驚くほど柔和な表情でマイクを手にした。

「多くの皆様に多大なご迷惑をおかけいたしましたことを、あらためて深くお詫び申し上げます。犯人からの要求で自白したことではありますが、政治家として、また一人の市民として、犯してはならない罪に手を染めた事実に変わりはありません。多くのご批判は受け止めるほかはないものと考えます。よって、ここは潔く身を退かせていただき、議員辞職を決意いたしました次第です」

カメラのフラッシュがまた盛大に光り、会場内が白く染まった。九條哲夫が入院したことで、清治郎への批判はいまだ収まる気配を見せていなかった。

事実を語れる者は清治郎しかいない状況であるにもかかわらず、人前に姿を見せずにいたことも大きく影響していただろう。

息子の揚一朗も同様で、娘を誘拐された緒形恒之にも、身内を説得して真実を語らせるべき、との批判が向けられもした。

ようやく一族そろって会見を開く気になったのも、世間の風当たりをさける意図があると、会場を埋める記者たちは考えていたはずだった。

宇田清治郎が間を取ってから、再び口を開いた。

「――ただし、議員を辞めさえすれば、罪が消えるというものではないと思います。何か別の形でこれまでの経験を活かし、今日まで支援してくださったかたがたのご期待に応えていきたい、と考えております。まだ具体的な方策は見えていませんが、今は一から出直すつもりで罪滅ぼしと恩返しの方法を探していきたいと思います。短い間でしたが、多くのご支援をいただき、まことにありがとうございました。深く、深く感謝いたします」

「最後に、宇田揚一朗からもご挨拶をさせていただきます」

我が子を誘拐されたわけでも、脅迫の標的になったのでもない長男が、何を言うつもりなのか。父と一緒に不正を働いてきたわけではない。そう弁解するために同席したとも考えられる。記者も視聴者もそう感じたに違いなかった。

揚一朗は緊張しているのがわかる甲高い声で、メモを見るでもなく話し始めた。

「姪の柚葉を救い出すため、ご尽力くださった皆様に篤く御礼を申し上げます。そして、宇田清治郎の不始末により、多くの皆様にご迷惑をおかけしましたことを、身内の一人として深くお詫び申し上げます」

丁寧に頭を下げてみせたあと、揚一朗は顔を上げて会場を見渡した。声に力がこめられた。

「父が引退を表明したことで、地元のかたがたは多くのご心配をなさると想像します。しかし、どうかご安心いただきたいと思います。県議であるわたしと、ここに並ぶ戸畑市議の緒形恒之で力を合わせ、父が地元に貢献すべく手がけてまいりました仕事を、必ずや成し遂げられるよう奮闘していく所存であります。その手始めとして、戸畑競艇場の移設と、跡地の再開発に全力をそそいでまいります」

記者たちの間にざわめきが広がった。

誘拐事件のお礼と言いながら、父のあとを受け継ぐとの決意表明をする気なのだ。話が違うのではないか。

「父が青柳建設に便宜を与えていた件の影響もあって、青柳建設がプランの提案をさせていただいておりました競艇場の移設には、県と国交省が一転、慎重な姿勢を見せております。さらには、戸畑青少年研修センターの閉鎖に反対する一部の県職員によって、当該地の地盤調査が行われ、競艇場という大規模施設を建設するには地盤が弱いとの調査結果が、なぜかこの時期になって突然、提出されてきました。その地盤調査を請け負ったのが、戸畑緑地公園の各種メンテナンスを今も請け負う業者であった事実がわかっております。あえて地盤が弱そうな川岸を選んで調べたとの内部情報もあり、最初から移設は不可能との結論ありきで調査が行われた懸念が強くなってきております。そこで、父清治郎がひとつの決断をいたしました」

ざわつく記者団が静まるのを待って、揚一朗は胸と声を張った。

「地元の皆さんへのお詫びの意味をこめて、自費で新たに本格的な地盤調査を第三者機関に依頼させていただきました」

おいおい、何の話だよ。テレビを通して記者の苛立つ声が聞こえだした。が、ものともせずに、揚一朗は先を続けた。

「父の不始末と、今回の移設計画は切り離して考えるべきではないでしょうか。父が過去に犯した罪のせいで、地元の利益が損なわれたのでは、県民のためになりません。多くのかたのご協力もあって、明日の午前中から、徹底した地盤調査を行うことになりました。今回は、荒川沿いの土地のみでなく、住宅地に隣接する土手の周辺緑地もふくめて、三十五地点の調査を行う予定であります。その結果を包み隠さず皆様にご報告し、今後の計画推進につなげていきたい、と考えております。父は国会議員から身を退き、今回の計画に口出しすることは、二度とございません。戸畑市民のため、埼玉県民のために、わたしと緒形恒之で懸命に働いていく所存であります。どうか、ご期待ください」

「本日は、ありがとうございました」

晄司が結びの言葉を告げた。三人が並んで立ち上がり、深々と頭を下げた。そのまま席には着かず、右手のドアへ歩きだしたのを見て、記者たちが口々に声を上げた。

「待ってくださいよ」

「質問は受けつけない気ですか」

「自分たちの仕事をアピールしたいだけなんですか」

「おい、何か答えろよ！」

呼びかけは怒号へとエスカレートし、一部の記者があとを追って会見場の前へ押し寄せた。警備員が制止に動き、宇田親子がドアの奥へと逃げていった。

そこでテレビカメラが大きく揺れ、ホテルからの中継映像は途絶えた。

33

深夜二時三十三分。暗い河川敷に雨が激しく降り続く。

遊水池の脇に続く植えこみの中に設置した暗視カメラが、土手を越えてくる一台の車を映し出した。黒のワンボックスバン。この深夜にヘッドライトも車幅灯も点けず、雨水を散らしながら坂を下り、河川敷へと乗り入れてきた。

平尾は明かりを落とした指揮車の中で、マイクを通して部下たちに告げた。

「まだ動くなよ。怪しまれたら終わりだ。総員、息を堪(こら)えてじっと待て」

黒いワンボックスバンは第二カメラの前を走りぬけた。

青少年研修センターの屋根に設置した第三カメラの映像に、平尾は目を移した。センター前の駐車場が映し出されている。

こちらの期待どおりにワンボックスバンは管理事務所の脇まで進み、右手の駐車場に入ってきた。

「まだだ。運転手が降りても動くなよ」

ここで職務質問をかけても、言い逃れはできないはずだった。が、念には念を入れて、道の前後をふさぎ、逃げ道を断っておいたほうがいい、と判断した。

「第三班が前後を固めろ。公園方向へ逃げる可能性もあるから、二班は遠巻きに囲む準備だ。凶器を持っているかもしれない。油断はするなよ」

暗視カメラの映像の中、運転席から黒ずくめの男が降り立った。手にはスコップを握っている。

かなり急いでいるのがわかる足取りだった。雨が激しくなったからではない。本降りの雨が視界をさえぎってくれているが、百メートルも離れていない土手の脇には、五階建てのマンションが二棟も並ぶ。その上層階からであれば、深夜に緑地公園の管理事務所へ車を着けた者がいるとわかってしまう。

マンションの窓明かりがすべて消えてから、十五分がすぎていた。あらかじめ住人に依頼し、時間差をつけて消してもらったのである。

全身黒ずくめの男はスコップを手に、駐車場を隔てる垣根の中へ分け入った。その先は、研修センターの正面口へ通じていて、わずかな花壇と芝生が広がっている。ほころびかけた灯台躑躅（どうだんつつじ）も、花散らしの激しい雨に身を縮めぎみに見えた。

男は迷う様子もなく雨の中を身をかがめて進み、芝生の一角にスコップを突き立てた。

「よし、今だ。確保しろ。へまはするな。急げ！」

平尾が叫ぶと同時に、管理事務所の通用口が開いた。競うように捜査員が飛び出していく。センターの正面玄関からは盾を手にした機動隊員が囲いこむ。

足音が聞こえたらしい。男の動きが静止した。スコップをその場に投げ捨てたが、もう後ろに捜査員が迫っていた。遅れて機動隊員が押し寄せる。暗視カメラの映像の中、黒ずくめの男に捜査員が群がっていく。

「容疑者、確保！　二時三十九分、確保しました！」

平尾はモニター画面の中で手を振り乱す男たちを確認し、大きく息をついた。

まさしく宇田晄司の読みどおりになったのだった。

部下が横で直ちに無線で本部へ連絡を入れ始める。平尾はスマホを握った。現場に立ち会いたいと彼は言い張ったが、認めることはできなかった。たぶん、この土手の近くに停めた車の中で待機しているだろう。

一度のコールも最後まで聞かず、すぐにつながった。

「——逮捕できたんですね」

「確保はしました。あとは聴取を進めてからです」

「すぐ現場を掘り返してください」

癪に障るほど落ち着き払った声だった。自信に満ちあふれている。姪を誘拐した犯人を、自ら警察を指揮して逮捕したようなものだった。

「平尾警部補。おおかたの裏づけが取れたら、すぐ県警本部で記者会見が開かれますよね」

「ええ。当然、そうなるでしょう」

「こうなったのですから、約束を守っていただけますよね」

押しつけがましくも、また念押ししてきた。彼と話をするたび、家族の中で誰よりも政治家向きの性格に思えてくる。

「上も仕方ないとは言っています。記者会見で我々が事実を語らなかったら、どうせまたあなたがたが会見を開くことになるんでしょうからね」

「いいえ、そちらの対応がどうであろうと、会見は開かせていただきます。決してご迷惑をかけないよう、配慮はさせていただきますので、どうかご安心ください」

黒ずくめの男は戸畑署へ連行された。持っていた運転免許証から身元は割れた。光山重明（みつやましげあき）。四十八歳。埼玉県内でセレクトショップを展開する会社の副社長だった。現住所は、さいたま市南区根岸。男が掘り返そうとした緑地公園からは、車で十五分ほどの場所だった。

時刻は午前三時をすぎていた。幸いにも、夜通し捜査本部に張りつこうとする熱心な記者の姿は見当たらなかった。現場を確認したのち、平尾が戸畑署へ戻ると、薄暗い通用口の前で、先回りした宇田晄司が一人で待ち受けていた。

「出ましたよね、当然」

遅れて本部に戻ってきたからには、現場の掘り返し作業を見届けたのでしょうね。そう態度でも語りかけてきた。

平尾はうなずき、歩み寄った。

「猫や犬の骨じゃないのは確実でしょう」

地面を七十センチほど掘り返したところで、毛布のようなものにくるまれていたとおぼしき白骨遺体が見つかった。毛布の残骸と衣類もすでにほとんどが土と化していたため、鑑識班の見立てでは、少なくとも十五年は埋まっていただろうとのことだった。

「一体だけでしたか？」

予想もしなかった問いかけに、平尾は晄司の暗く光る目を見返した。通用口前の照明が頼りないこともあって、表情は読めなかった。

「すでに白骨化していたとなれば、身元の確認にはかなり手間取りますよね」

「まあ……そうなるでしょう」

「たとえ犯人の身近に行方不明者がいたと判明しても、白骨化した遺体では、死因の特定は難しくなる。もし疑わしい状況が出てきても、殺害の証拠が見つかる可能性は薄い、と思われます。ところが犯人は、現場を掘り返されることがないようにと、知恵をしぼって驚くべき誘拐計画をひねり出したうえ、実行してきた。そうまでする理由が犯人にあったのだとしたら、一体だけですむのかな、と思えてきたんです」

平尾はまじまじと暁司を見返した。ベテラン刑事も舌を巻くほどの読みだった。人質解放から三日後、河川敷で会った時、彼は平尾に言った。警察なら地元の材料を持っているはずなのに、と。あの時すでに、犯人の身近に行方不明者がいなくてはおかしい、と確信していたのだ。しかも、一人であるはずはないとまで読んでいたのだから、心底から驚かされる。

どう答えていいか迷っていると、通用口の奥でけたたましい足音が聞こえた。ドアが急に押し開けられ、男が一人走り出てきた。本部で待機していた浜本課長だった。

「何してるんだ、平尾。もう一体あとから出てきたぞ！」

息を呑み、宇田暁司に目を返した。

廊下の灯りを受けて浮かび上がる彼の顔は憎らしいほど落ち着いていた。部外者に気づいた浜本が、平尾たちを交互に見た。その視線を受け止めて、暁司が言った。

「共犯者もいる可能性がますます高くなってきましたね」

ほら、やっぱり出たじゃないですか。暁司が静かに微笑んでみせた。

未明という時間帯になっていたが、直ちに光山重明の聴取が行われた。

犯人逮捕の功労者でも、一般人にすぎない宇田暁司を立ち会わせるわけにはいかなかった。待たせてもらいます。そう彼は言って廊下の長いすに腰を落ち着けた。少なくとも自分には聴取の結果を聞かせてもらう権利がある。強く態度で訴えられてしまえば、署長も認めざるをえなかった。

光山重明は黙秘を続けた。が、過去に出された捜索願のデータと照らし合わせることで、ほどなく遺体の一人と考えられる行方不明者が見つかった。

金沢清則（かなざわきよのり）。光山の三歳離れた姉——初美（はつみ）の夫である。二十四年前に行方不明となって、捜索願が出され、その七年五ヶ月後に家庭裁判所で失踪宣告がなされ、死亡したものと認められていたのだった。

直ちに事情を聞くため、光山初美のもとへ捜査員が急行した。彼女の住まいは大宮公園に近いマンションの最上階で、弟の勤める会社の社長でもあったのだ。

午前四時四十分。捜査員が呼びかけても、光山初美はドアを開けなかった。隣の部屋の住民に協力してもらい、ベランダ伝いに部屋へ入るという強硬手段が採られた。

彼女は泣き叫んで捜査員を振り払ったため、公務執行妨害の現行犯で逮捕された。遺体を掘り返しに行った弟から電話が入らず、眠れぬ夜をすごしていたのだと思われる。

光山初美は戸畑署に連行された。女性捜査員によって聴取が行われ、ようやく真相を語り出した。その様子を、平尾はマジックミラー越しに浜本課長と見届けた。

午前七時三十分。平尾は一人で先に部屋を出た。

宇田晄司はまだ廊下の長いすに座っていた。歩み寄る平尾を見つけるなり、立ち上がった。何も言わずに目で問いかけてきた。

大きな声で話せることではなかった。平尾は身を寄せ、そっと息をついた。

「……我々が、最初に逮捕したのは、光山重明ではありませんでした」

驚くべき情報であるはずなのに、晄司は表情をまったく変えなかった。当然のような顔で正解を口にした。

「あとから見つかったもう一人が、弟だったのですね」

「ええ、その通りです……。光山重明名義の運転免許証を持っていたのは、殺害当時から初美と関係のあった男でした」

寺中勲、五十三歳。

初美の夫は、酒に酔うと妻に暴力を振るう悪癖があった。弟の重明は定職に就かず、母親や姉に金をせびっては、ギャンブルに明け暮れていた。

最初に犯行を持ちかけたのは、初美だった。夫の金沢は保険会社に勤めており、自らも三千万円の死亡保険金をかけていた。二人は最も安全と思われる策を選び、海へ誘い出して突き落とそうと計画を練った。

が、その殺害計画は実行されなかった。金沢は妻の浮気を疑い、義弟の重明に金を渡して、初美の行動を調べさせていたのである。

浮気の事実を知り、怒り狂った金沢は、寺中勲のマンションに怒鳴りこんだ。そこで二人は言い争いになり、金沢が撲殺された。

「初美夫妻の住まいは千葉県市川市だったようです――」

「なるほど。寺中のほうが、遺体を埋めた現場の近くに住んでいたのですね」

当時は今のように防犯カメラが多い時代でもなく、土手さえ越えてしまえば現場は死角になっていたため、誰に見られる心配もなかったのである。

「ひどい話だ……。夫が行方不明になったのでは、金をもらって姉の素行を調べていた弟が犯行に気づいてしまう。だから、ですか」

晄司がなおも正解を導き、問いかけてきた。たとえ遺体を始末できても、弟に気づかれてしまい、金の無心をされ続ける。そう思いつめた寺中は、口封じのために殺害を重ねたのだ。

二人の遺体を埋めた日も、夕方から雨だった。ライトを消して深夜の河川敷に車を乗り入れ、二時間かけて作業を終えた。以来、寺中勲は、光山重明として生きてきた。二十四年間も。

ところが、遺体を埋めた記憶までもが薄れかけてきた時、青少年研修センターを閉鎖して競艇場を移設する計画が、宇田清治郎によって発案された。もし計画がそのまま進めば、施設の基礎工事のために緑地公園が掘り返される。初美と寺中は、失踪宣告後に下りた保険金を元手に事業を始め、成功を手にしていた。遺体が見つかり、旧悪が暴かれたなら、今の幸福はあえなく霧散する。

二人はまず遺体を掘り返して別の場所へ移すことを考えた。が、現場へ足を運ぶと、土手の横にはマンションが建っていた。夜中であろうと、上から見られたら、終わりだ。芝生を掘り返すのは危険すぎる。雨の夜に決行する選択肢はあったが、リスクがともなう。ほかに安全な策はないだろうか……。

「初美たちのセレクトショップは埼玉県下に七軒も店を展開していたんです」

新たな情報を告げると、初めて晄司の目が見開かれた。

「まさか……うちの家族の後援会に――」

「初美の住まいも本社も、大宮でした。なので、商店会のメンバーに紹介されて、今年の初めに揚一朗さんの後援会に入ってました」

そこから彼らは多くの情報を得ていたのだった。負け惜しみになるが、後援会に狙いを定めた平尾の着眼は的を射ていたと言えるだろう。

初美は地元の会合で注目すべき情報を入手した。もし宇田清治郎が失脚すれば、新競艇場の計画は白紙に戻される。上荒川大橋をめぐる疑惑が取りざたされ、急に県が及び腰になった。このままでは不安だ。そう後援会の幹部らがこぼしていたのである。

宇田が逮捕されれば、緑地公園の芝生が掘り返されることはなくなる。宇田と競い合う若鷺議員は、今の競艇場を改修する腹案を持っていた。その方向に導く方法はないか。二人は知恵をしぼり、ひとつの計画を練り上げた。彼女たちの会社は、店舗と新商品の紹介にウェブサイトを用いていた。その文面からデザインまでのすべてを、寺中が一手に引き受けており、匿名化ソフトの知識もあった。

あの日、誘拐に利用したのは、茨城県下で先に盗んでおいた車だった。帽子とサングラスで顔を隠した初美が運転し、目出し帽を被った寺中が助手席から手を伸ばして自転車を押し倒し、柚葉を誘拐した。

遺体を掘り返すべきか迷っていた時、彼らは緑地公園を何度も訪れていた。そこでキーを差したままの車があると知り、計画に利用できると思いついた。リスクなく楽に車を盗めるうえ、競艇場の移設に注目を集められる。

管理事務所から盗んだ車は、ナンバーを外して車体に傷をつけ、緑地公園からほど近い自動車修理工場の脇道に置き捨てた。傷のある車であれば、修理工場に持ちこまれたものだと誰もが思う。誘拐に使った盗難車も、同様の細工をして近くに放置した。

柚葉を監禁していたのは、寺中の所有するワンボックスバンの荷台だった。泣き声が洩れると危険なので、食事を一度も与えず、体力を奪っておいた。宇田への脅迫を匿名化ソフトを使って書きこみながら、記者会見が開かれるまで、千葉県内を転々と移動していたという。

「では、緑地公園を監視していたのではなかったのですね」

「ええ、実はそうなんです。とあるネット掲示板に、宇田親子が強引に新競艇場の計画を進めていると書きこんでいました。緑地公園の事務所から車が盗まれた事実も書くつもりだったと言います。ところが、我々が先に後援会の幹部に接触し、車の盗難があった事実をつかんだわけです」

事件の当日から、初美が口実を作って後援会の幹部に連絡を取り、警察の動きを探り出そうとしてもいたのだった。その際、若鷺事務所と丸産興業について刑事が調べていると聞き、ネットへの書きこみを最低限に抑えることにした。

「感心するしかない計画ですね。要するに、父の自白は何でもよかったのでしょうからね」

新競艇場に注目を集めて宇田清治郎を追いつめるとともに、メディアを煽る目的もあって、当初から二度目の会見を要求する計画だった。騒ぎが大きくなれば、罪を犯した政治家の推し進める移設話は、絶対に立ち消えとなる。その駄目を押すため、脅迫を続けたのだった。

彼らの計画は、八割がた成功に向かっていた。ところが、宇田晄司が現場に足を運んで真相を見ぬき、大がかりな罠を仕掛けたため、遺体を掘り返すほかはなくなったのだ。

「二人は、何か言ってたでしょうか。柚葉に怖ろしい思いをさせたことについて……」

晄司が感情を抑えるように低い声で訊いてきた。

「実は……捜査員が初美のマンションを訪れた際、子どもも同居していましてね。彼女は父親のいない子を産んでいたんです。十六歳になる男の子を……」

「寺中が父親ですね」

苦い思いでうなずき返した。

「最初は、ひと思いに息の根を止めておいたほうが楽だろうと考えたそうです。でも、子を持つ親として、どうしてもできなかった。そう初美は言ってました。それが今回の事件で、唯一の救いだったのかもしれません……」

彼らの息子は事件の真相を知り、何を思うのだろう。

平尾はこれまでも、犯人逮捕を通じて、絶望の底に突き落とされた家族の姿を幾度も見てきた。罪を犯した者の背後には、一生苦しみを背負っていく家族がいるのだ。父親が、母親の夫と弟を殺害していた。その手で自分は抱きしめられ、何不自由なく暮らしてきた。背負い続けていく十字架はあまりに重い。

「県警の会見は何時になるでしょうか。こちらも準備を進めないといけませんので」

晄司が事務的な口調に戻って言った。

彼の父親も、政治家として致命的と言える罪を犯し、自白した。が、幸いにも人の命が奪われるような罪ではなかった。窮地をしのぐ知恵も、彼らは有している。

「うちと警察庁で、少し揉めることになるかもしれませんね。でも、昼前には開くことになると思います」

「約束を守っていただけますよね。もし果たされなかった場合は、わたしどもの報告会見で、遠慮なくすべてを発表させてもらいます。まさか警察が、事実を認めずにすまそうとはしませんよね」

警察に堂々と取引を持ちかける目は、まぎれもなく政治家のそれに見えて仕方なかった。

犯人逮捕の記者発表は、午前十一時三十分、埼玉県警本部で行われた。

警察庁の幹部は会見への出席を見送った。宇田晄司との取引に応じるしかなく、プライドの高い警察官僚たちは、引き立て役にされるのを嫌ったのだ。貧乏くじを引かされたのは、県警捜査一課長の福島警視正だった。

二人の犯人の素性と、その犯行動機が語られると、記者たちはいっせいに驚きの声を上げた。メディアと識者のほとんどが、早期の解決は難しいと言っていたからだった。

事件の詳細が伝えられると、予想どおりの質問が記者から寄せられた。

最初に質問をしてきた記者は、おそらく宇田晄司による〝さくら〟だったろう。それほど痛いところを突く質問をしてきたのだ。

「警察はなぜ、犯人が遺体を掘り返しに来ると考えたのでしょうか」

福島一課長は無表情を装って回答した。

「実は、外部からある情報が寄せられたのです。すでに説明したとおり、誘拐犯は、宇田清治郎議員と世間の注目を緑地公園に集める目的で軽自動車を盗み出していました。それほどあの河川敷に強い関心を抱いていたわけです。その理由は何か。情報を寄せてくれた人物は、あの河川敷を見て、ひとつの可能性を思い浮かべたといいます。研修センターの近くには、外部から死角になる場所が存在する。もしそこに遺体を埋めていたのであれば……。競艇場の移設が決まった場合、河川敷は大々的に掘り返されることとなる。その移設計画の妨害を狙って、推進派のリーダーである宇田議員の孫を誘拐し、罪を自白させたのではないか……」

「待ってください。宇田議員が罪を自白したことで、計画は白紙にされたのでしょうか」

「県では、慎重な意見が多くなっていたと聞いています」

「だから、宇田議員がわざわざあの記者会見を開いたわけなのですね」

「そのとおりです。移設計画を進めるため、宇田議員が自費で地盤調査を行うと大々的に発表したのを知って、犯人は大いに慌てたと言っています。せっかく立ち消えの目処が立ったのに、下手をするとまた移設計画が動きだしかねない。あとはもう、遺体を掘り出すしかない。そう思いつめて、あの夜、現場を掘り返しに来たのでした」

「結果として、宇田議員の記者会見が犯人を追いつめることになったのですね」

実にわざとらしい訊き方だった。

福島一課長の声に苦渋の色がにじむ。

「いえ……事実は、少し違うのです」

「どう違うのでしょうか」

「――実は、外部からの情報というのは、宇田議員の身内から寄せられたものでした」

会見場がどよめいた。あらかじめ用意されたシナリオどおりに会見が進んでいく。

最初に質問した女性記者が、決められた台詞を投げかけた。

「では――犯人を追いつめるために、宇田議員はあえてあの記者会見を開いたというのでしょうか」

まさか……。ホントかよ。三文芝居の筋書きを知らされていない記者たちが、素直な観客となって驚きの声を上げた。

福島一課長が意を決するように口を開いた。

「はい、あの会見で地盤調査を行うと発表されましたが、事実ではありませんでした。宇田議員の親族が、県と第三セクターの関係者を説得したうえ、偽の情報を会見で伝えたのでした」

宇田晄司の要求は、つつがなく履行された。

真相が明らかにされ、会見場は驚きの渦に呑みこまれた。テレビの前で多くの国民も瞠目（どうもく）したはずだ。

これが宇田晄司の狙いなのだった。

政治家として致命的な罪を自白するしかなかった宇田清治郎。親族も批判の矢面に立たされた。そのくせ、悪あがきのような記者会見を開き、まだ地元のために働いていくと身勝手な所信表明をして、さらなる世間の批判を浴びた。

が、すべては犯人逮捕のため、警察の捜査を進展させる狙いを秘めた演技だった。

しかも彼らは、天候を考え、会見を一日先送りした。その日の夜半から、天候が崩れるとの予報が出ていたからだ。雨が激しく降れば、地面を掘り返す姿を少しは隠してくれる。そう寺中勲は判断し、宇田親子の思惑どおりに現場へ駆けつけたのである。

うなるしかない見事な一発逆転だった。

このあと、宇田親子は多くのメディアを集めて、誇らしげな顔で記者会見を開くことになっている。

犯人逮捕に協力できて、喜びにたえない。世間を誤解させる会見を開き、申し訳なかったが、どうかご理解いただきたい。これで柚葉を安心して外で遊ばせることができる。今後も地元のために力をつくしていきたい。そういう決意表明で、記者会見はしめくくられるのだろう。

あるいは、もう新民党の幹部と話がついていて、次の総選挙に息子の一人が立候補すると表明される運びになっているのかもしれない。

すべては宇田晄司が描いたストーリーどおりに運んでいくのだろう。

警察に先んじて犯人をおびき出す方法を見出し、あえて批判を浴びる会見を開いてみせた。その明晰さと決断力が賞賛され、世間は喝采を送るだろう。宇田清治郎は罪を犯したが、優秀な息子が見事なまでに汚名をそそいでみせた。賞賛に値する。一躍、メディアによって時の人に祭り上げられるだろう。

もしかすると……。平尾は思う。

晄司自らが立候補する気ではないのか。

自分の手柄をアピールして、栄誉を一手に握ることができれば、兄たちを差し置いて代議士への道が開ける。そこまで考えての行動だったとすれば……そら恐ろしくもある。

だが、誰が代議士になろうと、平尾たちの仕事にさしたる影響はなかった。ただ犯罪者を憎み、摘発のために日々汗を流すのみなのだ。

ひとまず犯人の自白は得られたが、証拠固めの捜査は残っていた。手がけるべき仕事はまだ多い。

平尾は一人で会見場をあとにした。

この事件を片づけたら、少しまとまった休みをもらおう。娘が中学校へ上がってからというもの、家族で旅行に出かける暇もなく働きづめだった。娘の無垢な笑顔を見れば、まだ少しは頑張って犯人を追い続けていける。

県警本部を出ると、早くも初夏を思わせる陽射しが強烈なまでに照りつけていた。

エピローグ

テーブルに白い封筒が残された。

初当選の祝いと礼を言いに来た客二人を送り出すと、宇田晄司は議員室のデスクに戻った。

窓からは国会議事堂がよく見える。党本部や官邸では明日の首班指名と組閣に向けた話し合いが続いているはずだった。

父は地元財団の理事に収まったが、しつこく各方面に電話をかけて回っているらしいが、晄司は大魚を望んではいなかった。青年局次長のポストで充分だと思っている。

圧倒的な得票数を得て、野党候補の比例での復活当選をはばんだのは事実でも、党の国交部会長代理の任まで望んだのでは、先輩議員の恨みを買うことになる。

エレベーターまで客を送っていった木原誠也が戻り、テーブルの上に置かれた白い封筒を取り上げた。

中身を確認する。約束どおりのひと束だった。

兄が県に強く働きかけて市立図書館の新設が決まり、彼らの会社が工事を請け負った。兄のもとにも同じ金額が届けられる約束だった。晄司は父の言いつけどおり、会食の席で業者の間を取り持ったにすぎなかった。それも仕事のうちと割り切っている。

「では、牛窪さんからうかがったとおりに処理させていただきます」

「頼む。自由に使える資金はあるに越したことはないからな。パーティーのほうは順調に進んでるか」

「はい、みなさん、大変喜んでおられます。当日は盛況になるはずです」

「木美塚総裁もおいでになる予定だ。恥ずかしい会にはしたくないからな」

デスクに置いたスマートフォンが震えた。新幹事長から電話が入るには、少し早かった。

チェックすると、珍しいことに母からだった。用件は想像できる。

「忙しい時にごめんなさいね。お祝いの挨拶に人が押しかけてるわよね」

初当選の日から母の機嫌はすこぶる良かった。父に負けじと、晄司に成り代わって、あちこち地元の挨拶回りを続けてくれていた。

「いや、父さんとは違うよ。まだ実力がないし、人気も一過性かもしれないから、様子見の人たちが多いだろうね」

「とにかくお礼を言っておけばいいのよ。で、例の話だけど、先方からまた催促されたの。お父さんもうるさいし。そろそろ本音を聞かせてくれるわよね」

　苦笑するしかなかった。母は一気呵成に話をまとめる気らしい。

「ああ……。気に入ったよ。進めてくれないか」

「ホントに大丈夫なの。例の記者とは別れられたわけよね」

「おかしな心配しないでくれよ。状況が大きく変わったのは向こうもわかってる。ただ、今すぐの婚約は発表できない。もう少し時間がほしい」

「早く解決しなさいよね。面倒事があるなら、相談しなさい。いくらでも手はあるからね」

「よしてくれよ、大事になったらまずいだろ。あとはこっちで何とかするよ。念のため、一年くらい先に延ばしてもらえるかな」

「困った子ね……。先方には、うまく伝えとくわよ。でも、本当に進めるからね」

　心配性がすぎるのは仕方なかった。例の事件があったため、青柳建設との縁は切れていた。父も責任を感じて気をもんでいた。が、この結婚で業界との結びつきは、さらに強まる。各方面への顔つなぎに熱心な母のお手柄だった。本当に心強い。

デスクの電話で内線ランプが光った。外から電話が入ったのだ。木原と視線を交わした。

母に断って電話を切り、受話器を取り上げた。

「――幹事長からお電話です」

予想よりもかなり早かった。つまり、それなりのポストを用意してくれたことになる。ある意味、当然かもしれない。父とともに、安川泰平を総理の座から蹴落とし、木美塚壮助に最大の援護射撃をしたも同じだった。今回の表に出せない密約は、今後も宇田一族を守ってくれる。

晄司は胸を張って息を整え、議事堂を見つめながら回線ボタンを押した。

「――はい、宇田晄司です。お世話になっております」

戦いはまだ始まったばかりだった。

解説

新保博久

ミステリ小説に最もよく取り上げられる犯罪は何か。考える必要も数える手間も無用だ。答は殺人事件――と書くのも恥かしい。近年の日本ミステリでは、殺人どころか軽犯罪ですらない〝日常の謎〟などが伸びてきているが、歴史的にも量的にも殺人事件に及ぶものではない。

では、殺人に次ぐ二番手は何だろう。統計的根拠は示せないが、それは誘拐ではあるまいか。殺人以上に犯人が（つまり作者が）知恵を絞らなければならないのは、さらう相手の選択、実行（対象が幼児であれば、計画のなかでは比較的易しい段階）、脅迫の連絡、そして最難関である身代金の受け渡しと逃走、さらに誘拐期間中の人質の確保、解放（これもまあ易しいが）と、犯行の段取りが恐ろしく煩雑だからだ。それだけに作者には腕の見せどころも多く、たいていのミステリ作家が一度はこのテーマに挑戦してきたと言っても過言ではない。

既成作家ばかりか、ミステリ作家の登竜門である江戸川乱歩賞を受賞してデビューを遂げた作品でも、古くは斎藤栄『殺人の棋譜』から直近の伏尾美紀『北緯43度のコールドケース』のあいだにも、赤井三尋『翳りゆく夏』があるほか、『誘拐児』で受賞の翔田寛はその後も『真犯人』『人さらい』と、誘拐テーマへの執着を見せている。だが、この分野で最も華々しい活躍を見せた乱歩賞作家は岡嶋二人——〝人さらいの岡嶋〟の異名をとったコンビだろう。片翼を担っていた井上夢人氏からチーム復活はあり得ないと宣言されていたが、相方だった徳山諄一氏が昨二〇二一年十一月八日に亡くなって、いよいよ望みは絶たれた。

岡嶋二人は昭和の終りごろからデビュー後、足掛け八年に亙る二人三脚時代に、二十一冊の長篇小説、五冊の短篇集、ゲームブックとノンフィクション各一冊を遺しただけだが、小説は今も流通し、解散後の平成に生れたような読者にも読み継がれている。そのうち長篇第四作『タイトルマッチ』、第五作『どんなに上手に隠れても』、第十一作『七日間の身代金』、そして集大成的な決定版である第十八作『99％の誘拐』の四作が誘拐物であり、骨折した競走馬を誘拐されたと偽装するのが発端となる実質的な処女作

『あした天気にしておくれ』や、乱歩賞受賞後第一作『七年目の脅迫状』および第十七作『殺人！ザ・東京ドーム』と、誘拐に準ずる脅迫テーマも含めるなら、実に長篇の三分の一が誘拐物とその類縁ということになる。

誘拐テーマに限れば目覚ましさにおいて岡嶋二人に及ばないとしても、やはり乱歩賞からスタートを切った真保裕一にとっても、誘拐は原点といえるものだった。一九九一年、食品汚染をモチーフにした『連鎖』で受賞デビューする前年、「代償」という作品で最終候補に残って惜敗しているが、五選考委員で最も好意的だった梶龍雄は「まだまだ誘拐めいた事件についてはこういうテもあったのかと、感心させられるところがあった」と評している。確かに、誘拐小説では頂点を極めたと目される天藤真『大誘拐』（一九七八年）、岡嶋二人『99％の誘拐』（一九八八年）がすでに書かれたあとだが、そんなことを言えば、密室殺人もアリバイ崩しも鉱脈は掘りつくされて新手はないと嘆かれながら、新たな傑作は生れ続けている。二十一世紀に入ってからの注目すべき誘拐小説の作品例として千街晶之は、東野圭吾『ゲームの名は誘拐』、真保裕一『誘拐の果実』、雫井脩介『犯人に告ぐ』、島田荘司『帝都衛星軌道』、東川篤哉『もう誘拐なんてしない』、連城三紀彦『造花の蜜』、歌野晶午『コモリと子守り』を挙げている（二〇一四年、宝島社文庫版の喜多喜久『二重螺旋の誘拐』の解説）が、それ以前も以降も誘拐物の秀作は国産品だけでも枚挙に暇がない。ここに並べられた『誘拐の果実』は、乱歩賞応募作「代償」を原型として二倍の分量にふくらませたものだ。

『誘拐の果実』は二〇〇二年十一月、集英社から書下ろし刊行されている。「代償」とどれくらい異なっているか詳らかにしないが、一筋縄の誘拐物ではない。病院長の孫娘を無事に返すのに犯人が要求する見返りが、入院している疑獄渦中の食品グループの大物を医師が殺害せよというのは前段にすぎず、後半また新たな誘拐事件が起り、文庫で二分冊を要するのも納得される充実ぶりだった。その年の『週刊文春』の傑作ミステリーベスト10でも、横山秀夫の話題作『半落ち』に次いで第二位にランクインしている。なぜか『このミステリーがすごい!』のベスト10では圏外に終っているが、こちらは同年の十月刊行作品までが対象のため翌年版に持ち越され、翌年の期間内には次作『繋がれた明日』が出ていて、年度内の真保作品はそちらだという印象を投票者に与えてしまったせいかも知れない。

本書『おまえの罪を自白しろ』は二〇一九年四月、文藝春秋より書下ろし刊行されたが、『誘拐の果実』を超える誘拐物を意図して構想されたわけでは必ずしもないようだ。文藝春秋のウェブメディア「本の話」二〇一九年四月十二日配信のインタビュー「もうこれ以上の誘拐サスペンスは書けない!」(以降の引用出典も同じ)によると、『こちら横浜市港湾局みなと振興課です』（二〇一八年）の最終章「ふたつの夢物語」で、「政治家の罪を暴こうとする登場人物を書きました。その人は正々堂々と政治家に戦いを挑むんですが、執筆しながらふと思ったんです。『もっと汚い手段で、政治家の罪を暴けないだろうか』と。『悪事を働く政治家であれば、徹底的に懲らしめていいのではないか』と」。

こうして、大物政治家の孫娘を誘拐して、身代金の代りに自身の罪悪を記者会見で告白することを要求するというアイデアが生れたという。『誘拐の果実』の前半の事件と同様、誘拐犯にとって最も危険な身代金の受け渡しをしなくて済むという名案（作者にとって）だが、金銭以外を要求するのも誘拐物にとってはすでに一つの系譜をなしている。そこで真保氏が挙げている前例は、ラッセル・ブラッドンの『ウィンブルドン』と岡嶋二人の『タイトルマッチ』だ。

前者で要求されるのは英国大冠の大粒ダイヤモンドで金銭と変りないが、タイムリミットはテニスの男子シングルスの決勝戦終了まで、決着前に要求が容れられなければ決勝の勝者と、貴賓席の女王自身を狙撃して殺害するというのが脅迫内容である。事情を知らされたテニス選手二人が試合を終らせないため決死のラリーを続けるのが読みどころだが、別に誘拐しなくとも人質に出来るというアイデアも注目されよう。

『タイトルマッチ』のほうは、世界戦に挑戦するボクサーが生後十ヶ月の甥を誘拐されて、チャンピオンをノックアウトで倒せと要求される。真保氏は挙げていないが佐野洋『禁じられた手綱』が、競馬騎手が義姉をさらわれて八百長で負けることを強いられるように、わざと負けろと言われるのが普通なのに（佐野作品では要求をはねつけてから、あとひと捻りあるが）、岡嶋作品では、言われなくても努めるつもりの勝利を強要される理由の謎が読者を惹きつける。

「そんな国内外の名作を超える脅迫——政治家に対する過酷な要求は何だろうか、と考えたときに、『これまで犯してきた罪を自白しろ』ということにたどり着いたんです。「あまりにも素晴らしいアイデア（笑）だったので、きっと誰かがすでに書いているにちがいないと思って、シンポ教授こと、ミステリー評論家の新保博久さんに相談しました。そうしたら、『過去にも例がない』という答えだったので、これはいけるぞ！と」。

このシンポ教授なる者、ずいぶん軽々に断定しているが、未訳作品を含めて世界中でおびただしい誘拐ミステリが書かれているはずなのに軽率ではないか。むしろ、独創的なアイデアが閃いたつもりでも似た先例はあると覚悟して、そのアイデアだけに頼りきらず他の部分でも工夫を怠らず、先例を指摘されて評価を割り引かれても独自の価値を主張できることこそ肝要だろう。『おま罪』（何だ、この略し方は）に類する先例は、シンポ教授同様たまたま私も思い当らないが、事件で波立つ家族関係を描いた家族小説、政治家一族から一歩引いて生きてきた主人公・宇田晄司が政争の世界に目覚めてゆく一種の成長物語、近年日本を騒がせている政界スキャンダルを思わせる政治小説的な側面にもたっぷり筆が割かれて、デビュー三十周年を迎えようという著者の円熟ぶりは遺憾なく発揮されている。

反面、誘拐犯が身代金奪取のため警察と交す緊迫した遣り取りが生じない、という結果にもなった。犯人が正義感に突き動かされているようで凶悪さが感じられないため、読者が人質の安否を気遣うサスペンスもやや乏しい。おおもとのアイデアが卓抜すぎると、誘拐サスペンスならではの醍醐味が減るという諸刃の剣なのである。そのぶん、ポリティカル・フィクションなどの小説としての厚みが補って余りあるものの、読者は欲張りなのだ。

初期の『ホワイトアウト』や『奪取』のような、手に汗握らせる躍動感を求める気持はもだしがたい。近作『ダーク・ブルー』は、ダム乗っ取りに徒手空拳で挑む主人公の活躍に喝采させた『ホワイトアウト』の深海版という趣で楽しめたが、リアリティへの周到な配慮は、がむしゃらな疾走感を抑制しかねない。

「次に、誘拐モノを書くとなると、これ以上のアイデアが必要になります。もうこのジャンルには手を出せないかなぁ、と思うくらいの一冊になったと思っています」という。しかし、奇想と物語的興奮とがさらなる高みで融合した誘拐サスペンスの逸品を、今すぐにではないとしても、少なくともあと一作期待するのは、この才人作家には無茶振りではないだろう。

（ミステリ評論家）

＊本作品はフィクションであり、実在の場所、団体、個人等とは一切関係ありません。

単行本　二〇一九年四月　文藝春秋刊

文春文庫

おまえの罪(つみ)を自白(じはく)しろ

定価はカバーに表示してあります

2022年5月10日　第1刷
2023年10月15日　第6刷

著　者　真保裕一(しんぽゆういち)
発行者　大沼貴之
発行所　株式会社　文藝春秋

東京都千代田区紀尾井町3-23　〒102-8008
TEL　03・3265・1211㈹
文藝春秋ホームページ　http://www.bunshun.co.jp

落丁、乱丁本は、お手数ですが小社製作部宛お送り下さい。送料小社負担でお取替致します。

印刷・萩原印刷　製本・加藤製本

Printed in Japan
ISBN978-4-16-791873-6